겨우 존재하는 인간

겨우 존재하는 인간

지은이 정영문
펴낸이 임상진
펴낸곳 도서출판 넥서스

초판1쇄 인쇄 2024년 7월 25일
초판1쇄 발행 2024년 7월 31일

등록 2011년 10월 19일 제406-251002011000302호
주소 10880 경기도 파주시 지목로 5 (신촌동)
전화 (02)2088-2013
ISBN 978-89-98454-86-9 03810

엔드리스(Endless) 시리즈는 도서출판 넥서스가 '문학의 영원함'을
캐치프레이즈로 삼아, 탁월한 한국문학 작품을 엄선하여 재출간하는
프로젝트입니다.

Endless 03

겨우 존재하는 인간

정영문 장편소설

&

야만적인 꿈은, 그것보다 더 야만적인

현실의 잠으로부터 나를 깨워준다.

차례

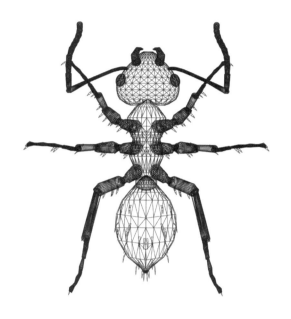

무한대로 증식하는 권태. 그 무한한 권태만이 나의 삶을 부양하고 있다. 권태는 오랜 세월 동안, 바닷가의 바위에 필사적으로 부딪혀 그것을 침식시키는, 염분을 함유한 파도처럼 나를 조금씩 마모시켜 왔다.

겨우

존재하는

인간

한여름의 어느 날 아침. 그 아침의 어떤 점에 미루어 보아도 그지없이 평범하고, 평화롭고, 조촐한, 그래서 섬뜩하기조차 한 일상적인 하루가 시작되는 많은 아침 중의 한 아침이다. 나는 그 아침에, 도심에 있는, 새로 조성된 시립공원의 한쪽 구석에 앉아 있다.

어제 늦은 시간부터, 많지는 않지만 땅이 젖을 정도로 비가 내린 밤은 가지런히 정돈된 공원을 아침에 펼쳐놓고 있다. 땅도, 하늘도, 그 사이의 공간을 무료하게 더듬는 나무들도 비의 목욕을 끝내고 젖은 몸을 말리고 있다. 이 아침은, 그 아침 속에 앉아 있는 사람으로 하여금, 비록 그 사람이 나처럼 보통의, 혹은 보통에도 미치지 못하는 감수성을 가진 사람이라 하더라도, 이후의 어느 순간에, 오늘과 같은 아침 햇살이 있는 어느 순간에, 투명한 빛으로 가득한 그토록 평화로운 아침 속에 나는 말없이, 그리고 아무런 생각마저도 없이, 어느 공원의 벤치에 꼼짝 않고 앉아, 그 순간 내 눈에 들어온, 이렇다 할 만한 것이라곤 조금도 없는 것들을 멍한 시선으로 바라본 적이 있었지, 라고 이 순간을 회상하며, 그런데 왜 그토록 사소한, 기억할 만한 것이라곤 아무것도 없던 그 부질없던 순간이 지금 내 마음속에 이토록 깊은 파문의 소용돌이를 만들고 있는 것일까, 어쩌면 그것은 지금 내가 느끼는 삶의 이 부질없음을, 그 부질없음 안에서 내 삶을 발견하게 되는 부질없음을, 그토록 현저하게, 진저리 치며, 느낀 적이 없기 때문일 거야, 하고 작은 목소리로 읊조릴 수도 있게 할, 그런 여름 아침이다.

나는 그 여름 아침의 무료하게 따사로운 기운과 평화에 온몸을 맡기고 있는데, 마치 그 온기와 평화가 벤치와 같은 앉을 것이라도 되는 것처럼, 나는 그것들에 몸을 지그시 기대고 있고, 그것들 역시 내 기분을 아는 듯 나를 아늑하게 감싸주고 있다. 아니 최소한 내가 느끼기에는 그렇다. 나는 하마터면, 아아, 이렇게 숨을 쉬고 있다는 것, 눈을 뜨고 있다는 것, 곧 살아 있다는 것, 그것은 얼마나 순수한 은총인가, 그 은총의 빛이 내게 집중적으로 쏟아지고 있는 것을 이렇게 눈을 지그시 감으니까 더 잘 느낄 수 있구나, 하는, 평소에는 해본 적이 없는 생각을 한다. 거기에 더해 나는, 내게 이렇게까지 그럴 필요는 없는데, 다시 말해, 내게 은총의 빛을 이렇게 아낌없이 쏟아줄 필요까지는 없는데, 하는 생각을 하기도 한다.

내가 앉아 있는 벤치로부터 조금 떨어진, 흙이 그대로 노출된, 환한 빛이 내리누르고 있는 공터에서는 두 여자아이가 배드민턴을 치고 있다. 그리고 나는 같은 장소에, 하지만 그들이 있는 세계와는 다른, 그 바깥의 세계처럼 여겨지는, 그늘이 드리워진 벤치 위에, 등받이에 팔을 올려놓은 채로, 다리를 꼬고, 내 몸이 그 벤치 위에서 구성할 수 있는 가장 편한 자세로, 앉아 그들을 지켜보고 있다. 내가 앉아 있는 벤치는 목재로 만든 것처럼 보이는, 하지만 갈색 페인트를 칠해 나무처럼 보일 뿐인 시멘트로 만든 것으로 오래 앉아 있게 되면 엉덩이를 아프게 하는 딱딱한 것이다. 나는 벤치 위에 오랫동안, 붙박인 듯, 마치 정성스럽게 알을 품는 암탉처럼 앉아 있었고, 이제 엉덩이가 조금씩 아파오고 있다. 하도 오래도록 그 위에 앉아 있어, 이제는 그 벤치라는 물체와의 어떤 일체감마저 느낄 수도 있는데, 내가 일어서면 그 벤치 또한 나와 같이 일어나 걸음을 옮겨, 나를 따라오기라도 할 것처럼 여겨지기까지 한다.

나는 이따금씩, 교대로, 한쪽 엉덩이를 약간씩 들어, 내 하부를 압박해 오는 그 묵직한 느낌을 덜어주곤 한다. 아마,

나는 아침 해가, 오늘 또한 아무 이유 없이, 그것이 늘 하는 짓대로, 동쪽 하늘 위로 떠오르기 전부터 이 벤치에 앉아 햇살이 어떻게 아침의 공원을 투명한 빛으로 적셔놓고, 나뭇가지에 매달린 이슬을 대기 속으로 사라지게 하는지를 보고 있었던 것 같다. 아니, 틀림없이 그랬다. 그런데도 왜, 어쩐지 그랬을 것 같은 생각이 드는지는 잘 모르겠다. 그것은 아마도, 추측건대, 나라는 존재가, 그 실재를 결코 인증하기 힘든 나라는 존재가, 언제나 그것을 생각할 때면, 가까스로 미루어 짐작할 수 있을 뿐인 어떤 것으로 여겨지는 것과 무관하지 않을 것이다.

아이들은 벌써 십 분 넘게, 쉬지 않고 배드민턴을 치고 있다. 그동안 셔틀콕은 단 한 번 땅바닥에 떨어졌을 뿐인데 그것도 그들 사이로 한 아이가 자전거를 타고 지나갔을 때였다. 자전거의, 어지럽게 회전하는 금빛 바큇살에 햇빛이 반사되는 순간 셔틀콕은 그 바퀴 자국 위에 떨어졌다. 그것은 바퀴가 굵은, 햇빛을 받아 금색으로 보이는, 크롬 도금이 된 산악자전거였는데, 사실 그 안장 위에 아이가 탔는지 어른이 탔는지는 자세히 보지 못했다. 내게는 그 자전거가 혼자 저절로 굴러가는 것처럼 보였는데, 만약 그 위에 누군가가 타고 있었다면 아이였을 것 같은 기분을 들게 하며 그것은 내 앞을 지나갔다. 그 자전거를 보는 순간, 그리고 그 자전거가 내 시야의 양극단 사이를 지나가는 동안, 나는 어쩌면 그러한 산악자전거를 한 대 사, 그것을 내 친구로 삼아, 어디든 우리가 함께 갈 수도 있을 거라는 생각을, 우리는, 걸어서도 오르기 힘든 산을, 자전거와 내가 서로 도와 오른 후, 내가 그것 위에 타는 대신 그것은 나를 싣고, 함께, 소리를 지르며, 아니 주로 내가 소리를 지르는 가운데, 우리의 기분 좋은 메아리 소리를 들으며, 가파른 비탈을 굴러내려 올 수도 있을 것이라는, 하지만 끝내 어딘가에 처박혀 나와 자전거 모두 못 쓰게, 망가지리라는 부질없는 상상 또한 했다.

그런데 거의 이상할 정도로 두 아이가 배드민턴을 치는 모습에서는 어떤 기교도 열의도 느껴지지 않는다. 나는 그들이 셔틀콕을 떨어트리지 않을까 하는 조마조마한 마음으로, 마음을 졸이며, 떨어지는 것을 보고 싶다는 기대로, 그들을 바라보지만 그런 일은 좀처럼 일어나지 않는데, 그것은 둘이서 아주 가까운 거리에서, 상대가 거의 틀림없이 받을 수 있게, 받지 못하는 것을 거의 불가능하게, 셔틀콕을 넘겨주고 있기 때문이다.

무척 단조롭게, 거의 기계적인 방식으로 그들의 팔이 허공을 휘저을 때마다 셔틀콕은 라켓에 부딪히며 약한 마찰음을 내며 포물선을 그리며 공중으로 치솟았다가 다시 중력에 의해 좌절된 듯 아래로 떨어지곤 한다. 그리고 셔틀콕이 아래로 떨어지기 직전 라켓과 조우하는 순간 라켓을 쥔 그들의 팔의 의지는 잠시 희미하게 발산된다. 일정한 거리를 유지한 채로, 둘은, 그렇게, 어느 쪽도 자신의 실력을 과시해 상대가 받지 못하게 하려는 의도가 느껴지지 않는 태도로 자신을 향해 날아온 셔틀콕을 일정한 궤도를 따라 되돌려 보내고 있다. 마치 둘은 그들 사이를 반사적으로, 끝없이 왕복하려는 셔틀콕의 아동에 대한 집요한 의지에 수동적으로 참여하고 있는 것처럼 보인다.

나는 둘 중 누가 이길지를 맞혀보라는 지시를 내게 내리지만, 곧, 누가 이기든 지든 나와는 상관없다는, 상관이 있다 해도 상관하지 않을 거라는 생각을 한다. 그리고 잠시 후에는, 꼭 승패가 나야 한다면, 이왕이면 둘 다 졌으면 좋겠다는, 그 단순한 생각 속에서도 나의 패배자다운 짓궂음의 일단을 엿볼 수 있는, 생각을 한다.

나는 계속해서 조바심을 느끼며 두 꼭짓점 중 한쪽이 무너지는 순간을 기다리지만 그 균형은 쉽게 깨어지지 않는다. 나는 정말 이대로 가다가는, 어느 순간 내가 자칫 어떤 억제할 수 없는 충동에 이끌려 자리에서 벌떡 일어나, 그들에게로 달려가 한 아이의 라켓을 붙들거나 빼앗아, 아니면 더 심한 경우에는 한 아이를 밀쳐 넘어뜨려, 셔틀을 치지 못하게 할지도 모른다는 생각마저 한다. 하지만 좀 더 인내력을 갖고 기다리도록 하자.

　나는 그들 너머 공원을 본다. 공원 너머, 고층 아파트의 옥상을 넘어온 햇살이 공원 내의 사물들에게 한층 뚜렷한 그림자를 만들어 주고 있다. 때로 이렇게 밝은, 도발적인 빛과 황홀한, 허구적인 그림자들이, 내 시선 속에서, 서로를 밀치며 교란하고 있을 때면, 내 주위의, 나를 둘러싼 사물들이 나를 얕잡아 보며, 내게 대들며 발악을 하는 경우도 있는데, 내가 그렇게 느끼는 경우도 있는데, 그리고 나 또한 그것들에게, 그것들이 나만 알 수 있는 순종적인 태도를 보일 때까지, 본분을 잊지 말라고 조용히 타이르거나, 꾸짖거나, 윽박지르거나, 대들다가, 마침내는, 나 자신도 수습하기 어려운 발광을 하는 경우도 있는데, 오늘은 모든 것들이 차분하게, 기력이 없는 듯, 아니면 내가 그것들을 도발할 기력이 없는 듯, 제자리를 지키고 있다.

　한 해 중 일사량이 가장 많은 지금, 햇살은 물체보다는 그것의 그림자를 더욱 선명한 것으로 만들어 놓고 있다. 태양은 천상의, 만약 그런 게 있다면, 빛의 샘에서 이제 막 길어 올린 투명한 빛을 지상으로 뿌리고 있는 것 같다. 두 아이 역시 빛에 싸인 그들의 육체보다는 그들의 그림자가 더욱 실제적인 것처럼 보인다. 그래서, 단조로운 동작으로 배드민턴을 치고 있는 두 아이는 그들이 움직이는 데 따라 그들의 그림자가 위치와 모양을 바꾸는 것이 아니라, 오히려 지면 위를 움직이는 그들의 그림자가 그들의 실체를 이끌고 있는 것처럼, 그들은 단지 그들이 만든 그들의 그림자 형상에 동반하는 부수적인 존재들처럼 보인다.

둘의 하얀 운동화 밑창의 볼록 면이 지표에 닿을 때마다 창백한 먼지가 인다. 메마른 땅바닥에서 발생한 그 먼지는 그들의 무릎 높이까지 오른 후 잠시의 망설임 끝에 본래의 자리로 되돌아간다. 먼지는 마치 그 광경을 지켜보는 내 느낌의 바닥에서 이는 어떤 것처럼, 나라는 존재의 부스러기처럼 여겨진다.

잠시 나는 여름의 특징적인 면모들을 점검해 본다. 잘 정돈된 화단에는 언제나 내가 그것들을 볼 때마다 헤프다는 인상을 안겨주는 붉은 장미가 꽃봉오리를 아주 오만하게 열어젖힌 채로, 피어 있다. 나는 그것들이 겨울이면 추위로 인한 시련을 겪고, 꽃을 피우고 열매를 맺는 데 많은 노력을 쏟는다는 것을 알고 있고, 그 정성을 이해할 수 있고, 나름대로 고충 또한 있다는 것을 모르지 않고, 그래서 그 정도의 기쁨을 누릴 자격은 있다는 생각을 한다. 보통 때 같았으면, 그리고 주위에 아무도 없는 때면, 나는 따귀를 때리듯 꽃봉오리를 손바닥으로 한 대 갈긴 후 그것이 저항하는 듯한 몸짓을 보이며 좌우로 흔들리는 것을 지켜보았을지도 모른다. 나는 그렇게, 사물이 내게 저항하는 태도를 보이는 것을 보는 것을 즐겼는데, 그것은 내게, 사물과의 어떤 은밀한 교제의 느낌을 주곤 했다. 하지만 나는 그 충동을 차분히 가라앉힌다.

햇빛이, 대지 위에 아낌없이 흩뿌려지는 그 기만적인 빛이, 주변 세상의 아름다움에 눈을 돌려보라며, 나를 현혹하고 있지만 나는 말려들지 않는다. 나는 그것에서 나의 기분을 상하게 하는, 내가 기분이 상한 것을 그것의 탓으로 돌릴 수밖에 없는 어떤 점을 끝없이 찾아왔다. 나는 그런 식으로 항상, 나의 낮과 밤을 관장하는 하늘의 해와 달을 주시하며, 오늘은 그것에서 어떤 잘못을 찾을 수 있을까를 따져보곤 했다. 오늘의 해는 어떤가? 그것은 납득하기 어려운, 다소 어수선한 빛을 내뿜어, 그것을 쳐다보는 내 마음을, 그 마음의 깊숙한 곳까지, 그 바닥까지 어수선하게 만들고 있다. 하지만 그 정도는 늘 있는 일이고, 오히려 양호하다 할 수조차 있고, 그래서 나는 관대한 마음으로, 잠시 그것을 너그러운 시선으로 쳐다본다.

가까운 곳에서는 종달새들이, 나는 그것들을 보지도 않고 종달새라는 것을 알 수 있는데, 사정없이 지저귀고 있다. 그리고 잠시 후에는 어디선가 나타난 비둘기들이 한낮의 공원의 움직임과 생기를 약탈하는 점령군처럼 땅 위를 기어다니고 있는데 비둘기만큼은 내가 견디기 어려운 것이었다. 악당들처럼 몰려다니는, 서로를 헐뜯는 듯한 목소리로 울어대는, 못된 비둘기들은, 언제나, 후두염을 앓는 환자들이 내는 목소리 같은, 그것의 방자한 울음소리로 내 간담을 서늘하게 만들곤 했는데, 사실 뚜렷한 이유도 없이 나는 그렇게 느꼈는데, 본래 나는 비둘기가 우는 소리를 잘 참지 못했다. 흔히, 비둘기들은, 물론 그 이유는 내 쪽에 있을 테지만, 나를 무안하게 만들곤 했다. 그것들이 우는 소리는 내게 죽은 영혼들의 가당찮은 저주를 떠올리게 만들곤 했다. 하지만 오늘 나는 그것들이 우는 소리 또한 참을성 있게 듣는다. 나는 그것들 또한 억제하기 힘든 충동을 갖고 있고, 그것을 발산할 권리 또한 있다고 생각한다.

그 모든 것들을 한참 쳐다보고 있으니 점차 머릿속이 아득해진다. 내 몸속에서 조금씩 그 농도가 짙어져가는 몽롱함, 아마 그것은, 내 전체적인 삶의 애매한 내용이기도 한 그것은, 이 순간에는 내 졸음의 모습일 것이다. 그 몽롱함이 내 몸을 조금씩 채운다. 그리고 내 몸속에서 차오르는, 내 내부에서 그 눈금을 읽을 수 있는 졸음은 차츰 내 의식을 왜곡시킨다. 모이를 쪼아먹고 있는 비둘기들의, 점점 축소되어 끝내는 하얀 점으로 사라질 것처럼 보이는, 작은 동작들이 내 눈꺼풀을 무겁게 만든다. 공원의 풍경이, 유리창에 비친 물체처럼, 서서히 평면 위에 희미하게 압축되고 있는 가운데 나는 결국 눈을 감고 만다. 마지막으로 본 두 아이의 모습이 나의 감겨진 눈 속에서, 하얀 잔상으로 잠시 머뭇거리며 쇠미하게, 땅속으로 꺼지며 사라져간다. 나는 나의 의식 속에서, 내 의식에 의해 사라져가는 그들을 붙들려 하지만 그들은 나의 의식의 손길이 미칠 수 없는 곳에 이른 듯, 마치 늪 속에 빠져드는 것처럼 멀어져간다. 그들의 모습이 마침내 보이지 않게 된 순간 셔틀콕이 라켓에 부딪히는 작은 마찰음마저도 점점 희미해진다. 그리고 나라는 존재 또한 몽롱한 빛의 거품 속에서 점차 해체되어 마침내는 형체를 잃어버린다.

다시 눈을 떴을 때, 나는 두 아이의 모습을 볼 수가 없다. 단지 그들이 서 있던 땅바닥에, 어지럽게 흩어져 있는, 그것을 들여다볼 때마다 어지러움을 느끼는 내 과거의 흔적들과도 같은, 운동화 자국을 남겨 놓고, 그들은 어디론가 가버렸다.

여름 한낮의 공원은 한밤중보다 더 죽어 있다. 마치 울분을 토하듯 빛을 내뿜고 있는 태양은 그것 아래의 어떤 움직임도 긍정하지 않고 있다. 나는 다시 눈을 감는다.

문득, 살며시 눈을 감고 있는 나의 망막이라기보다는, 그보다도 더 배후에 있는 내 의식 속에 하나의 영상이 투사된다. 기초적인 스케치처럼, 시간이 지나면서 조금씩 윤곽을 갖추어 가는 어떤 영상이, 완전히 가시지 않은 졸음 속에서 부표처럼 흔들리고 있는 나의 의식을 향해 다가온다. 그리고 그 영상은 천천히 나의 의식의 시선을 뜨거운 여름 오후의 햇살이, 사냥감을 먹어 치우고 있는 육식동물의 혓바닥처럼 핥고 있는 지표의 어떤 지점으로 이끌고 간다. 그곳에서 내가 발견하는 것은, 어디인지 알 수 없는, 내 의식 내의 적도에 가까운 어딘가의, 한여름 한낮의 열기 속에, 지열이 대기를 숨 막히게 하고 있는 어떤 곳의, 몽롱하게 누워 있는 아스팔트 도로의 한가운데에, 정확하게 노란색 중앙 차선에 걸쳐 죽어 있는, 그 위를 드물게 지나다니는 자동차 바퀴에 의해 납작하게 된, 메마른 피와 엉긴 털가죽만으로는 그것이 본래 어떤 짐승이었는지조차 알아보기 힘든, 자동차가 한 대 지나간 후 더한 정적이 그곳을 차지하면, 그림자 한 줄기도 비치지 않는, 그 위로 몰려든 주변의 파리 떼가 들끓는, 어떤 야행성 들짐승의 영상이다. 이미 털가죽마저 조각이 나 거의 다 떨어져 나간, 검은 타이어 자국이 그 넝마 같은 가죽에 선명하게 새겨진, 어둠 속에서는 실체를 갖지만 빛에 노출되는 순간 사라져 버리는 유령과도 같은 존재인 그 야행성 짐승의 상태로 보아 그것의 시체가 만들어진 것이 최소한 일주일은 된 것처럼 보인다.

태양이 여러 번 떠오르고 지지만 이곳에서의 태양은 식물의 싹을 틔우고 알을 부화하게 하는, 관용적인 빛을 던지는 태양이 아닌, 죽음을 후원하는, 소멸을 재촉하는 태양이다. 낮 동안 태양은 뜨거운 관심을 표현하는 듯 보이지만 그 사체에게 표현되는 관심은 멸시와 저주에 가까운 것이다. 황혼의 찬란한 빛도 그것을 위해서는 덧없음의 그림자를 만들어 줄 뿐이다. 그것 위로도 지나가는 시간은, 청소부처럼, 그 생명의 흔적을 지워가고 있고, 곧 마침내는 죽음의 흔적마저 깨끗이 지워버릴 것이다.

하지만 그 형체를 잃어가는, 이미 참혹한 모습마저도 상실한 그 동물의 남은 사체가 드러내고 있는 것은, 내가 그것에서 느끼는 것은, 모든 생명에 전제되고, 전제된 덧없음도, 참혹함도 아니다. 그것은 몇 년 전 장마가 끝난 후 어느 날 저녁 내가 강변에 산책을 나가, 제방에 앉아, 이상한 도취 상태에서 눈을 들어 무감각한 시선으로 앞쪽을 바라보았을 때, 이제 막 하늘에 걸려 있던 오후의 태양이 산 너머로 지려고 하고 있을 때, 붉은 노을의 하늘과 대조를 이루는 산의 검은 그림자가 천천히 앞쪽으로 전진해 오며 수면을 덮고 있을 때 발견한, 홍수로 수위가 상승하긴 했지만 무척 잔잔한 강물 위를 떠내려가고 있던 쥐의 시체를 바라보던 그 순간 내 마음속에, 기포처럼 조금씩 떠오른, 어떤 이름을 붙일 수 없는 기묘한 느낌과도 크게 다르지 않은 것이다.

그렇다, 그 부패하고 있는 사체가 강조하는 것은 고집스러운, 섬뜩하며 그로테스크한 권태이다. 그곳에서 권태는 질서이며 그 나머지, 잔혹과 덧없음은 그 권태의 부차적인 속성에 지나지 않는 것이다. 그 끔찍함은 잔혹하게 일그러진 그 모습이 아니라 그것에서 배어 나오는 권태로부터 연유하고 있다. 또한 그 권태는 그 동물의 사체에 내재해 있기보다는 그것과 관계하는 나의 의식 속에 있는 것이다. 그리고 그 끔찍함은, 세상의 종말 따위가 온다 해도, 그 종말 이후에도 남을 이 진저리 쳐지는, 나의 의식을 차지하고 있는 권태에 비하면 아무것도 아니다.

나는 눈을 뜨며 그 권태의 세계로부터 시선을 거둔다. 초록색 나뭇잎, 연한 갈색의 흙, 짙은 파란 하늘, 존재하는 것들의 색조가 이토록 생생한 것이 놀라울 만도 한데, 나는 놀라지 않는다. 그리고 모든 것들이 이렇게 다양한 색상들을 갖고 있는 이 세계가 조금은 경이롭게 느껴져도 될 텐데, 그렇지도 않다. 나를 두르고 있는 이 단단한 무감각의 각질이 어떤 감동도 내 안에 스며들지 못하게 해서일 것이다.

이제 내 머리 위로 태양은 그것이 가진 전부인 열기와 빛을 사정없이 내뿜고 있다. 그 빛 한가운데 있는 나는 존재하려고 하는 필사적인 그림자로, 이상하게도, 그 밝은 빛에 싸여 있으면서도 어둠 속의 그림자로, 사실상의 어둠으로 존재할 뿐인 것처럼 느껴진다.

　나는 시선을 떨구고 물끄러미 지면을 바라본다. 나는 내가 앉은 벤치 아래로 개미들이 줄을 지어, 바쁘게 뭔가를 나르고 있는 것을 지켜본다. 나는 개미들의 수효를 세지도 않고, 그것들이 무엇을 나르는지 유심히 보지도 않지만, 그럼에도 그것들에서, 잠시도 눈을 떼지 않고 바라본다. 그러면서, 나는 그 아무런 내용 없는 시선이야말로 내가 세상을 향해 열어놓은 시선이기도 하다고 생각한다. 나는 무의미하고 지루한 내 존재의 얕은 심연의 바닥을 들여다보듯, 마찬가지로 그 알 수 없는, 개미들의 지루한 행렬을 지켜보고 있는 것이다. 과거에 한때 익숙했던 어떤 희미한 슬픔이, 겉도는 슬픔의 감정이 나를 포위하려 하지만, 곧 나는 그것을 해산시켜 버린다. 그리고 조금씩 자꾸만 기울어지는 내 몸을 곧추세운다.

　누군가가 내 앞을 지나가며, 내 시선을 들게 한다. 한 노인이 구부정하게 몸을 숙인 채로, 아래를 내려다보며, 뭐라 힘없이 중얼거리며 지나간다. 나는 그를 여러 번 본 적이 있는데, 말을 건 적도 있는데, 언제나 그는 나에게, 저 노인은 오늘 밤에라도 죽을 것만 같군, 늦어도 내일 아침에는 죽게 될 거야, 하는 생각을 하게 했다. 하지만 그는 나의 예상을 어굿나게 하며, 그 어긋난 나의 예상 속에서, 또 하룻밤을 넘긴 듯 다음날이면 또다시 공원에 모습을 나타낸다. 전에 한 번은, 우연히 지팡이에 그의 몸과 외로움을 지탱한 채로 앉아 앞쪽을 응시하고 있는 그 노인 옆에 앉은 적이 있었다. 그에게는 내가 보이지 않는 듯 그는 눈을 돌리거나 하지 않았다. 그는 응고된 시선으로 앞쪽을 골똘히 바라보고 있었다. 그 시선은 자기 내면을 두려운 마음으로 바라보는 사람의 시선이었다. 나는 그를, 그의 시선이 향하고 있는 공허를 바라보며, 그가 젊은 날의 짧았던 기쁨을 약해진 기억력으로 더듬고 있는지 아니면 무서운 회한을 쓰라린 마음으로 어루만지고 있는 것인지 궁금했다. 그는 너무도 꼼짝하지 않고 앉아 있었고, 나 또한 그처럼 미동도 하지 않았다. 우리는 마치 누가 더 오랫동안 꼼짝 않고 있을 수 있는가 내기를 하듯 앉아 있었다. 우리는 너무도 조용히 앉아 있었고, 나는 우리가 앉아 있는 벤치 위에까지 올라와 그곳에 떨어져 있는 과자 부스러기를 쪼아먹는 비둘기를 보며, 어쩌면 그 비둘기가 그를 죽은 고목으로 생각하고 그의 머리 위에 둥지를 틀지도 모른다는 생각마저 했었다. 그 내기에서 나는 그를 당할 수가 없었다. 그의 옆얼굴은 고집 센 늙은 당나귀처럼 보였다. 나는 그가 살아 있는지조차 의심스러웠고, 그래서 결국 당나귀처럼 보이는 그의 귀를 살짝 잡아당

겨 보기까지 했다. 그는 그제야 얼굴을 내게로 돌리며, 나한
테 뭐라고 그랬어, 하고 묻는 것이었다. 그는 살아 있었다.
나는 그의 그 고집이 그를 아직도 살아 있게 하는 것처럼
여겨졌다. 하지만 나는 시침을 뗐다. 그는 의심스러운 눈초
리로 나를 바라보더니 다시 앞쪽을 바라보았다.

오늘 그는 무척이나 지지부진하게, 거의 앞으로 나아가고
있다고 느끼게 하지 않으면서, 오히려 제자리걸음을 하고 있
다는 느낌이 들게 하며, 아마 공원 내의 그의 벤치에 가는
듯, 걸어간다.

그의 모습이 내 시야에서 벗어나는 순간 그에 관한 생각
또한 내게서 사라진다. 무척이나 잔잔한, 온기를 품은 바람
이, 연약한 나뭇가지들조차도 거의 흔들지 않으면서, 내 앞
을 지나가는 어떤 갈색 털북숭이 개의 털을 어루만지며 가
볍게 떨게 하는 정도의, 그러니까 그 개의 솜털이 바람의 세
기의 척도가 된, 일정한 진행 방향을 알기 어려운, 부드러운
바람이 불었다. 개는-나는 그것을 유심히 관찰했고, 그것이
암캐라는 사실을 밝혀냈다-내 앞에 멈춰서서 나의 환심을
사기라도 하려는 듯 꼬리를 흔들며, 그런다고 내게서 얻을
것도 없는데, 마치 어떤 말 못 할 충동에 사로잡힌 듯, 좀 더
아양을 떨고 싶어 하는 눈치였지만-나는 설마 저것이 나를
개좆으로 생각하는 것은 아니겠지, 하는 엉뚱한 생각마저

들었다—그 점을 알지 못하는 주인은 막무가내로 개의 목을 감고 있는 줄을 잡아당겨 그것의 목을 졸리게 했다. 그러자 개는 나와 함께하고 싶은 욕구를 마지못해 포기하고, 곧장 앞으로 나아가더니, 무엇이 그렇게 기쁜지 계속해서, 그것의 목에 매인 끈을 쥐고, 그것의 뒤를 따르는 주인을 뒤돌아보며, 어서 빨리 가자며, 숨 가쁘게 짖어대며, 재촉했다. 나는 그 털북숭이 개와 그것과 어울리는 구레나룻을 기른 남자가 서로에 대한 애정으로 넘쳐 앞서거니 뒤서거니 하며 멀어져가는 것을 지켜보았다.

그리고 조금 있자 그 개의 뒤를 이어 이제는, 멀리서 보아도 초라한 행색이 눈길을 끄는, 가까이서 보았을 때는 그 초라함이 더욱 확연한, 거지처럼 보이는 한 사내가 지나간다. 그는 매번 볼 때마다, 변함없는 초라한 모습을 자아냈는데 나는 그가 거지로 보기는 어렵지만, 머지않아 거지도 될 수 있겠구나, 하는 생각을 했다. 그의 꾀죄죄한 얼굴은 석고처럼 푸석푸석해 보였는데, 마치 크게 웃기라도 하는 날에는 금이 가서 부서지기라도 할 것만 같았다. 하지만 그의 인상, 생김새, 그리고 거동과 관련해서 가장 큰 특징은 그가 어딘가 동물원의 원숭이 우리에서 곧장 탈출한 원숭이가 아닐까 하는 생각이 들 정도로 원숭이와 닮았다는 사실이었다. 그의 나이는 원숭이의 나이를 가늠하기 힘든 것처럼, 서른에서 쉰 사이의 어떤 나이로도 보였는데, 그래서 나는 그가 마흔 정도 됐을 걸로 짐작했다. 직립보행의 습성이 완전히 몸에 배지 않은 듯, 여차하면 두 손을 앞발로 사용할 것처럼 축 내린, 구부정한 어깨와 유난히 벌어진 턱, 함몰된 코, 그리고 그 모든 것들의 조합은 그의 원숭이와의 근친관계를 의심하게 하기에 충분했다. 허리가 심하게 휘어진 그는 한쪽 다리를 심하게 절었는데 몸이 너무 많이 앞으로 숙여져, 나는 좀 더 그의 코가 땅 가까이 위치해 있었다면 개로 오인할 수도 있을 거라는 생각을 했다. 그렇지만, 두 팔을, 원숭이들이 그렇듯이 앞으로 내밀어 늘어뜨린 채로 있었고, 성긴 구레나룻이 얼굴을 덮고 있는 그는 원숭이처럼도, 사람처럼도 보였다. 그는, 기관지가 좋지 않은 듯 연신 기침했는데, 자기대로는 가래침을 멀리, 그의 몸에 튀지 않도록 뱉는다고, 칵, 하는 소리를 섞어, 그 소리에 뒤이어 뱉었지만, 멀리 날아가지 못한 그의 끈적한 가래침은 그의 입가에 달라붙어 길게, 껌처럼 늘어지곤 했는데, 그 끈적끈적한 가래침을 아무렇지 않게 손으로 뗀 다음, 역시 아무렇지 않게 옷에 쓱 문질러 닦았다. 그것은 무척이나 꼴사나운 것이었고, 나는 할 수만 있다면 그의 얼굴에, 가래침을 뱉어주고 싶을 정도이다. 그의 그 초라한 꼬락서니는 내게서, 연민을 모르는 내게서, 연민보다는 그에게 달려가 손찌검이라도 하고 싶은, 짓궂은 생각을 들게 한다. 그는 오늘 또한, 다리를 절면서, 땅에 끌리는 그 다리로 내 시선을 끌며, 나를 마치 눈여겨보듯 바라보면서, 내 앞을 지나간다. 그는 모든 게 흠잡을 데 없는 평화의 기운이, 위장된 평화의 기운이 전운처럼 감도는 이 공원에 한 가지 흠집을, 고의로, 내고 있는 것처럼 보인다. 그의 모습은 지난번에 그를 보았을 때보다도 더 안색이 좋지 않다. 밝은 햇살 속에서 그는 그 환한 빛에도 불구하고 인지, 아니면 그 빛 때문에 더더욱 그렇게 보이는지는 분명치 않지만, 얼굴이 몹시 누리끼리하다. 그는 아무래도 심각한 병을 앓고 있는 것처럼 보이는데, 어떤 무서운 전염병이 휩쓴 고장에서 간신히 살아남은 사람처럼 여겨질 정도이다. 그는 내 앞에 잠시 멈춰서서, 얼빠진 얼굴로, 내게서 시선을 떼지 않고, 마치 내 동태를 감시하듯, 가만히 나를 쳐다본다. 나는 나를 가만히 쳐다보는 그를 가만히 쳐다본다. 그는 계속해서, 가만히 나를 쳐다보는 그를 가만히 쳐다보는 나를 가만히 쳐다본다. 우리는 그렇게, 서로를 감시하는 사람처럼 가만히 쳐다본다. 그는 내가 그에게서 눈을 떼기를 기다리는 것처럼 보인다. 나 또한 그가 내게서 눈을 떼기를 기다리는 것처럼 여겨진다. 잠시 그런 상태로 있고 난 뒤 그는 내게서 뭔가를 확인한 듯 의미심장하게 고개를 끄덕이더니 계속해서 가던 길을 간다. 나는 혼자 속으로, 별

미친놈도 다 있군, 하는 생각을 하며 성호를 긋는다. 물론, 가톨릭 신자도 아닌 내가 성호를 긋는 행위는 하나님의 가호가 있기를 이라는 의미보다는, 정황에 따라 다르긴 하지만 좀 더 불손하고 불경스러운 의미, 가령, 아직 지옥이 만원이 아니어서, 그곳에 빈자리가 있다면 지옥에나 떨어져라, 혹은 부끄러운 줄을 알아야지, 혹은 구제불능이군, 하는 의미이다. 방금의 경우에는, 그가 걷다가 엎어져 코나 깨져버리길, 하는 소박한 저주의 의미를 담고 있다.

　하지만 나는 그의 뒷모습을 계속해서 쳐다보면서 그에게서 한 가지, 다리를 저는 모습만은 무척 인상적이라는 생각을 한다. 좌우의 대칭을 깨면서, 동시에 그 무너질 것 같은 균형을 절묘하게 회복하는 그 걸음걸이에는 인상적인 어떤 점이 있다. 그는 누구도 흉내 낼 수 없는, 한 발을 뗄 때마다, 금방이라도 주저앉을 것만 같은, 하지만 그 쓰러지려는 순간 또다시, 이미 뗀 한 발로 균형을 잡으며 다른 한 발을 떼는, 거의 불가능한 걸음걸이로 걸어가는 것이다. 한쪽 다리를 절어, 걸음을 옮길 때마다 상체가 좌우로 흔들리는 그는 마치 탭댄스를 느리게 추는 것 같기도 한데, 그 걸음걸이는 정상적인 걸음걸이에 싫증이 나 새로운 걸음걸이를 개발해 그것을 연습하고 있는 것처럼 보이기까지 한다. 걸음을 옮겨놓을 때마다 휘어진 오른쪽 다리와 정상적인 왼쪽 다리 사이의 동작 차이에 의한 그 율동적인 움직임은 기분 좋은 느낌으로 내 몸에까지 전해졌는데, 나는 사람들이 곧잘 거북하게 여길 수도 있는, 비위가 약한 사람의 눈살을 찌푸리게 할 수도 있는, 그의 그 호소력 있는 걸음걸이가 오히려, 아무도 흉내 낼 수 없는, 멋진 것으로 여겨지며, 나 또한 그 걸음걸이를 익혀 실행해 볼 수도 있을 것 같은 쓸데없는 생각을 하기도 한다.

그의 뒤를 이어, 아이들, 아이들을 거느린 여자들이 지나간다. 그리고 그들보다 드물게, 멍한 시선을 한, 맥 빠진 표정을 지은 남자들 또한 지나간다.

오후 늦게 나는 집에 들어가는 길에 식료품 가게에 들른다. 그곳은 내가 며칠에 한 번 먹을 것을 사는 곳으로 한쪽에는 각종 야채들이 좌판에 진열되어 있고, 다른 한쪽에는 고기 진열장이 있는데, 그 가게의 주인은 나이 든 여자로, 한가한 시간이면, 그 가게에 들어온 누구든, 카운터 앞에 앉아 턱을 괸 채로 꾸벅꾸벅 졸고 있거나, 한번 터지기 시작하면 좀처럼 쉽게 멈추지 않는, 연쇄적인 하품을 늘어지게 하고 있거나, 책을 읽는 듯한 조용한 시선으로 천장을 바라보고 있곤 하는 그녀의 모습을 흔하게 접할 수 있다.

그리고 지금과 같은 여름이면 그녀는 파리채를 들고, 언제나 부족한 잠에서 덜 깬 몽롱한 얼굴로 가게 안을 어슬렁거리며 돌아다닌다. 내가 들어갔을 때도 그녀는 파리채를 든 채로 가게 안을 날아다니는 파리 한 마리가 어딘가에 내려앉아 내려칠 기회를 엿보고 있었다.

"오늘따라 자네 안색이 좋지 않아 보이는구먼. 간밤에 무슨 나쁜 일이라도 있었나?" 내가 들어선 것을 보고, 파리채를 아래로 내리며 그 말을 한 후 그녀는 자기 말이 맞는 것을 확인이라도 하려는 듯 내 몸을 아래위로 훑어보았는데, 그것은 나를 볼 때면 그녀가 으레 하는 말과 행동이었다.

그녀는 사람에 따라 내게 한 그 질문과, 오늘따라 얼굴이 밝아 보이는구먼, 간밤에 무슨 좋은 일이라도 있었수, 라는 두 가지의 질문 중 하나를 선택적으로 사용한다.

"자네 무슨 일이라도 있었나? 아, 알겠어, 아무 일도 없었던 게로군. 아무 일도 없을 때면, 자네 얼굴은 늘 그렇게 좋지 않았지." 우리는 그 정도로, 그 이상은 아닌 정도로, 서로를 잘 알고 있다.

"장사는 잘되나요?"

그것은 그녀의 안부를 묻는 말에 대한 나의 변함없는 대답이다. 우리의 그 인사는 내가 몇 달 전 그 가게를 처음 간 이후로 조금도 변하지 않았다.

"오후 장사치고는 그런대로 괜찮다네."

그녀는 항상 그렇게, 하루 중 어떤 시간대인가에 따라, 아침 장사치고는, 오후 장사치고는, 늦은 밤치고는 괜찮네, 라고 대답을 한다. 아아, 저주마저도 무한히 가벼운 것으로 만드는, 이 영속적인 삶의 일상성. 그녀는 그 일상성의 화신처럼 여겨질 정도이다. 그런 다음 우리의 대화는 날씨에 관한 것으로 옮겨간다.

"오늘은 날씨가 좋지?"

"비가 올 것처럼 구름이 조금씩 끼기 시작하는데요."

"그래도 비는 안 오잖아."

물론 비가 오는 날이면 우리의 대화는 다음과 같이 약간의 변형이 가해진다.

"오늘은 날씨가 좋지?"

"비가 오는걸요."

"그래도 바람이 심하게 불거나 하지는 않잖아."

그러면 나는, 정말 그렇군요, 라는 말로, 그 말을 하면서, 나 역시 그날의 날씨가 좋은 것으로 느껴지는, 우리의 인사를 마무리 짓는다.

가게 한쪽 천장에는 끈끈이 액 살충제가 발라진 띠가 매달려 있고 그 띠에는 이미 죽었거나 죽어가고 있는 파리들이 새카맣게 달라붙어 있다. 하지만 이상하게도, 파리들의 대량 학살이 이루어지는 그 공개 처형장의 모습은 내게 역겨운 느낌을 불러일으켜야 할 텐데도, 내가 느끼는 것은, 그 작은, 나른한 가게 안을 담은 화폭에서 생략되어서는 안 되는, 화면의 전체적인 통일성을 부여하는 데 있어 필수적인 어떤 것, 단지 나른함을 배가시키는 어떤 요소로서이다.

그 사이 그녀는 그녀가 쫓던 예의 그 파카 벽에 앉는 것을 보고는 육중한 몸을 뒤뚱거리며 그 가까이 다가간다. 파리는 이미 파리똥으로 지저분한 벽에 잠시 앉아 작은 다리로 얼굴을 비비고 있다. 그녀는 파리 한 마리를 향해, 그녀의 모든 정신과 집중력을, 그 순간만큼은 자신의 나이도 고달픔도 잊은 채로, 쏟고 있는데, 그것은 내게 잠자리채를 들고, 드넓은 가을의 고추밭을 누비며 잠자리를 쫓던 중, 고춧대에 앉은 잠자리를 포획하기 위해 놓쳐서는 안 되는 한순간을 노리고 있는 아동이 있는 들판을 떠오르게까지 한다.

그녀는 순식간에 파리를 내려친다. 하지만 파리는 그녀의 파리채가 그것의 등짝에 닿아, 그 한 번의 가격에 모든 것이 끝장나기 전에 도망을 친다. 대신 벽에 달라붙어 있던 먼지가 풀썩 인다.

그녀의 동작은 우스우리만치 느리고 낡은 것으로 여겨진다. 정말이지 그녀의 모든 동작은 나이 든 그녀가 지금까지 살아오는 동안 너무도 많이 되풀이해 이제는 무척 낡은 것처럼, 그녀가 입고 있는 해진 옷소매처럼, 보인다. 그럴 때의 그녀는 그녀가 천장에 매달아 놓은 그 끈끈이 파리잡이에 달라붙어 있는, 힘이 빠진 파리처럼, 마치 시간의 거미줄에 걸린, 그녀가 잡으려는 파리처럼 보이는데, 그것은 나로 하여금, 이 여자는 그녀의 손에 죽어가는 파리와 다르지 않아, 그리고 그녀는 그 사실에 대해 상관하지 않아, 라는 생각을 하게 하는 것이다.

그녀는 파리가 다시 앉기를 기다리지만 한번 혼쭐이 난 파리는 여간해서 그녀가 바라는 대로 해주지 않는다.

"자네는 좀 더 살이 쪄야겠어." 그녀는, 방금 전, 바로 옆에 있는 나에 관한 생각을 잊어버리고 파리에 전념했던 것처럼, 이제 파리에 관한 생각을 잠시 잊어버리고, 그녀 앞에 있는 내가 생각이 난 듯 말을 한다.

그 몸으로는 바람이 심하게 부는 날이면 외출하기도 힘들겠어."

"나는 아무리 먹어도 살이 찌지 않는걸요. 물론 아무리 먹지 않아도 살이 빠지지도 않지만요."

나는 그녀에게 고기를 얼마치 달라고 하고, 그녀는 냉동고 속에 든 고기를 꺼내 저울 위에 올려놓는다. 그리고 그녀는 고기를 조금 더 얹어주며 내게 저울의 눈금을 보게 한다. "특별히 자네한테 좀 더 주는 거라네." 그 말 또한 그녀는 잊지 않는다.

그렇게 그녀는 아무 생각 없이 앉아 있다가 누군가가 들어오면 자리에서 일어나 고기를 꺼내 썰어 판 후 손님이 나가고 파리도 더 이상 소란을 피지 않으면 그때부터는 마찬가지로 아무 생각 없이 자리에 앉아, 그렇게 자신을 따르던 그 모든 파리는 어떻게 된 건지 궁금한 듯 천장을 쳐다보며, 파리들이 일단 아슬아슬한 곡예비행을 끝낸 뒤 철수해 한숨을 돌리고 있는 것을 확인한 다음에는 파리가 그녀의 감각 영역 속에 출현해 그녀의 둔한 신경을 건드려 그것을 잡아죽여야겠다는 생각을 하게 할 때까지는 가게 입구를 바라보며 하품하거나, 꾸벅꾸벅 졸거나, 천장을 멍하니 바라보는 것이다. 그녀가 가만히 앉아 얼굴에 달라붙는 파리를 손을 내저어 쫓는 모습은, 다시 한번, 내게 한가롭게 초원에 드러누워 긴 꼬리를 휘둘러 엉덩이에 달라붙은 파리 떼를 쫓는, 그리고 그 얼마 후에는, 이 식품점의 냉동고 속에, 큼직한 고깃덩어리로 해체되어 들어 있게 될, 하지만 아직은 꿈을 꾸고 있는 암소가 있는 목가적인 풍경에 대한 상상을 일깨우는 것이다.

　그녀는 영원히, 그 지저분한, 무료함이 점거하고 있는 정육점 안에서, 그녀에게 없어서는 안 될, 과부인 그녀의 되살아난 남편 혹은 벗과도 같은, 그녀를 귀찮게 하는 만큼, 그녀에게 생기를 불어넣어 주고, 그녀를 살아 움직이게 하는 파리를 죽이며, 그것들과 함께 지낼 것이다. 그리고 언제나 내게 그녀의 그 모습은 이제 맥없이 발버둥을 칠 수 있을 뿐인, 끈끈이에 달라붙은 파리로 기억될 것이다. 나는 그 생각을 하며 그녀가 싸준 고기를 들고 정육점을 나온다.

그 이튿날 공원에서 원숭이처럼 생긴 그 사내를 또 보았다. 벤치에 앉아 있는 나를 발견한 그는 나를 향해 손을 들어 보였다. 물론 나는 내가 알지도 못하는 그를 향해 손을 들거나 하지 않았다.

"나를 알아보겠소?" 내가 앉은 벤치 끝에 앉으며 그가 물었다. 물론 나는 그를 알아볼 수는 있었지만, 그를 알지는 못했다. 나는 공원을 산책하는 사람들이 우리를 보며, 유유상종이라는 어휘를 떠올릴 수도 있을 거라는 생각에 내 옆에 앉아 있는 사내가 몹시 불편하게 여겨졌지만, 그것을 알턱이 없는 그는 전혀 아랑곳하지 않았다.

그는 오랜 친구를 만난 듯, 우리가 아는 사이가 아닌데도 불구하고, 그동안 어떻게 지냈소, 라고 물었다. 그러면서 그는 내게서 자신과 닮은 점을 찾는 듯, 내 몸을 위에서 아래로 훑으며, 나를 빤히 쳐다보았다. 땀이 밴 그의 얼굴은 열기에 버터처럼 녹아내릴 것 같았다. 나는 그에게는 관심도 없는 듯 태연한 표정을 지었다. 하지만 마침내 그는 내게서 그와의 공통점을 발견한 듯 미소를 지으며 나를 바라보았다.

그는 내게서 그의 모습을 발견한 듯, 내가 원하는 것을 자신도 원하고 있는 듯, 그리고 그것을 우리가 나눠 가질 수 있다는 표정으로, 회심의 미소를 지으며, 나를 물끄러미 쳐다보았다.

그날 그의 차림은, 물론 그 전날도, 그 이전에도 똑같았지만, 아주 야릇해 보였다. 그는 그의 짧은 팔에는 긴, 그래서 손등까지 덮은, 본래 하얬을 테지만, 때에 절어 검정색처럼 보이는 셔츠와, 마찬가지로 짧은 그의 다리에도 훨씬 짧아, 그의 발목 위까지 드러나는 감색 바지를 입고 있었다. 삶은 오징어처럼 하얀 살갗에 털 하나 없는 그의 다리는 몹시 이상해 보였다. 그의 그 차림은, 왜 약간 어딘가 모자라는 인간은 항상 저렇게, 짧은 바지를, 그 길이가 모자라게 입는 것일까, 하는 의문을 품게 하는 것이었다. 그는 그 가랑이가 짧은 바지를 경우에 따라 좀 더 올려 입기도 내려 입기도 했지만, 거의 정강이가 다 드러날 정도로 짧게 입는 데는 예외가 없었다. 나는 그를 처음 본 이후로, 그 의문에 매달렸는데, 어느 하루는 한 시간도 넘게 그 생각만 골똘히 한 적도 있었는데, 그래서 내가 얻은 일차적인 결론은, 그들이 걸을 때, 땅에 끌리는 바짓자락을 밟아 넘어지지 않도록 하기 위한 것이라는 거였는데, 그것은 어느 정도 근거 있는 것처럼 여겨졌지만, 그것은 그들의 바지가 짧은 것을 완전하게 설명해 주지 못했다. 다시 말해 그 논리는 약간 모자라는 사람이 바지를 길게 입을 수도 있으며, 정상인 사람이 바지를 짧게 입을 수도 있다는, 예외적인 경우에까지 일반화될 수 없다는 결함을 갖고 있었다. 나는 그 문제를 본원적으로 설명할 수 있는 논리를 찾으려고 부단히 애를 썼지만, 아직도 만족할 만한 답을 얻지 못하고 있었다.

그는 내가 그의 친한 친구이기라도 한 듯, 우리가 마저 못한 얘기가 있어, 그것을 마저 얘기라도 하려는 듯, 아무런 거리낌 없이, 말문을 열었다.

"왜 이 동정심을 모르는 세상의 가장 큰 피해자가 바로 나여야만 하죠? 아니, 꼭 그렇다곤 할 수 없더라도 자꾸 그런 생각이 드는 거죠? 나는 오늘도 아침 일찍, 누구보다도 먼저라곤 할 수 없지만 그래도 꽤 일찍, 이곳에 도착했는데 공원 관리실에 앉아 있던 공원지기는 나를 발견하고는 마치 내가 그에게 하품을 일으키기라도 하는 듯, 턱이 내려앉을 정도로 입을 쩍 벌리며 하품하며, 그 광경은 아프리카의 어느 물가에서 게으름을 피우며 일광욕을 하고 있는 하마의 하품을 떠오르게 하는 것이었소, 또다시 그놈이 왔군, 하는 표정을 지으며 나를 물끄러미 쳐다보았소. 언제나 그는 나를 볼 때면 저놈은 어제를 넘기기 힘들 것처럼 보였는데 오늘까지 살아 있군, 하지만 내일까지 살기는 힘들걸, 하는 말을 하기라도 하려는 듯 입술을 내민다오."

아니, 이 자가, 내가 언젠가 그 노인을 보며 생각했던 것과 유사한 생각을 가졌단 말인가?

"나는 그가 자신에게 나를 이곳에 입장시키지 않고 쫓아낼 아무런 근거가 없다는 것이 못내 아쉬운 표정을 짓는 것 또한 놓치지 않고 보았소. 나는 그때마다 이 공원 풍경의 일부로 동화되지 못하고, 그것을 훼손하는 어떤 점이 내게 있는 것은 아닌가 하는 생각을 하지만, 적어도 내가 아는 한은 그런 것은 없소. 당신 생각은 어떻소? 내게 그런 점이 있고, 그래서 내가 이 공원에 출입하지 말아야 한다고 생각하오?"

그의 생각을 담당하는 것이 그의 뇌가 아닌, 그의 배이기라도 한 듯 그는 얘기하는 동안, 셔츠 속에 손을 넣는 대신, 한 손으로 셔츠를 걷어올려, 이미 하도 긁어 빨갛게 달아오른 그의 배를 드러낸 채로, 꾸준히 배를 긁적였다. 그의 그 행동은 그를, 어쩔 수 없는 원숭이처럼 보이게 했다.

나는 그의 실없는 얘기에 대꾸해 나 또한 실없는 사람이 되느냐 마느냐를 놓고 잠시 고민을 했다.

"적어도 내가 아는 한은, 당신은 그렇지 않아요." 나는 내심에 반하는, 그를 두둔하는 말로 그를 안심시켰다. "나는 언제나처럼 그에게 알은척을 했소. 하지만 그는 개 한 마리가 지나가는 듯 나를 거들떠보지도 않았소. 내가 공원 안에 들어와 몇 발짝을 뗀 뒤 뒤를 돌아보았을 때 그는 그 자리에 우뚝 선 채로 나를 눈여겨보고 있었소. 마치 나를 쫓아낼 구실을 찾기라도 하는 듯 말이오. 나는 이제 앞으로는 나 역시 이런 자들을 거들떠보지도 말아야겠다고 다짐했소."

그는 이번에는 수염이 난 턱을, 박박 소리가 나게 긁으며 말했다. 턱을 긁는 그는 나무랄 데 없는 원숭이처럼 보였다. 그의 옆에 있자니 나 또한 괜히 몸이 간질거리기 시작했지만, 위신을 생각하며 간신히 참았다. 나는 그의 몸에 서식하는 이가 혹시 새 주인을 찾아 내게로 건너오지는 않을지 불안하기까지 했다.

"전에 한번은 지하철에서 이런 일도 있었소. 나는 종종 오후에는 이 도시를 타원형을 그리며 순환하는 지하철에 타고 여행하기도 하오. 그 순환 여행은, 내게 열차에 타는 순간, 어떤 꿈으로 엮어진 미로 속을 헤매고 있는 느낌을 갖게 해주거든요. 그날 아마 세 바퀴도 넘게 돌았을 때였을 거요. 그런데 역무원인지 경찰인지, 내게는 제복을 입은 사람은 똑같이 보이거든요, 알 수 없는 어떤 사내가, 이제 막 잠이 든 나를 깨우며 전동차에서 내리라고 했소. 그래서 내가, 나 하나 더 탄다고 해서 전동차의 속도가 느려지는 것도 아니잖소, 라고 했더니 그는, 며칠 동안 거의 아무것도 먹지 못해 바싹 마른 내 몸을 위에서 아래로 훑으며, 당신 몸무게 때문이 아니라, 당신 몸에서 나는 악취 때문이야, 라고 했소. 결국 나는 그의 손에 이끌려 밖으로 쫓겨나고 말았소. 그 일로 내가 불쾌하거나 하지는 않았소, 나는 어디서 쫓겨나는 일에는 이골이 났거든요, 그리고 막상 쫓겨나는 순간에는 약간 기분이 우쭐해지기도 하죠, 뭐랄까, 내가 중요한 어떤 사람처럼 여겨지기까지 하거든요. 나는 다만 조금 슬펐소. 그리고 나는 이 동정심을 모르는 세상을 깊이 동정했소. 지금도 동정하고 있소." 그는 얼토당토않은 생각을 하지 않고서는 아무 생각도 할 수 없는 것처럼 보였다.

나는 멍한 상태로, 눈을 들어 현란한 빛으로 치장을 한 여름 오후의 태양이 천천히, 위엄 있게, 이동하고 있는 것을 보았다. 내가 앉은 그늘 위로, 나뭇가지 사이로 햇빛이 스며 들어 내 앞에 삼각형과 마름모꼴의 햇살 무늬를 그려놓고 있었다. 나는 조금씩 모양이 바뀌는 햇살 조각을, 그것이 마치 의미 있는 상징 부호들이라도 되는 듯, 유심히 바라보았다. 바람이 잔잔히 일면서 나뭇가지가 흔들리며 햇살은 더욱 다양한 모양의 도형들을 만들어 내고 있었다.

멀리, 공원 담장 너머 거리를 질주하는 차량의 엔진소리가 오후의 열기에 짓눌려 아득하게 들려왔다. 순간적으로 나는, 거리로 달려 나가, 아스팔트 위에 몸을 던져버리고 싶

은, 몸이 짓물러 터져 형체도 알아보기 힘든 것으로 만들고
싶은 충동을 간신히 눌렀다.

그 사이에도 그 사내는 뭐라고 계속해서 지껄이고 있었다.
나는 자신의 한심한 무료함으로 그렇지 않아도 막연한 겨
르로움으로 몸둘 바를 모르고 있는 나를 더욱 무료하게 만
드는 그 성가신 자를 참을 수가 없었다. 결국 내가 더 이상
말대꾸를 하지 않자, 그는 자리에서 일어나, 다시는 나와는
아무 얘기도 하지 않겠다는 듯 나를 쏘아본 후 몇 걸음을
떼더니, 다시 돌아와, 다시는 자기를 알은체하지 말라는 얘
기를 하고는 딴 곳으로 가버렸다. 나는 오후 내내 그가 무리
에서 낙오된 원숭이처럼 소침한 얼굴로 산책하는 것을 볼
수 있었다.

내 위로, 거실의 불은 꺼져 있고, 나는 카펫 위에 반듯이
누워 바깥의, 내가 사는 연립주택의 3층 아래로부터 올라오
는 미약한 빛에 닿아 있는 나의 알몸을, 혹은 그것을 두르
고 있는 빛을 보고 있다. 오래도록 나는 눈을 떼지 않고 그
것을 보고 있지만 나의 마음만큼이나 모호한 그것이 어디
에서 시작되어 어디에서 끝이 나는지 알 수가 없다.

나는 삼십 분 정도를 무언극을 공연하는 배우의 연기일
수도, 현대의 전위적인 춤일 수도, 아니, 오히려 이것에 더
가까운데, 단지 팔과 다리를 내젓는 것에 불과할 수도 있는

어떤 동작에 몸을 내맡겼다.

나는 더 이상 나의 몸이 내게 달려 있지 않고 다른 어떤 곳에 있는 것처럼, 단지 나는 나의 육체의 흔적만을 갖고 있는 것처럼 느껴진다. 실제로 나의 몸은 내게서 분리되어 밤과 함께 기어들어 온 어둠 속에 떨어져 있는 것처럼 여겨진다. 또한 나의 마음과 정신은 나의 육체에도 공간에도 소속되어 있지 않은 것처럼 생각된다. 이럴 때면 나는 내가 이 세상과 아무런 관련이 없이 존재하는 것처럼, 내가 아무것도 아닌 것처럼 여겨진다. 아니 항상 그렇게 느끼지만, 이 순간에 좀 더 뚜렷이 그것을 느낄 수 있다. 나는 천천히 나의 육체를 찾기라도 하는 듯 어둠 속을 더듬는다.

창문은 열려 있지만, 습기를 머금은 미지근한 바람이 이따금 들어올 뿐이고, 나의 몸은 아직 증발하지 않은 땀으로 젖어 마치 얇은 비닐 막에 씌어 있는 것 같다.

균일하게 바깥 창문을 두드리던 비가 언제 그쳤는지는 모르겠다. 다만 빗물에 젖은 아스팔트 위를 달리는 자동차들의 바퀴가 물웅덩이를 지나면서 내는, 양동이에 든 물을 쏟는 듯한 쏴 하는 소리만이 이따금 들린다. 그리고 그때마다 거실 천장 위로 물기를 머금은, 자동차의 헤드라이트 불빛이 빠른 속도로 지나간다.

숨을 죽이고 있는 밤의 어둠 속에서 거실은 무한한 넓이를 가진 공간처럼 여겨진다. 나는 눈을 감는다. 그러자 거실과 나의 몸, 그리고 모든 소리 또한 갑자기 마련된 어둠 속으로 사라져 버린다.

나는 내 자신이 밤에, 잠이 나의 의식을 다시는 올라오기 힘들 것 같은, 깊이를 알 수 없는 어떤 곳에 내던지기 전에, 혹은 한밤중에 문득 토막 난 꿈과 꿈 사이에 깨어나, 어떤 공장의 기계 장치들이 연쇄적으로 회전하기 시작하듯, 나의 몸의 한 곳에서 시작되어 다른 모든 곳으로 파급되는, 일상적인 몸짓과는 분명히 차이가 있는, 무엇인가를 표현하기보다는 오히려 감정을 거세하는 것에 가까운, 내게는 소멸의 연습처럼 여겨지는 그런 짓을 하다가 다시 잠이 들곤 하기 시작한 이유가 분명치 않다. 어쩌면 그것은 무의식에 가까운 상태에서 다소 격하게 몸을 움직여 온몸의 힘이 빠진 후 몸을 눕히게 되면, 마치 무한한 밤 외에는 아무것도 바라볼 수 없는 원양의 밤에, 난파한 배의 갑판 위에 누운 채로 배가 침몰하기를 기다리는 순간에 느끼는 두렵지만, 감미로운 죽음을 떠올릴 수 있다는 것을 알게 되었기 때문인지도 모른다.

내 내부에서 눈을 뜨고 있는 죽음은 하나의 완전한 자치 공간을 가진 것처럼 보인다. 죽음은 나의 침묵의 순간을 메운다. 나는 죽음에 대한 의식이 생기는 순간이면 그 불안감

속으로 도피한다. 그런데 기이하게도 나를 지켜주는 것은 그 불안 자체인 것처럼 보인다.

나는 텔레비전의 명암 조절 다이얼을 돌려 화면을 최대한 어둡게 해 완전한 검정색 화면이 나타날 때처럼 나의 몸짓이 점점 희미해져 어둠에 포개어져 그 속에서 꺼지기를 바라고 있다. 하지만 숨을 멈추어도 몸의 최소한의 미세한 떨림은 살아 있으며, 어떤 단조로운 박자에 맞춰진 듯 나의 복부는, 그 안의 모든 것이 꺼지지 않았다는 것을 입증하기라도 하는 듯 규칙적인 상하 움직임을 보이고 있다. 나는 한 순간도 멈추지 않고, 나를 위해 충실하게 일을 하고 있는 나의 심장에 대해 순간적으로 배반감마저 느낀다.

나는 숨을 멈추고, 눈을 감은 채로, 망막에 맺힌 이미지들이 소멸하기를 기다린다. 내게 세상은 아무리 해도 발을 내디딜 수 없는, 어느 순간 마련되었다가도 다음 순간에 철거되는 서커스의 가설무대와도 같이, 그리고 나 자신은 어딘가에서 유배되어 와 그 세상 위를 떠도는 유령처럼 느껴질 뿐이다. 낮에조차도. 정말 나는 자신이 때로 어디에도 내려서지 못하는 유령처럼 여겨진다. 겨우 나는 내가 살아 있다는 것을 어렴풋이 짐작할 뿐이다. 나는 삶이 환영에 불과한 것이 아니라는 것을 자신에게 설득시킬 수 있는 납득할 만한 아무런 근거를 찾을 수가 없다. 나는 내가 존재한다는 사실을 나를 짓누르는 공허감을 통해 확인할 뿐이다. 산다는 것은 나에게 있어서 기적이다. 나는 내 안의 일부가 살아 있는 죽어 있는 사람인지, 아니면 내 안의 모든 것이 죽은 살아 있는 사람인지 모르겠다. 나의 삶은 내가 그 위에 발을 내딛는 순간 내려앉아 버리고 마는 무른 지반처럼 여겨진다.

나는 다시 눈을 뜬다. 아스라한 빛에 잠긴 실내는 바닷속처럼, 물기에 젖은 나의 육체는 깊은 바닥에 가라앉은 난파한 배의 잔해처럼 여겨진다. 그리고 나는 잔해처럼, 혹은 그것들이 수면 위로 떠오르는, 의식의 녹슨 부유물들을, 그물을 끌어 올리는 어부처럼 인양했다가 다시 던지기를 되풀이한다.

나는 내가 사는 연립주택 단지 내를 걸어간다. 공원으로 향하는 중이다.

하늘에는, 내 발아래로, 나의 그림자를 아스팔트 위에 투영하고 있는, 그 그림자의 짙은 농도만큼 강렬한 태양이 떠 있다. 나는 순간적으로 고개를 들어 정오의 태양을, 그 꺼지지 않는, 꺼질 줄을 모르는 태양을, 그것에서 어떤 양보를 얻어내기라도 할 듯, 쳐다보았다. 사실 그렇게 하루 한차례, 잠깐이라도, 얼굴을 찌푸리며, 찌푸린 얼굴에 자연스럽게 형성된 못마땅한 표정으로, 태양을 똑바로 바라보는 것은 내

버릇이다. 그렇게 나는 태양을, 그것이 혹시 중태에 빠지지 않았나 하고, 이 세상의 종말을 예고하는 어떤 징후를 찾을 수는 없나 하고, 그것에서 사그라드는 모습을 보기를 기대하며 그것을 쳐다보는데, 그것은 언제나 나를 깔보는 표정으로 나를 내려다보곤 했다. 눈부시게 하얀 태양이, 하얀 고무풍선처럼, 지금 떠 있는 위치에서 더 위쪽으로 날아갈 것 같은, 전혀 무게가 느껴지지 않는 태양이 떠 있었다.

빛이 내 망막을 누르며, 백색의 방사광들이 머릿속에서 흩어진다. 거의 가려움증을 일으키는 빛의 희롱 속에서 잠시 어지러움을 느끼며 나는 그 자리에 서 있었다.

그때 갑자기 요란한 사이렌 소리가 거리의 정적을 깨며 울렸다. 가상 적기가 하늘에 굉음의 자국을 내며 날아갔고 거리의 사람들은 건물 밑으로 몸들을 숨겼다. 가상 적기는, 날아가는 것이 자못 신나는 듯, 두 줄기의, 유쾌한 하얀 연기를 내뿜으며, 그것이 지나가는 하늘 아래의 모든 것들을 가상적인 것으로 만들며, 순식간에 하늘 저편으로 사라졌다. 거리는, 전시의 소개된 거리처럼 텅 비었고, 사이렌 소리가 끝난 후의 고요는 그 텅 빈 거리를 더욱 공허한 것으로 만들었다. 나는 만약 전쟁이 이런 정적의 순간을 마련해준다면 전쟁은 있어도 괜찮을 거라는 생각을 했다. 나는 대피할 생각도 안 하고, 그럴 수만 있다면 몸소 적기의 표적물이라도 되려는 듯, 무방비 상태로 그대로 서 있었다.

그 가상 적기는, 오래전 언젠가 오늘과 똑같은 방공훈련이 있었던 날을 기억나게 했고, 그날 있었던, 내가 잊을 수 없는 어떤 사건 또한 떠오르게 했다.

내가 열세 살 혹은 열네 살 때 여름의 어느 날, 오늘처럼 방공훈련이 있던 날이다. 그날 오후에도 이처럼 긴장된 사이렌 소리가 울렸고, 수업 중이던 우리는 경계 경보음에 교실을 뛰쳐나와 운동장 가에 심어진, 거인의 팔처럼 우람한 가지를 뻗고 있는 느티나무 아래로 대피했다. 우리는 마치 그곳에 있는 한 안전하기라도 한 것처럼 나무 그림자 아래 몸을 숨기고 있었고, 팔에 노란색 완장을 두른 선생들은 호루라기를 불며 움직이는 아이들을 향해 몸을 숨기라고 소리를 질러댔다.

그 훈련은 매달 되풀이되는 것이었지만, 그것에 내포된 실제적인 위협을 느낄 수는 없었다. 그 시간은 단순히, 수업 시간의 지루함을 덜 수 있는, 훈련이 있고 난 뒤면 보통 곧바로 수업이 끝나는, 기다려지는 시간이었다. 우리 모두에게 우리 모두가 상대해야 하는 적이 있다는 사실은 너무도 추상적인 것이었다. 우리 모두에게, 우리의 머릿속에 주입된 우리의 적은 그 방공훈련 동안에만 출몰했다가 그것이 끝나자마자 사라지는 것으로 오히려 환영 같은 것이었다. 우리는 역사의 그늘 속에서 희미한 모습으로 실재하는 과거의 어떤 전쟁으로부터 너무 멀리 떨어져 있었다. 그리고 나는 누군가가 우리를 침입한다면 그것은 우리와는 생김새부터 다른, 전자 병기로 무장한, 외계로부터 날아온 자들일 거라고 상상했다. 그럼에도 나는 전쟁의 포성이, 어떤 그리움처럼 아련한 그 소리가 미래의 어느 날 들려오기를, 그 소리를 내가 들을 수 있기를, 그리고 그 포성과 함께 지금의 모든 것이 이전과는 전혀 달라지기를 기원했다.

그늘 바깥쪽에 앉아 있던 나는 국기 게양대에 붉은 삼각형 깃발이 오르는 것을 보았고, 공습경보의 좀 더 예리한 사이렌 소리를 들었고, 그것이 끝난 후의 고요 속에서 우두커니 햇빛이 비치는 앞쪽을 바라보았다. 그 순간 땅바닥에 움직이는 뭔가를 발견했다. 그것은 버마재비와 초록색 사마귀였다. 그것들은 서로 뒤엉켜, 마치 교미를 하고 있는 듯 보였지만 그렇지는 않았다. 내가 그것들을 발견했을 때 사마귀는 이미 버마재비를 반쯤 먹은 상태였다. 나는 사마귀가 튼튼한 아래턱을 움직이며 버마재비를 송두리째 갉아 먹는 그 아슬아슬한 광경을 숨을 죽인 채로 지켜보았다. 내 눈앞에서 버마재비 한 마리가 사마귀의 몸속으로 사라져갔다. 나는 그것에 도취되었고, 거의 현기증에 가까운 어지러움을 느꼈다. 한낮의, 모든 살아 있는 것들의 의지를 시들게 하는 그 열기 속에서, 무한히 겨르로운 시간 속에, 괄호가 쳐진, 연속성을 상실한, 중지된 시간 속에서 그 사마귀는 유일하게 열의를 가진 어떤 존재처럼 느껴졌다. 공습 해제 경보가 울렸고, 아이들이 모두 일어나 사방으로 흩어졌지만, 나는 그것에서 눈을 떼지 못하고 있었다. 나는 그 자리에 앉은 채로, 조금 전의, 그 도취를 되새기며 눈을 감았다. 그리고 눈을 떼면서 달려가고 있는 한 아이의 운동화에 사마귀가 밟혀 짓이겨지는 것을 보았다. 날개가 떨어져 나간 작은 몸통이 터져 그 안에서 끈적끈적한 검은 액체가 흘러나오고 있었다. 나는 추락한 비행기처럼 부서진, 그 곤충의 잔해에서 무료한 죽음을 보았고 이상하게도 아늑한 노곤함이 나를 엄습하는 것을 느꼈다.

내가 어떻게 지금의 나에 이르게 되었는가라는 질문에 대한 답을 구하면서, 나의 삶의 한 전조가 구체화된 사건을 향해 기억의 시선을 돌릴 때 먼저 떠오르는 것은 그 바스러진 사마귀이다. 나는 지금 그 장면을 떠올리며 그 순간 나의 권태가 시작되었다고 생각한다―그렇다, 나는 초록색의 그 작은 사마귀가 버마재비를 잡아먹고 있는 것을 바라보고 있는 열세 살 혹은 열네 살 된 나를, 마치 바로 옆에서 보기라도 하는 듯, 그 권태로운 모습을 떠올릴 수 있다. 조금씩 진폐처럼 내 내부에 쌓여 전신 마취와도 같이 나를 마비시킨 권태는, 시작과 함께 완성된 그 권태는, 그날의 방공 훈련에 모습을 나타내지 않고 등장한 가상 적기처럼 기습적으로 내게로 온 것이다. 이미 그때 나는, 이 세계의 한 가지 중요한 원리로 그것이 권태의 무론 토대 위에 구축되어 있다는 사실을 깨달았다. 그 이후의 나의 삶은, 나 자신이 느끼는 권태가 우주의 상태를 반영하는 것으로, 내가 권태를 나라는 존재에 마치 따개비처럼 달라붙은 것으로 느끼는 것이 하등 이상할 것이 없다는 것을 확인하는 지리한 과정에 지나지 않았다. 그 어휘를 몰랐던 내게, 비록 이름 붙여지지 않은 채로이긴 하지만, 권태는 자아의 범위를 인식하기 시작한 나를 차지했고, 나는 그 속성을 느끼고 있었던 것이다. 그 후의 어떤 기쁨도 슬픔도 그 놀라운 권태를 몰아낼 수는 없었다. 그리고 그 권태는 삶이 무의미하다는 인식을 심어주었다. 나는 너무도 이른 나이에, 결국 무로 환원되고 말 이 세계의 창조가 무의미한 것이며, 그 무의미가 이 세계 속의 모든 것을 압도하고 있다는 것을 깨달았었고 그 올바른 인식으로부터 나의 삶은 빗나가기 시작한 것이다.

그날 오후에는 아직도 그 선명함을 상실하지 않은 또 다른 사건에 대한 기억이 있는데 그것은 이후의 나 자신의 삶을 조건 지은 또 하나의 삽화이다. 어쩌면 그 일은 그날이 아닌 다른 어떤 날, 그날로부터 상당한 시간적인 거리를 둔 어떤 날 일어났는지도 모른다. 하지만 그 일은 언제나 권태에 눈 뜬, 방공훈련 동안의 사건과 결합되어 기억된다. 또한 내게 소년기로부터 유년기에 이르는 그 당시의 모든 구별되지 않는 날들은 단 하루처럼 여겨질 뿐이다. 나의 유년은 단지 지루하게 긴 하루였던 것이다. 천지창조의 순간부터 이 세계 종말의 순간까지가 단지 끔찍하게 긴―끔찍하기 때문에 너무도 길고, 길기 때문에 너무도 끔찍한―하루인 것처럼. 내게는 하루 동안에 나의 유년의 십 년이 지나간 것처럼 여겨진다.

어떻게 해서 내가 오후의 수업 도중에 교실 밖으로 나올 수 있었던가? 아마 담임선생이 어떤 심부름을 시켜서일 것이다. 아니, 내가 뭔가를 잘못해 교실 밖에 나가 벌을 서는 등의 다른 어떤 일로 나오게 되었는지도 모른다. 그것도 아니라면 선생이 어떤 사정으로 학교에 나오지 못해 수업을 대신한 자습 시간에 몰래 교실을 나왔는지도 모른다. 하지만 그것은 중요치 않다. 내가 기억하는 것은 지은 지 삼십 년이 더 된 낡은 교사의, 서쪽 편에 있어 항상 어두컴컴했던, 걸음을 뗄 때마다 요란하게 삐걱이는 복도의 마룻바닥을 내가 걷고 있었고, 그 어느 순간 옥상으로 난 계단에, 마치 물처럼 흘러내리는 듯한 환한 빛의 층계를 따라 그곳을 지나 옥상으로 올라가 그곳에 있는, 수업 시간의 시작과 끝을 알리는 종을 발견했고, 어떤 표현할 수 없는 도취상태에서, 아니, 착란상태에서 오후의 하얀 빛 속에서, 종에 달린 줄을 잡아 녹청색의 그 작은 종을, 그것을 깨트릴 것처럼 마구 쳤다는 것밖에 없다. 그 순간의 느낌을 나는 지금도 그것을 떠올리는 순간의 내 몸의 경련으로 느낄 수가 있다. 나는 그 쇠 종이 무수한 작은 파편 조각으로 깨져 그것 하나하나가 날개가 되어 하늘로 날아오르는 것을 상상할 수 있다. 그것은 내가 종이라는 사물을 두드려 그것으로부터 나오게 한 소리인 동시에 나의 내부의 종이 타종되어 나온 소리였다. 빛과 소리의 화염 속에서 나의 의식의 횡경막은 모두 찢겨나갔고, 나는 일종의 착란상태에 빠져 있었던 것이 분명하다. 나는 뭐라고 소리를 질렀지만 그 소리는 밖으로 배출되지 않았고, 내부에 고인 소리의 울림만을 몸으로 느낄 수 있었을 뿐이다.

그 장면에 더해, 누군가가 달려와 나를 껴안아 양호실로 데려가 하얀 시트가 깔린 침대에 눕힌 후 내 팔에 주사를 놓은 뒤 잠에 빠진 기억이 첨부되어 있긴 하지만 그것들은 탈색 처리를 한 듯 어슴푸레할 뿐이다. 오직, 그 아래의 모든 것들의 깊이를 없애버리고, 사진처럼, 평면 속에 담아버린 듯한, 빨판 같은 강렬한 빛의 흡수와 그 오후의 나른한 시간에 균열이 가게 한 소리의 밀도, 그리고 내 내부의 분

열, 그것들이 서로 조우한 순간의 노출, 그 강렬함에 대한 인상만이 그 본래의 색조와 진동 그대로 내 머리와 가슴속에 각인되어 있다. 그리고 그 사건은 그 이전의 나와 그 이후의 나를 단절시켜버렸고, 내 안의 검은 심연의 소용돌이를 목격하게 했다.

그 일이 있은 후 나는 외형적으로는 아무 변화가 없었다. 하지만 내 내부에서는 기형적인 의지가 자라나기 시작했고, 그것은 끝없이 나를, 내가 그 안에서 내 심연의 어둡고 습한 방의 문을 열게 했다. 그후로의 나의 삶은 그 최초의 균열에서 미세한 가지처럼 뻗어 나온 균열에 힘입은, 서서히 기울어져 가는 붕괴의 경험의 연속에 지나지 않았으며, 나는 내 생애를 향한 어떤 육중한 거부감을 한순간도 떨쳐버릴 수가 없었다.

공습 해제 경보가 울린 후 나는 신호등을 건너는 대신, 좀 더 아래쪽에 있는 지하도로 건너기 위해, 경보음이 만든 보다 깊은 정적이 감싸고 있는 거리를 따라 그쪽으로 걸음을 옮겼다. 그런데 공원 입구 반대편 길에 도착해 지하도를 건너 그 안으로 들어가려 하는데 어떤 여자가 나를 기다렸다는 듯 곧장 내게로 달려와 내 팔을 잡았다. 그러고는 나를 끌고 조금 앞쪽에 세워져 있는 버스 안으로 데리고 들어갔다. 나는 어떤 거부의 내색도, 저항의 몸짓도 보이지 않고,

그녀가 하는 대로 나를 맡겼다. 그러자 다른 한 여자가 나를 하얀 시트가 깔린 침대 위에 눕힌 뒤 내 손목을 잡고는 팔에다 주삿바늘을 꽂았다. 나는 고개를 옆으로 젖힌 채로, 조금 전 회상 속의, 양호실의 하얀 시트를 떠올렸다. 그 여자는 내게 주먹을 쥐었다 폈다 하라고 했다. 나는 그녀가 시키는 대로 고분고분 따랐다. 그 바늘을 통해 붉은 피가 투명한 플라스틱 관으로 흘러가는 것이 보였다. 나는 그 관의 끝에 비닐 팩이 연결되어 있는 것을 보았다. 그 비닐 팩으로 내 몸속의 피가 이동을 하고 있었다. 나는 내 옆에서 나를 내려다보고 있는 여자에게 내 몸속의 모든 피를 빼달라고, 한 방울도 남지 않게, 빼달라고, 중얼거렸다. 몸속에 피가 하나도 남아 있지 않아 모든 근육이 하얗게 질려 있는, 일시적인 죽음의 상태를 맛보는 것은 내 오랜 소원이었다. 하지만 그녀는 귀가 먹었는지 내 말을 알아듣지 못하고, 이제 다 되었다는 말을 한 뒤 내 몸을 일으켰다. 나는 자리에서 일어섰다. 그러자 다른 한 여자가 내게 카스텔라와 헌혈 기념이라고 적힌, 몸통이 굵은 파란색 볼펜 한 자루를 선물로 주었다. 나는 그것들을 손에 쥔 채로 버스의 계단을 내려왔다. 갑자기 현기증이 났다. 하지만 나는 간신히 계단을 모두 내려왔다. 그 아래 있던 여자가 나를 보더니 안색이 좋지 않다며 괜찮냐고 물었다. 언제나 안색이 좋지 않은 나는, 괜찮다

겨우 존재하는 인간

고 대답한 뒤 걸음을 옮겼다. 사정없이 내리쬐는 햇살 속에 들어서니 더 어지러웠다. 금방이라도 쓰러질 것 같았다. 일사병 때문인 것 같았다. 아니면 빈혈이 더 악화되었는지도 몰랐다. 내 앞으로 노란 나비 한 마리가 날아가는 것이 보였고 나는 그것이 어디로 날아가는지를 지켜보았다. 그것이 날아가 내려앉은 곳에는 어떤 노란 꽃이 피어 있었고 나는 그 노란 꽃이 노란 나비를 사라지게 하는 것을 보았다. 그 순간 또 다른 어떤 기억이 떠올랐다. 아마 고등학교 때 어느 수학 시간 중이었을 것이다. 우리는 무한집합에 관한 단원을 공부하고 있었다. 수학 선생은 뒤돌아 칠판을 수학 공식으로 된 하얀 글씨로 메우고 있었고 아이들은 그가 적고 있는 것을 자신들의 공책에 베껴 적고 있었다. 나는 책과 노트를 펼쳐놓은 채로 바깥을 바라보고 있었다. 교실 안은 아이들의 필기구에서 나는 사각이는 소리와 노트를 넘기는 소리, 그리고 가는 숨소리 외에는 아무런 소리도 나지 않았다. 볼펜 끝에서 나는 소리는 마치 수많은 바퀴벌레가 행진을 하는 소리처럼 들렸다. 아이들이 손목에 찬 시계에 반사된 햇빛이 교실 천장에 작은 빛의 동그라미를 만들어 놓은 것이 보였다. 나는 그들이 앉아 있는 의자처럼 똑같은 모양으로 일제히 한쪽 방향으로 기울어진 아이들의 모습에서 시선을 떼어 창밖으로 옮겼다. 노란 리본 같은 모습을 한 날개를 단 나비 한 마리가 자신의 매듭을 풀며 날고 있었다. 하늘 저 높은 곳으로 어디선가 갑자기 나타난 초음속 전투기가 일직선의 긴 꼬리를 만들며 날아갔고, 그 뒤를 이어 굉음이 지나갔다. 소음이 사라진 공간을 갑작스러운 정적이 메웠다. 창문 밖의 화단에 자라고 있는 회양목이 봄날의 무채색 햇살 속에서 가볍게 흔들리고 있었다. 텅 빈 운동장을 가로질러 작은 회오리바람이 먼지기둥을 일으키며 마치 드리블을 하듯 이쪽 축구 골대 쪽으로 달려오고 있었다. 열린 창문 사이로 바람이 들어오며 바람을 안은 커튼이 범선의 돛처럼 불룩하게 부풀었다. 그 돛의 한쪽이 터지면서, 교실 안으로 들어온 바람에 교실 뒤쪽 창가에 앉은 내 책상 위의 책장이 넘어갔다. 직사광선에 노출된 곰팡이 같은 뿌연 먼지들이 교실 안을 떠다녔다. 내 책상 위로 햇살의 포말이 떨어지며 그 위에 펼쳐놓은 교과서와 노트를 하얗게 표백시켰다. 내 주위의 모든 것들이 그 백색의 빛 속으로 빨려 들어가 사라져 버리는 것처럼 느껴지면서 머릿속은 텅 빈 상태가 되었다. 나는 나의 완강한 무감각 속에서 현시된 그 박제된 세상이 나를 압도하는 것을 느꼈다. 나는 소리를 질렀다. 안돼, 하고. 하지만 그 외침은 내 귀에는 들리지 않았다. 어쩌면 아무런 소리도 내지 않았는지도 모른다. 그게 아니라면 소리를 질렀지만 공기의 진동이 내 귀에까지 이르지 않았는지도 모른다. 내 눈앞에서 모든 것은 정지해 버렸다. 칠판에 분필로 어떤 숫자를 쓰고 있던 선생의 손은 그 숫자를 마저 끝내지 못한 채로 멈췄고, 교실 안을 떠돌던 먼지 또한 공중에 그대로 고정되어 버렸다. 나는 나를, 동시에 세계를 정지시켜 버린 것이다.

그것은 이제껏 결함이 있고, 허구적이며, 모순된 모호한 관계를 통해서만 세상과의 관계를 맺고 있던 나의 가장 깊은 곳에서 발생한 폭발로 인한 파열음이었다. 내 존재의 심연에 도사리고 있던 어두운 손길이 그곳으로 나를 끌어들인 것일까? 그것은 나와 세계와의 완전한 분열이 일어나면서 그것과의 불화가 완성된 순간이었고 나를 포박하고 있던 세상과의 어색한 조화가 깨지면서 그 박피들이 떨어져 나가는 순간이었다.

나는 그 후 육 개월간을 모든 공허하지만 아름다운 환상들과 파행적인 행위들을 증상이라는 이름으로 금기시하고 그것을 무력화시키는, 한 사회에 적응할 수 없게 된 사람들이 보내지는 곳인 정신병원에 들어갔다. 화석화한 현실의 세계와 늪과 같은 꿈의 세계 어디에서도 자신을 위치시킬 수 없었던 나는 고여 있는 시간의 연못과 같은, 나의 육체와 정신과 기억 모두가 소등된 채로 있을 수 있는 세계로의 이주를 자청했다. 나는 자신을 그곳에 보낸 것이다. 나는 모호한 현재도, 막연한 망설임 속에 갇혀 있는 미래도 아닌, 최소한 내가 안심할 수 있는 근원으로의 도피를 필요로 했던 것이다.

끝내 내가 신뢰할 수 없었던 의사는 내가 불안으로 인한 정서 장애가 있긴 하지만 심각한 상태는 아님에도 방치했을 경우 중증으로 발전할 수도 있다는 다소 애매한 진단을 내렸다. 하지만 나는 세상으로부터 벗어나는 한 방법으로, 그 세상으로부터 따돌려진 곳인 그곳에 머무는 것 이상의 좋은 방법을 생각지 못했다. 나는 구원을 바라는 사람들이 교회를 찾듯 정신병원을 찾았는지도 모른다.

나는 오래지 않아 탁한 공기처럼 병원 내에 배어 있는, 외부에서 온 방문객들이 그곳을 들어서는 순간 느끼게 되는, 바깥 세계와의 고립이 빚어내는 낯선 기운, 그곳의, 순수하면서도 악의적이고, 진지하면서도 우스꽝스러우며, 수줍어하면서도 잔인한, 괴상한 인격의 복합체들인 환자들의 야릇한 시선과 변조된 듯한 목소리와 신음하는 표정, 그리고 그들의 거의 애교스럽기까지 한, 소름 끼치는 천진스러움, 그 안에서 일어나는 일련의 가련한 사건들, 그 모든 것들에 적응을 했다. 당시 삶을, 불편함을 감수할 수밖에 없는 가출쯤으로 생각했던 내게 병원에의 수용은 오히려 요양 생활처럼 여겨졌다.

나는 불이 꺼진, 나머지 환자들이 잠든 방 안의 침대 위에서 갑작스럽게 절망감이 느껴질 때면 냉담함으로 그것을 진화시켰다. 나는 나 자신을 벽의 옷걸이에 벗어 걸어놓은 외투처럼 볼 수 있었다. 나는 망각의 묘소 아래, 가장 깊은 곳까지 내려갔다. 침대에 오래도록 누워 있는 것은 하나의 고정된 시선을 갖게 했다. 그리고 고정된 시선은 절대적인 상태에 대한 관념을 낳았다. 병상에서의 그 관념은 죽음, 혹은 그것과 흡사한 것일 수밖에 없다. 나의 마음의 습관이 된 그 고립과 공허와 권태 속에서 나는 이미 나라는 존재의 끝이 시작되고 있음을 알았다. 그리고 이제는 그 끝의 끝이 가까워지고 있다는 것을, 나는 느낄 수 있었다.

나는 다시, 천천히 걸음을 옮겼다. 나는 계단이 시작되는 곳에 이르러 한 손으로 난간을 붙잡고 조심스럽게 내려갔다. 마치 수렁을 밟을 때처럼 걸음을 뗄 때마다 발이 그 안으로 빠져드는 것처럼 느껴졌다. 몸의 균형을 제대로 잡을 수가 없었다. 무릎이 후들거렸다. 전에도 나는 내 몸의 균형을 잘 잡지 못해 자주 넘어지곤 했다. 일사불란한 움직임을 보여주는 경우가 드문 내 몸의 각 기관들의 상이한 욕구들을 절충하고 조율하는 것이 그것들의 주인인 내 몫이었지만, 모든 임무에 소홀한 나는, 그 일을 등한히 해, 조금만 방심하게 되면, 종종 넘어지곤 했다. 어쩌면 내 귀의 달팽이관에 문제가 있는지도 몰랐다. 나는 손에 든 카스텔라와 볼펜을, 귀중한 보물이라도 되는 듯, 놓치지 않기 위해 꽉 거머쥐었다. 손바닥에 땀이 배는 것이 느껴졌다. 계단은 어떤 성장하는 생물처럼 조금씩 길어지고 휘어지면서 나선형으로 바뀌었다. 마치 나선형의 끝이 없는 계단을 내려가고 있는 것처럼 느껴졌다.

결국 나는 다섯 번째 계단에서 여섯 번째 계단으로 발을 내딛는 순간 몸이 휘청하며 그 아래로, 그와 동시에, 의식의 저 가파른 계단 아래로 굴러떨어졌다. 아니 어쩌면 실수로 발을 잘못 내딛는 척하면서 고의로 그렇게 굴러떨어졌는지도 모른다.

나는 수많은 나비들의 날개가 모두 떨어져 나가며, 우아함을 잃어버리고 금세 징그럽게 변한, 몸뚱이만 남은 유충들이 내 위로 떨어져 쌓이는 것을 보았다. 그것들은 순식간에 나를 덮어버리며 나의 무덤을 이루었다.

하지만 동시에 나는 그 어둑한 지하도 바닥에 굴러떨어진 순간 어떤 심연에 안기는 느낌을 가졌다. 그것은 현기증을 불러일으키는 추락의 느낌보다는, 어떤 한없는 깊이를 가진 어두운 심연으로 꺼져 들어가는, 혹은 빠져들어 가는, 또는 다시는 기어 나올 수 없는, 발과 다리가 빠지게 되면 몸통과 머리가 빨려 들어가는 늪에 빨려 들어가는 느낌이었다.

점차 그 안으로 빠져들며, 나는 어떤 알려지지 않은, 내가 그토록 이르고자 했지만 당도할 수 없었던 무한한 세계의 부근에 접근한 것처럼 느껴졌다.

나는 눈을 뜨며 모든 것을 이해했다. 나는 내가 무사하다는 사실에, 내가 마음속 깊이 갈망하던 나 자신의 종말을 비껴갔다는 사실에 안도하는 대신 그 사실에 적잖이 실망을 했다. 사람들이 나를 둘러싼 채로 나를 내려다보고 있었다. 곤충의 눈에 비치는 대상처럼 내 앞의 모든 것은 모자이크처럼 부서져 있었다. 그리고 누군가가 내 팔에 주사를 놓고 있었다. 하지만 이번에는 내 피를 뽑고 있지 않았다. 놀랍게도, 피를 다시 내 몸속에 주입하고 있었다. 나는 이러지 말라고, 이건 내가 원하는 것이 아니라고 말하려 했지만 입이 제대로 떼어지지 않았다. 나는 사람들을 향해 씁쓸한 미소를, 나의 실망감을 표현했다.

조금 전 일어난 일들이 하나씩 기억이 났다. 주사기가 연결된 관을 통해 흘러 나가던 내 몸속의 피와 노란 나비와 노란 꽃 그리고 지하도로 통하는 계단, 회오리바람, 열세 살 혹은 열네 살 때의 방공훈련, 그 모든 것들이 내 앞을 지나갔다.

잠시 후 누군가가 내 팔에서 주사기 바늘을 빼냈다. 나는 카스텔라와 볼펜이 어떻게 되었는지 궁금해 물었다. 입이 떼지지 않을 것처럼, 설사 입을 연다 해도 말이 나올 것 같지 않았지만, 의외로 아주 쉽게 말이 나왔다. 하지만 사람들은 그것이 무슨 말인지 알아듣지 못하는 것 같았다. 내가 다시 묻자 그제서야 사람들은 말뜻을 알아듣고, 미소를 지으며, 그것이라면 걱정 말라며 나를 안심시켰다. 한 여자가 내가 십 분 정도 혼절해 있었으며, 이마에 가벼운 찰과상을 입었을 뿐이라고 했다. 내가 몸을 일으키려 하자 한 여자가 그대로 누워 있으라고 했다. 하지만 나는 괜찮다는 말을 한 뒤 몸을 일으켰다. 그 여자가 내가 전에도 이런 적이 있냐고 물었다. 나는 될 수 있는 한, 자주는 아니지만 가끔 기절을 한 적이 있다는 말을 했다. 그 말을 한 후 곧 나는 될 수 있는 한, 이라는 말과 기절한다. 라는 말이 한 문장 안에서 함께 쓰일 수 없는 것이라는 것을 깨닫고, 다시, 가끔 기절을 한 적이 있다고 고쳐, 그것이 자랑으로 들리지 않게, 겸손하게 말했다.

내가 완전히 몸을 일으켜 침대 옆에 내려서자 나를 부축하던 여자가 필요하다면 적십자병원에 가서 정확한 검사를 받아보라고 했다. 무료로 검사를 받을 수 있게 해주겠다는 말도 덧붙였다. 적십자병원, 그것은 부상자 후송 차량과 야전병원을 떠오르게 했다. 나는 그곳이 전시에, 들것에 실려온 부상자를 치료하는 곳으로, 그래서 평화 시에는 없는 병원으로 생각되어, 그 병원이 전쟁이 나지 않은 때에도 있다는 게 이상하게 여겨져, 적십자병원이 평소에도 있단 말인가요, 하고 물었다. 그 여자는 웃으며 그곳은 항상 있다고 대답했다. 그녀는 다시 한번 정말 내가 괜찮은지를 물은 뒤 만약에 조금이라도 이상이 생기면 적십자병원으로 오라는 얘기를 한 뒤 뭔가가 적힌 종이쪽지와 카스텔라, 볼펜 한 자루가든, 적십자병원의 빨간 십자가가 인쇄된 비닐봉지를 주었다. 나는 버스를 내려왔고 사람들이 내 뒤에서 나를 향해 손을흔들었다. 거꾸로 돌던 피가 이제는 제대로 돌고 있는 것 같았다. 나는 고개를 들어 태양을 똑바로 쳐다보았지만 눈이부시고 머리가 약간 어지러울 뿐 걷는 데는 이상이 없었다. 나는 다시 지하도 계단으로 내려갔다. 갑자기 동굴에 들어온 것처럼 그곳은 몹시 컴컴했다. 나는 입구에 서서 눈이 어둠에 적응되기를 기다렸다가 조심스럽게 계단을 내려왔다. 계단 층계참에 뭔가가 떨어져 있는 것이 보였다. 카스텔라였다. 그리고 그 옆에는 볼펜이 떨어져 있었다. 나는 그것들을주워 비닐봉지에 넣은 다음 지하 통로를 지나 공원으로 나가는 입구로 나왔다. 세상이 아직 그대로인 것이 몹시 이상하게 여겨졌다.

내가 조금 전 있었던 일을 떠올리며, 내 체내에 어떤 이상이 있긴 있는데, 그 암중 진행 중인 병이 과연 무엇일까, 하는 생각을 하고 있는데 누군가가, 언제나, 생각에 잠긴 주인을 놀라게 하는 당나귀처럼, 머리를 내 앞에 불쑥 들이밀어, 잠시나마, 나를 적지 않게 소스라치게 했는데, 하마터면 나는 방어본능으로 그의 얼굴을 후려갈길 뻔했지만, 내 반사신경이 무척 느린 탓에 주먹이 그의 코앞까지 이르렀을 때, 비로소, 나는 그가 내가 아는 사람이라는, 혹은 알지는 못하지만 모르는 사람은 아니라는 사실을 알아차리고 주먹을 거두었다. 원숭이처럼 보이는 그 사내였다. 그는 지난번에 내게 수모를 당했음에도, 나를 만나는 것 이상으로 반가운 것이 없는 듯한 표정을 지으며 내 옆에 자리를 잡고 앉은 다음 아무것도 꺼내는 게 없으면서도 옷의 호주머니를 샅샅이 뒤지기 시작했다.

"분명 이 호주머니 속에 새로 담배 한 갑을 넣어두었는데, 그것이 내 호주머니 속에 얌전하게 있는 것을 확인한 게, 마지막으로 확인한 게…… 음, 그러니까, 그때가 언제였더라? 음, 그러고 보니 일주일도 더 됐군. 그렇다면 아직 여기 그대로 있을 리가 없지. 그렇더라도 여기 그대로 있을 수도 있지 않았을까, 그렇게 했더라도 내가 어떻게 하거나 하지는 않았을 텐데……" 그 말을 하며 그는 능청스럽게 내가 피우는 담배를 바라보았다. "혹시 담배 있소?"

물론 담배가 있긴 했지만, 나는 그에게 줄 담배가 있는지,

그리고 담배를 주는 것이 그를 위해서 옳은 것인지를 생각해 보았다. 그러면서 나는, 결코 아까워서 이러는 건 아닐 거야, 하는 생각을 했다. 내가 담배를 꺼내는 것을 망설이자 그는 뻔뻔스럽게도, 당신의 자비심을 모르는 체할 건가요, 하고 말했다. 결국 나의 자비심을 모르는 체하지 못하는 내가 담배를 한 대 꺼내 건네주자 그는 그것을 문 채로 가만히 있었다.

"당신이 불을 붙여주기 전까지는 안 피울 거요."

그는 그런 식으로, 전에도 두어 번, 내가 담배를 피우고 있을 때면 살그머니 다가와, 몸에 해로운 그 담배를 내가 대신 피워도 되겠소, 라거나, 나한테 그 담배를 줄 생각은 말아요, 라는 말로 내게서 담배를 약탈해 갔다. 나는 그의 그 뻔뻔스러움이 마음에 들었고, 그래서 그가 그 뻔뻔스러운 태도로 내게서 담배를 내놓으라고 할 때마다 못 이기는 체하며 주었다. 만약 그가 너무도 공손하고 예의 바르게, 무척 미안해하며 담배를 달라고 했다면 나는 절대 주지 않았을지도 모른다.

그는 담배 연기를 빨아들여 그것을 들이켜는 대신 폭폭, 소리를 내며 밖으로 내뿜으며 도넛 모양을 만들었다. 그는 연기로 만든 도넛에 또 다른 도넛을 넣는 것이 말할 수 없이 즐거운 듯, 담배 한 대를 그렇게 해서 모두 태워버렸다.

그 순간 그는 그것 외에는 그의 인생에 다른 즐거움이란 없는 것처럼 보일 정도였다. 그의 그러한 모습은 영락없는, 재주를 부리는 원숭이의 모습이었다. 그는 시간이 지날수록 원숭이를 닮아가는 것처럼 보였고, 그의 그러한 변화는 그가 완전한 원숭이가 되는 것으로 끝날 것처럼 여겨졌다.

"당신은 무슨 일을 하고 있죠?" 그는 찬찬히 훑어보며, 내게 관심이 많은 듯, 물었다.

"여름에는 아무 일도 하지 않소."

"여름에는 아무 일도 하지 않는다고요? 그럼 여름이 아닌 다른 계절에는요?"

"여름이 아닌 다른 계절에도 아무 일도 하지 않기는 마찬가지요."

"그러니까, 일 년 내내 아무것도 안 한다, 이 말인가요?"

"굳이 말하자면, 그렇소."

"역시 내가 생각했던 대로군요. 그러니까 실업자란 말이죠?"

"나는 나 자신을 그렇게 생각해 본 적은 없소."

"그럼에도 당신이 실업자인 것은 변함이 없소. 어쨌든 당신이 부럽소. 하긴 나 또한 아무 일도 하지 않긴 하지만. 그럼에도 나는 아무 일도 않는 사람을 보면 부럽소. 나는 몇 년 전, 전 세계적인 불황의 여파가 이 나라에도 몰아친 이후로 아무 일도 않고 있소. 사실은 우연히 그 시기가 겹쳤을 뿐, 그것과는 상관없이 아무 일도 않고 있소. 그렇다고, 그전에 무슨 일을 했는가 하면 그것도 아니오." 그는 자신이 아무 일도 하지 않는 것이, 마치 어떤 대단한 일을 하고 있기라도 한 듯, 자랑스럽게 말했다.

"그런데 당신은 아무 일도 하지 않으면서도 무슨 수로 살고 있는 거요?" 그가 물었다.

나는 몇 년 전부터 내 앞에 모습은 드러내지 않고, 꼬박꼬박 돈을 부쳐주는, 어디에 살고 있는지조차 모르는, 어머니 덕택에 살아가고 있었다. 나는 모든 것을 그녀에게 의존해왔고, 지금도 그러고 있었다. 그녀는 나를 키우면서 나의 의존성 또한 키워주었다. 나를 스스로는 무엇 하나도 할 수 없는 지금의 이 꼴로 만든 것은 모두 그녀였다. 그 사실에 대해 나는 고마워하지도, 그렇다고 원망하지도 않는다. 실은 그녀에게 어떤 감정도 없었다. 아들에게 양육비를 꼬박꼬박 보내주는 어머니를 둔 것은 잘한 일이었다. 내게 그런 어머니마저도 없었다면 나는 일찌감치 거지가 되었을 것이고, 잘하면 이미 죽었을 수도 있었다. 오히려 그편이 낫지 않았을까?

"부모를 잘 둔 덕분이오." 내가 말했다. 그는 이해할 수 없는 듯, 고개를 갸우뚱했다.

그때 살찐 거위처럼, 뒤뚱뒤뚱 걷는, 쉴 새 없이 오른손으로 염주 알을 굴리는, 한 늙은 여자가 우리 앞을 지나가다가 그 원숭이를 닮은 사내를 보더니 그에게로 와 그녀의 오른팔에 걸고 있던 쇼핑백에서 카스텔라를 하나 꺼내 그것을 먹으라며 그에게 주었다. 그는, 그게 처음이 아닌 듯, 입으로는 괜찮다고 사양을 하는 동시에 손으로는 그것을 덥석 받았다. 그는 그것을 받은 후에도 마지못해 그것을 받은 표정을 지으며 봉지를 뜯은 후 먹을 생각은 않고 가만히 보고만 있었다.

"그걸 그냥 보고만 있을 작정인가?" 노파가 물었다.

그녀는 그가 그것을 먹는 것을 직접 보기 전에는 가지 않을 것처럼 버티고 서 있었다. 그는 그 카스텔라를 꺼내서는, 윗면이 검게 구워진, 폭신폭신하게 느껴지는 그것을 손바닥에 올려놓고는 그것에 대해 곰곰이 생각하는 듯 가만히 쳐다보았다. 그런 다음 그는 그녀가 보는 앞에서 한입을 베어 먹었지만, 그것을 먹은 자신의 기분을 알 수 없는 듯, 혹은 기분의 변화를 느끼는 듯, 혹은 그가 알고 있는 카스텔라의 맛 그대로인지를 음미하는 듯, 머리를 갸우뚱하며, 알 수 없는 표정을 지었다. 그러자 그녀는 흡족한 표정을 지으며 조금 있다가 보자는 얘기를 한 뒤 딴 곳으로 갔다.

"저 여자는 자비를 베푸는 게 취미요. 이왕에 줄 거면 좀 더 맛있는 것, 케이크 같은 것을 줄 것이지. 하지만 나는 케이크를 달라고 하면 카스텔라도 주지 않을까 봐 그 얘기를 못 하고 있소." 그는 은밀한 것을 속삭이듯 내게 말했다.

"내가 고마움을 전혀 모른다고는 생각지 말아요. 하지만 이걸 받고도 나는 고맙거나 하지 않소. 그녀는 본래 내가 갖게 될 것을 준 것뿐이오. 이건 잠시 내 손안에 있다가 없어지게 될 것일 뿐으로 내가 갖지 않은 것과 마찬가지요. 세상의 모든 게 다 그렇소, 모든 것은 있다가도 없어지는 것이고, 없다가도 있게 되는 것이오. 그러니 무엇에도 연연해할 필요가 없소."

그는 잠시 마치 그 카스텔라에서 어떤 깨달음이라도 얻은 듯 그것을 가만히 쳐다보았다.

"한데 이 카스텔라는 갓 구운 것처럼, 신선하고 달콤하군."

곧 그는 그 카스텔라 속에 그의 행복이 숨겨져 있어 그 행복을 혀끝으로 찾기라도 하는 듯 그것을 게걸스럽게 먹기 시작했다. 잠시 후 노파가 다시 돌아오더니 빈 봉지를 보고는 그를 칭찬한 뒤 갔다. 그는 다 먹고 난 다음 얻어먹은 주제에 왜 저 여자는 내가 카스텔라를 억지로 먹게 하는지 모르겠소, 나만 보면 이렇게 카스텔라를 줘, 그것을 먹게 한다오, 그리고 항상 카스텔라만 줘, 다른 것은 먹지도 못하게 한다오, 라고 말했다.

"하긴 내가 카스텔라를 조금도 먹고 싶지 않았던 것은 아니지만. 내가 원한 것은 먹고 싶은 상태를 유지하는 것, 그 욕구를 지니고 있는 것이었소. 일단 그걸 먹게 되면 더 이상 그것을 먹고 싶은 욕구는 없어지게 되니까요."

　나는 그에게 내가 갖고 있던 카스텔라 두 개도 주었다. 그는, 역시 내가 기대한 대로 고맙다는 말 한마디 하지 않고, 그것을 덥석 받아 카스텔라 한 개를 뜯어, 도무지 아무런 맛도 없다는 표정을 지으며 무척이나 맛있게 한입을 베어먹은 후, 전혀 먹지 않고 있는 것처럼 다음 한입을 먹은 다음, 가능한 한 빨리, 하지만 될 수 있는 한 오랜 시간에 걸쳐, 눈 깜짝할 사이에 나머지를 먹어 치웠다. 그러고는 내가 준, 그가 계속해서 눈독을 들이는 것을 내가 알고 있던, 공원 매점에서 구입한 음료수를, 마치 그것이 버려야 할 어떤 것이라도 되는 듯 그의 입 안에 털어 부었다. 그런 다음 그는 남은 카스텔라 한 개를, 그의 의지와는 상관이 없기라도 한 듯, 무신경하게, 그것을 먹었다. 카스텔라 두 개를 모두 먹어 치운 다음에 그는 허무한 표정을 지었다. 나는 나중에야 알게 되었는데, 그는 불만족스러울 때면 허무한 표정을 지었는데, 만족스러울 때 역시 허무한 표정을 짓기는 마찬가지여서, 그 표정만으로는 그가 만족스러운지, 만족스럽지 못한지 알 도리가 없었다. 그는, 당신이 먹을 카스텔라를 내가 다 먹어 치워 버렸군요, 라는, 내가 은근히 기대한, 정중한 사과의 말 한마디 하지 않았다.

나는 그에게 조금 전 내게 일어난, 헌혈을 한 후 쓰러진 일을 이야기했다. 내가 애기를 마치자 그는, 그렇다면 지금 내가 먹은 게 당신의 피였군요. 어쩐지 목을 메게 하더니, 라고 했다.

그런 다음 그는 그가 메고 다니는 가방에서 정어리 통조림을 꺼내면서, 이건 저녁 식사로 아껴둔 건데, 하면서 그것을 열었다. 자세히 보니까 깡통은 녹이 심하게 슬어 있었다. 나는 라벨이 떨어져 나간 깡통에 찍힌 제조 일자를 슬쩍 보았다. 그런데 그것은 놀랍게도 십 년도 더 된 것이었다. 이미 유통기한을 사 년 가까이 넘긴 것이었다.

"아니, 유통기한을 사 년이나 넘긴 것을 먹어도 된단 말이오?" 내가 깜짝 놀라며 물었다. 어쩌면 그것은 상했는지도 모르는 것이었다.

"나는 이것보다 더 오래된 것도 먹어보았는데 아무 이상도 없었소."

그는 그것을, 호주머니를 뒤져 꺼낸 깡통따개로, 익숙한 솜씨로 연 다음 그것에 코를 대고 냄새를 맡아보았다.

"아주 싱싱하군. 완전히 싱싱하지는 않지만, 그렇게 말해도 무리는 아니겠군."

그것은 죽처럼 물러 터지거나, 거품이 끓어오르거나 하지도 않았고, 변질된 것 같아 보이지도 않았다. 나는 그것이 십 년 전에 잡은 것이라는 생각을 하자 깡통 안에 든 정어리가 내가 얼마 전에 먹은 요즘 정어리하고 생긴 게 약간 달라 보이기까지 했다. 하지만 그것은 내가 그런 생각을 해서일 것이다. 그는 그의 지저분한 손가락으로 한 토막을 꺼내 맛을 보았다.

　"내가 기억하는 정어리 맛 그대로군. 간도 적당하고, 내가 좋아하는 고소한 맛도 그대로 살아 있군. 이 정도면 제대로 된 정어리 통조림이라 해도 크게 틀리진 않겠군." 그는 내게 한 입을 권했지만, 그리고 십 년도 더 된 정어리의 맛이 어떨지 궁금하기도 했지만, 나는 정중하게 사양했다.

　"꼭 정어리의 미라를 먹는 맛이군."

　그는 국물까지 남김없이 깨끗이 먹어 치웠다. 그는 이미 그 모든 것을 먹은 후에도, 이미 배가 불러 더 이상 먹을 수도 없을 텐데도, 먹을 것이 있다면 더 먹을 것 같은 기색이었지만, 더 이상 아무것도 남아 있지 않았고, 그래서 그는 저녁때가, 물론 그에게 저녁 식사 시간이 정해진 것은 아니겠지만, 그리고, 저녁이 온다고 해서 그에게 먹을 것이 저절로 생기는 것도 아닐 테지만, 저녁이 빨리 오기를 기다리는 듯, 아직 해가 지려면 멀었군, 왜 아직도 해는 그 자리에 있지, 아니, 조금 전에 보았을 때보다도 더 동쪽에 있군, 설마 오늘 해는 서쪽에서 뜬 건 아니겠지, 아니면 해가 길을 잘못 접어든 건가, 알 수 없는 해로군, 하고 말하는 것이었다.

그리고 그는 잠시 암소처럼, 아드득, 하고 이를 갈더니─이 또한 나중에야 알게 되었는데, 그가 이를 간다는 것은 만족스럽다는 표시였다─이번에는, 끄윽, 하고 트림을 해대기 시작했다. 나는 누군가가 소리 내어 트림을 하는 것 이상으로 참지 못하는 것이 없었는데, 물론 누군가가 아무 데서나 가래침을 뱉을 때면 그것 이상으로 참을 수 없는 게 또 없기도 하지만, 이상하게도 그다지 기분이 상하지 않았다. 그는 트림을 하는 데 있어서 만큼은 특별한 재주를 가진 듯, 그리고 그 익힌 실력을 발휘하는 듯 쉬지 않고, 무척이나 요란한 트림을 해댔다. 그가 트림을 할 때마다 그의 내장에서 내보내는, 그것을 조금만 맡아도 머리가 멍할 정도인, 코뿔소도 기절할 것 같은, 스컹크도 도망을 칠 것 같은, 악취가 풍겨 나왔다. 그의 요란한 트림에 땅바닥에서 모이를 주워 먹던 비둘기까지도 무슨 일이 있나 해서 고개를 들고, 그와 그의 옆에 앉아 있는 나를 불안하게 쳐다볼 정도였다.

그런 다음 그는 내가 묻지도 않은 말을 꺼냈다.

"우리를 이렇게 만든 건 우리의 인생일까요, 아니면 우리 자신일까요, 그것도 아니면 우리로서도 모르는 우리의 운명일까요? 아니면 우리가 이렇게 되도록 우리가 우리의 운명을 도운 걸까요?"그는 그 질문에 대한 대답을 이미 알고 있다는 듯한 눈초리로 나를 바라보았다. 그는 내가 그와 같은 처지에 있는 사람으로 생각하는 것이 분명했다. 하지만 어떻게 보면, 나는 그와 처지가 같다고는 볼 수 없었지만 크게 다르지도 않았다. 그럼에도 나는 그가 주제넘게 여겨져 아무런 말도 하지 않았다.

"사람들은 나를 보며 어떻게 하다가 저 지경이 되었을까 하고 궁금해들 할 거요. 하지만 나는 지금의 내 처지가, 일종의 경지에 이른 것처럼 여겨진다오. 내가 하는 말을 이해하겠소? 이해할 수 없을 거요. 나 자신조차도 이해하지 못하니까. 솔직히 말해 나는 나 자신이 하는 얘기를 제대로 이해하고 말한 적이 전혀 없진 않지만, 드물다오."

그는 지난번만큼 횡설수설하지는 않았다. 오히려 이번에는 더 횡설수설했다. 나는 그의 그 횡설수설한 얘기들을, 그에 못지않게 오리무중하게 듣고 있었다. 그는 지껄이는 것이 곧 존재하는 것이기라도 한 듯 횡설수설한 얘기를 이었다.

"온갖 쓸데없는 생각을 하다 보면 그 가운데는 정말로 근사한, 쓸모 있는 생각도 떠오르게 마련이오."그런다고 온갖 쓸데없는 말을 하다 보면 괜찮은 말을 하는 일이 있을까, 하고 나는 생각했다.

그는 계속해서 뭐라고 중얼거렸는데, 마치 이 세상의, 가능한 모든 말을 다 해보려는 듯, 말을 하지 않는 순간 그의 호흡이 정지할 것처럼 여겨질 정도였다. 이번에는 그는 마찬가지로 그의 그 어수선한 머리로 뭔가를 생각해 내는 데 도움을 구하기라도 하는 듯 다리를 떨며 말했다. 그에게는 무슨 말을 하느냐가 아니라 얼마나 많은 말을 할 수 있는가가, 그리고 그것을 얼마나 쉬지 않고 말할 수 있는가가 문제인 듯했다. 그의 머릿속은, 여름이 끝난 후 해수욕을 즐기던 몰지각한 사람들이 버리고 간 쓰레기가 떠밀려 다니는 해안처럼, 온갖 몹쓸, 폐품 같은 생각들이 떠다니고 있는 것처럼 여겨졌다, 나와 마찬가지로.

나는 더 이상 그의 얘기에 귀를 기울이지 않았는데, 그는 내가 듣고 있지 않다는 것을 알면서도, 그것에 상관하지 않고 얘기를 했는데, 그에게는 누군가에게 얘기를 하는 것이 아닌, 그가 얘기를 하고 있다는 사실만이 중요한 것처럼 보였다. 그는 한참 얘기를 늘어놓은 후 자신이 한 마지막 얘기를 생각해 보는 듯 잠시 아무 말이 없이 생각에 잠기더니, 곧 웃음을 터트렸다. 그것은 전혀 우스운 얘기가 아니었다.

"왜 그렇게 웃는 거요?" 나는 그를 상대하는 나를 나무라면서도, 그렇게 물었다.

"웃는 데 꼭 이유가 있어야 하나요? 하긴, 그렇다고 지금 내가 웃는 데 아무런 이유가 없는 것은 아니오. 때로 나는 오래전 일어난 일을 떠올리며 웃기도 하고 심지어는 일어날 일에 대해 미리 웃어두기도 한다오. 지금은 웃을 일이 있는 것은 아니지만 내 기분을 조금이라도 낫게 하기 위해 웃는 것이오. 때로, 나는 웃으면서, 점점 더 기분이 유쾌해지는 웃음을 웃기도 하고 심지어는 웃는 것을 영영 잊어버리지 않기 위해 웃어보기도 한다오. 가끔 나는 내 미소가, 아무도 그 진가를 알아보지 못하는, 거들떠보지도 않는 내 미소가, 인간들의 어리석음과 탐욕과 오만 속에서 쑥스럽게 피어나는, 덧없는 것들에 찍는 낙인과도 같은, 일종의 꽃과 같은 것이라는 생각이 들기도 하오. 어때, 내 말이 지나친 것 같소? 하긴 내가 생각하기에도 이건 지나친 감이 없잖아 있군." 그는 혼자 지껄여 댔고 나는 시큰둥하게, 그의 얘기에 귀를 기울이고 있었다.

그는 그가 알고 있는 것에 대해서는 아는 것 이상으로 말을 할 수 있을 뿐만 아니라 모르는 것에 대해서까지도 하지 못하는 얘기가 없는 것처럼 보였다.

"어쩌면 경지와 지경이란 어떤 것의 높이와 낮이를 일컫는 것처럼 같은 것인지도 모르지요. 거기에 대해 어떻게 생각하나요?"

"그렇게 생각된다면 그런 거지요." 이전이라면 나는 그의 얘기는 들은 척도 하지 않았을 것이다. 하지만 나는 나도 모르게 그의 얘기를 듣고 있고, 그의 얘기에 대꾸까지 하고 있는 나 자신을 발견했다. 조금씩 그 사내에 대해 궁금해지기 시작했다. 그는 잠시 그의 말이 내게 어떤 효과를 일으켰는지를 알고자 하는 듯 내 표정을 찬찬히 살펴보았다. 나는 그가 읽을 수 있는 어떤 표정도 짓지 않았다.

"어젯밤 지하철역에서 잠을 청하려 하는데 뭔가가 내 발을 툭툭 건드리는 것이었소. 누군가가 내 구두를 차고 있었소. 나는 무슨 일인지 눈을 떠 확인을 해보고 싶었지만 졸음 때문에 눈을 꿰매놓기라도 한 듯 제대로 떠지질 않았소. 내가 아무런 반응을 보이지 않자 발길질은 조금씩 강도가 더해지며 발목과 장딴지를 지나 점차 내 몸 위쪽으로 올라왔소. 나는 그가 누구이든, 잠이 든 나를 그만 내버려 두기를 바라며 그대로 눈을 감고 있었소. 하지만 그는 내가 눈을 뜨기 전까지는 발길질을 멈추지 않을 것처럼 계속해서 나를 걷어차는 것이었소. 결국 나는 그 발길질로 인한 통증 때문이라기보다는 잠을 방해받은 데 화가 나 눈을 떴소. 나는 뿌연 시야 속에서 어떤 허름한 형체가 내 위에서 나를 내려다보고 있는 것을 보았소. 그의 뒤쪽에서 비치는 불빛이 그의 그림자를 만들어 그것을 내 위로 무겁게 던지고 있었소. 빛을 가로막고 있는 그는 위압적으로 보였소. 나는 눈을 비빈 뒤, 여전히 내게는 흐물거리는 형체로밖에 보이지 않는 그를 보다 잘 보기 위해 눈을 몇 차례 깜박였소. 그리고 나자 그를 분명히 알아볼 수 있었소. 이 세상의, 내가 알고 있는 자뿐만 아니라 모르고 있는 자 가운데서도 가장 싫어하고, 또한 가장 두려워하는 자였소. 내가 그를 얼마나 무서워하고 있는지를 생각하자 몸이 떨렸소. 나는 늘 내게는 더 이상 두려워할 건 없다고 조용히 타이르지만, 두려움은 나의 그 희미한 목소리가 들리지 않을 정도로 큰소리로 내 가슴의 제일 안쪽을 향해 외친다오, 두려워하라고, 그러면 나는 꼼짝없이 그 두려움에 굴복하고 말죠. 그는 항상 그의 모습뿐만 아니라, 그의 목소리, 그리고 그에 대한 나의 생각까지도 나를 몸서리치게 하는, 진드기 같은 자였소. 그는 힘도 대단한데, 전에 한번 계단에서 그를 넘어뜨리기 위해 그의 등을 뒤에서 밀친 적도 있었는데, 뒤로 벌렁 나자빠진 것은 오히려 나였소. 그는 내가 그를 밀친 것도 모르고 태연히 계단을 내려가는 것이었소.

그는, 당장 일어나지 못해, 하고 소리를 쳤소.

나는 금방 일어나겠다는 말을 하려 했지만 며칠 동안 말을 한마디도 않고 지내 제대로 말도 나오지 않았소. 나는 몸을 일으켜야 한다는 것을 알고 있었고, 그래서 몸을 일으키려 했지만 그 몸은 다른 누군가의 몸인 것처럼 내 말을 듣지 않았소. 나는 몸을 일으키려면 어떤 절차가 필요한지 조차도 잘 기억이 나지 않았소. 가령, 머리를 먼저 든 후 팔 꿈치를 짚고 허리를 일으켜야 하는지, 팔꿈치를 먼저 짚은 상태에서 머리를 들고 허리를 들어야 하는지, 허리를 치켜세 우고, 머리를 들고, 팔꿈치를 짚고 일어나야 하는지, 아니면, 그 세 가지 동작 중 두 가지를 동시에 진행시킬 수 있는지, 그렇다면 어떤 두 가지의 조합이 적절한지, 그것도 아니라면 세 가지 동작을 한꺼번에 착수해야 하는지, 도무지 기억이 나지 않았소.

내가 일어나야 하되 어떻게 일어나야 하는 것인가, 하는 실제적인 생각으로 꾸물거리자 그가 내 배를 강하게 걷어찼 소. 그자는 마치 페널티 킥을 쏘는 축구선수처럼 있는 힘을 다해 홀쭉하게 들어간 내 배를 찬 것이오. 나는 순간적으로 숨이 막혀 숨을 쉴 수조차도 없었소. 통증이 소리의 속도처 럼 빠르게 내 몸의 모든 부분으로 전달되며, 나는 내 몸 전 체가 통증으로 염색된 것처럼 여겨졌소. 나는 고통으로, 내 생각에는, 지하철역 전체를 진동하게 할 것 같은 큰소리를, 하지만 실제로는 내 바로 옆에 있는 사람에게도 겨우 들릴 락 말락 한 소리를 질렀소. 내장이 모두 터져버린 것 같았 소. 나는 내 배를 움켜쥐고 옆으로 마구 눌렀소. 그런데 그 렇게 몸을 구르는 일은 평소에 내가 무척 좋아하는 일이었소. 물론 그 순간에는 그 일을 좋아할 수만은 없었죠. 나는 그가 나를 더 때려, 정말로 죽이기 전에 일어나야 한다는 것을 알고 있었고, 그래서 일어나기 위해 안간힘을 다했소. 그렇지만 나는 혼자 힘으로는 내 몸을 일으키는 것마저 할 수가 없었소. 결국 그의 우악스러운 손이 내 멱살을 잡고 나를 일으켜 세운 뒤, 그것으로 그치지 않고 나를 공중으로 끌어 올렸소. 그 순간 나는 아마 강아지가 내는 소리를 냈던 모양이오. 한 손으로 나를 허공에 매단 채로, 그가 만들어 낼 수 있는 가장 험악한 표정을 지으며 나를 노려보며, 마치 강아지 같은 울음소리를 내는군, 하고 말한 것을 보면 말이오.

〈여기가 내 자리인지 몰라?〉 그가 말했소.

그는 내가 죽은 후에야 나를 내려놓을 것처럼 그의 억센 팔을 공중에다 고정시킨 채 가만히 들고 있었소. 나는 물에 빠진 사람처럼 허우적거리면서 점점 의식이 몽롱해지고 힘이 빠지는 것을 느꼈소. 마침내 팔에서 힘이 빠진 그가 나를 내려놓자 나는 비굴한 사람처럼 무릎을 꿇으며, 마지막 단계에서는 빈 부대 자루처럼 바닥에 풀썩 쓰러졌소.

〈이 예의를 모르는 놈아! 내가 예의란 게 뭔지 가르쳐주지.〉

그는 쓰러진 내 몸 위로 나를 짓뭉갤 듯 발을 들어 올렸다가 내가 아무런 반응을 보이지 않자, 그 발을 거두고 몸을 숙여 내 관자놀이에 손을 대고는 내가 죽지는 않았는지 확인을 해보았소. 나는 죽은 척을 하기 위해 숨을 멈추었지만 관자놀이는 더욱 맹렬하게 뛰었소.

〈아직 죽지는 않았군, 다만 죽은 척을 하고 있을 뿐이야. 오늘은 이만 해두지. 나도 쉬어야 하니까.〉

그 말을 하며 그는 그의 발로 나를 옆으로 굴려 몇 발자국 떨어진 곳으로 옮겨놓은 뒤 내 몸에 침을 뱉은 후 내가 누워 있던, 그 일대에서 가장 좋은, 바로 위에 환풍기가 있는, 제일 구석진 곳인, 그의 자리라고 주장하는 데로 되돌아갔소. 나는 호흡곤란과 통증과 분노로 질식할 것만 같았소. 마치 아주 높은 절벽에서 떨어져 온몸이 바스러진 것처럼 얼얼했소. 내 몸속의 모든 액체들이 파도를 치는 것 같았소. 주위에 있는 것들이 회전목마처럼 빙빙 돌고 있었소. 나는 가만히 누운 채로 천장을 바라보며 파도가 잠잠해지기를 기다렸소. 조금씩 파고가 낮아지며 회전목마의 속도가 늦추어졌소. 조금 지나자 호흡은 진정이 되고 맥박 또한 정상으로 돌아왔소. 잠시 그 상태로 누워 있고 나자 통증 또한 가라앉았소. 그러고 나자 체내의 묵은 찌꺼기들을 씻어낸 듯 오히려 상쾌한 기분마저 들었소. 나는 그런 일에는 완전히 단련이 되어 있기 때문이오. 나는 고개를 천천히 들어 주위를 살펴보았소. 내 바로 옆에는 신문지로 얼굴을 덮은 한 거지가, 그의 가까운 곳에서 내가 죽을 고비를 넘긴 것도 모르고 자고 있었고, 그 뒤로 좀 더 떨어진 곳에는 한 늙은이가 벽에 기대앉은 채로, 종이컵에 술을 따라 마시며 나를 바라보고 있었소. 그는 조금 전 일어난 광경을 모두 지켜보았고, 그 모든 것을 이해할 수 있다는 듯 물끄러미 나를 바라보았소. 꼼짝도 않고 나를 지켜보는 그는 커다란 두꺼비처럼 보였소. 또한 턱수염을 길게 기른, 혹은 자르지 않고 그대로 둔 그는 명상에 빠진 요기처럼 보이기도 했소. 그는 언제 어디서 왔는지 모르게 그곳으로 왔고, 며칠 전부터 그 순간 그가 앉아 있는 자리에서 꼼짝도 않고 그대로 앉아 술만 마시고 있었소. 그는 이 세상의 모든 시간을 소유하고, 그것을 자신이 관리하고 있는 듯 보였소. 하지만 그는 자신의 시간조차 소유하고 있지 못했소. 그런데 지금 내 말을 듣고 있소?"

"한 단어도 빼놓지 않고 듣고 있었소." 내가 만약 듣지 않고 있었다고 한다면 그는 처음부터 얘기를 다시 할 것이 틀림없었다. 나는 내 휴식을 방해하며, 자신의 너저분한 이야기를 늘어놓고 있는, 그 원숭이처럼 생긴 사내가 꼴도 보기 싫었지만, 정말 그게 싫었다면 그 자리에서 일어나 다른 곳으로 옮겨갔을 수도 있는 내가 그렇게 하지 않은 것을 보면, 반드시 그렇게 싫지만은 않았는지도 몰랐다.

"그런데 지금 내가 이 얘기를 왜 하는 거지? 어쨌든 일단 얘기가 나왔으니 계속하죠. 나는 그의 그 태연한 표정이 나를 동정하는 것인지, 아니면 내가 그에게 볼거리를 제공해 그의 술맛을 나게 해주어 내게 고마워하는 것인지 알 수가 없었소. 내가 보는 앞에서 그는 술을 한 잔 따라 잔을 들어 내게 건배를 하는 시늉을 한 후 그것을 단숨에 들이켰소. 그러고는 여전히 알 수 없는 미소를 지어 그것을 내게 던졌소. 나 또한 그의 미소를 닮은 미소를 지어 보였소. 하지만 곧 나는 내가 바보처럼 여겨져 내 입가의 미소를 고통스러운 표정으로 바꾸어 놓았소. 나는 고개를 반대쪽으로 돌려 내게 행패를 부린 작자를 보았소. 자고 있던 나를 깨운 뒤 자신은 잠이 든 그는 이미 돼지처럼, 더러운 콧김을 배출하며, 코를 요란하게 골며 곤하게 자고 있었소. 그의 코 고는 소리가 밤이 되어서도 열기가 사라지지 않은, 축축하고, 악취 나는 지하철 통로의 밀폐된 공기를 가볍게 울리고 있었소. 주둥이가 몹시 큰 그가 그 주둥이를 모두 벌리고 자고 있는 모습은 하마처럼 보였소. 그 작자는 몹시 악질이오. 그는 모든 사람들을 괴롭히고, 그것으로부터 기쁨을 얻고, 그의 삶의 보람을 찾는 자요. 그는 며칠 전 내가 그곳으로 갔을 때부터 나를 못마땅하게 여겼소. 그는 내가 누워 있으면 똑바로 앉아 있지 않다고, 똑바로 앉아 있으면 왜 그렇게 거만하게 꼿꼿이 앉아 있냐고, 내가 눈을 뜨고 있으면 나의 뜬 눈이 신경에 거슬린다고, 내가 눈을 감고 있으면 그에 대한 좋지 않은 생각을 하고 있는 것은 아닌가 하고, 심지어는 내가 전혀 웃지 않고 있는데도, 마음속으로 그를 비웃고 있는 것은 아닌가 하고 트집을 잡는 것이었소. 그의 곁에서는 나는 어떤 식으로도, 어떤 상태로도, 어떤 표정으로도 있을 수가 없었소. 그는 사람을 죽인 적도 있는 것으로 알려져 있소. 그것도 맨손으로, 그는 그것을 자랑스럽게 얘기한 적도 있소. 그는 그가 저지른 모든 악행들을, 그로 인해 감옥에 들어갔던 경험들을 늘 떠벌리곤 하오. 그리고 그는 얼마든지 앞으로도 사람을 죽일 수 있을 것처럼 보이오. 나 역시 그 비슷한 일이 있는 것처럼 생각되지만 나는 그것을 누구에게도 얘기하지 않았소. 그것은 나 자신에게조차도 오랫동안 얘기하지 않은 것이오. 설사 누구에게 그 얘기를 한다 해도 아무도 그 말을 믿어주지 않을 것이오. 하지만 실제로 그런 일이 있었던 것은 아니고, 하도 그런 생각을 많이 해 실제로 있었던 것처럼 여겨지는 걸 거요. 나는, 누군가에 의해 죽임을 당하면 당했지, 누군가를 죽일 만한 위인이 못 되는 사람이오. 나는 내가 도저히 이 세상에서 서로 공존할 수 없는 그를 없애야겠다고 생각했소. 내가 사라지든지 그가 사라지든지, 우리 둘 중의 하나가 사라져야 한다. 하지만 나보다 목은 하나가 더 있는 것처럼 키가 크고, 힘도 센 그를 죽이는 것은 쉽지 않을 것이다, 칼이나 송곳 같은 무기를 사용한다든가 하는 비겁한 방법을 쓰지 않고는 그를 당해 낼 수 없을 것처럼 보인다, 그가 잠이 든 사이에 그 쥐 같은 인간이 아침에 먹으려고 남겨놓은 음식에 쥐약을 넣어 쥐도 새도 모르게 죽이거나, 칼로 그의 눈알을 뽑아내 그것을 하수구에 버려 쥐가 먹어 치우게 해야 할 것이다, 그리고, 단숨에, 완전히 그의 숨통을 끊어놓아야 할 것이다. 그렇지 않고 그의 일부만 죽이게 되면 그는 결국 나를 죽이고 말 것이다, 하는 생각을 했소. 그를 죽인다는 생각만 해도 기운이 나고 기분이 좋아졌소, 하지만 그 일은 파리 한 마리를 죽이는 데도 힘에 부치는 오늘이 아닌, 내가 좀 더 기운을 차린 후에라야 가능할 거야, 하는 생각을 하며 일단 쉬기로 했소. 그리고 쉬면서 나는 그를 없앨 좋은 방법을 생각해 냈소. 내 얘기는, 정말 좋은 방법은 아니지만, 그가 죽어서는 겪지 못할 현세의 고통을 듬뿍 겪게 내버려 두는 것, 그러니까 오래오래 살도록 놓아두는 것 이상의 좋은 방법을 생각해 내지 못했다는 거요. 나는 그 멋진 생각을 한 후 무릎을 쳤소, 아니, 그 생각을 하기 전 무릎을 쳤소, 그러니까 그 멋진 생각에 무릎을 친 것이 아니라 무릎을 치자 그 멋진 생각이 떠오른 거요. 때로 나는 그렇게 무릎을 치는 것이 좋은 생각을 나게 하는 데 직접적인 영향을 주기라도 하는 듯 무릎을 치는 일이 있는데, 신기하게도, 실제로 그럴 때면 내가 기대하지도 않았던 멋진 생각이 갑자기 떠오르곤 한다오. 내가 잠시 정신을 차리기 위해 앉아 있는데 B라는 자가 어딜 갔다가 돌아오고 있었소. 그는 내가 그곳에 있는 자들 중 유일하게 본래 이름을 알고 있는 자요. 그는 내게 미소를 보내며, 내게 들려주지 않고는 배길 수 없는 어떤 이야기가 있는 듯 내 앞으로 다가왔소. 하지만 나는 그자의 이야기를 들을 기력이 없을 뿐만 아니라, 그자가 하는 얘기라면 무엇도 듣고 싶지 않았소. 그에게서는 들을 만한 가치가 있는 말이 나오는 경우는 전혀 없소. 그는 절대로, 기억하거나, 음미할 만한 가치가 있는 말을 하지 않소. 그는 언제나 똑같은 말만 반복할 뿐이오. 그의 모습만 봐도 하품이 저절로 나올 정도요. 그럼에도 그는 그 사실을 모르고 얘기를 늘어놓기 시작했소. 아니, 어쩌면 자신의 이야기가 사람을 얼마나 지겹게 만드는지 알면서도 그러는지도 모르겠소. 그것이 그에게는 즐거운 일인지도 모르는 일이오. 나는 그자가 하는 얘기에는 전혀 귀를 기울이지 않았소. 내가 깜박 잠이 들었다가 어떤 이상한 소리에 다시 깼을 때도 그는 얘기를 계속하고 있었소. 나는 몸을 일으켜 소리가 나는 쪽을 보았소. 그런데 거기에 내게 둘도 없는 친구가 엎어져 있었소. 나는 네발로 그가 있는 곳으로 기어갔소. 우리는 그렇게, 흔히 가까운 곳은 기어다니기도 하오. 우리 주위를 기어다니는 바퀴벌레들처럼."

나는 그의 얘기를 들으면서도, 내게 다음과 같은 다양한 질문들을 던졌다. 왜 나는 이곳에 앉아, 내가 알지도 못하는 사내의, 그로서도 알지 못하는 이야기들에 귀를 열어놓고 있지? 나는 왜 매일 이곳에 나와, 하루 종일 뚜렷하게 하는 일도 없이,─사실, 지금까지의 어떤 하루도, 장담하건대, 내가 뭔가를 하기를 부추긴 날은 없었다. 나는 지금껏 살면서 어떤 욕구도 없었으며, 또한 어떤 욕구를 가져야 한다고 생각해 본 적도 없었다, 정말이지 나는 내가 하고자 해서 어떤 일을 한 적은 없었는데, 그것은 내가 하고자 한 일이 전혀 없었기 때문이었다. 이제까지 내가 한 어떤 일도, 내가 그렇게 하기를 바랐고, 그렇게 하는 것이 당연하다고 판단했고, 그렇게 하는 데는 그럴 만한 이유가 있었다고 생각해 그 일을 한 것은 없었다. 어떤 일을 하는 경우에도, 나는 그 일을 하는 과정에서, 내가 그 일을 하는 이유를 점차 모르게 되었으며, 그 일을 마친 후에는 그 이유를 아예 모르게 되곤 했다. 나는 늘상 백지 위에 무심히 그려진, 아무런 의미도 없고, 알아보기도 힘든, 낙서와 같은 삶을, 삶과, 그것과 대척점에 있는, 삶을 모독하고 쓰러트리는 죽음, 그 두 가지 사이의 편차가 거의, 아니 전혀 느껴지지 않는 삶을 꿈꿔왔을 뿐이다. 나는 내가 맞이하게 될 죽음 또한 생각했는데, 그것은 나의 그 낙서와 같은 삶이 수록된, 구겨진 파지를 휴지통에 던져 넣으면 그만인, 그렇듯 느껴지는 죽음을 맞이하기만 하면 된다고 생각해 왔다. 실제로 그동안 나의 삶에서는 아무 일이 일어나지 않은 것과 마찬가지였고, 설사 무슨 일인가가 있었다 해도, 그건 대수롭지 않은 일뿐이었다─시간을 보낸 후 집에 돌아가곤 하는가? 내가 지금 이 사내의 얘기를 듣고 있지 않을 경우 내가 하고 싶어하고, 할 수 있고, 할 만한 가치가 있는 어떤 것이 있을까? 나는 마지막 질문에 대해 특히 골똘히 생각했다. 아니, 사실은 제대로 생각지도 않고, 미리 그런 것은 있을 수 없다고 결론을 내렸다. 또한 나는 이런 질문도 했다. 아직도 내가 살아 있다는 사실에 대해 뭐라고 변명할 수 있지? 나의 이 삶이 죽음과는 어떻게 다르지? 그 자체가 하나의 굴욕인 이 삶을 버티게 하는 힘은 어디서 나오고 있지? 나는 결국 나라는 존재라는 이 거대한 궁지를 더욱 심오한 것으로 만들며 살 수밖에는 없는 것인가? 나는 내 지력이 허용하는 한계 밖에서, 처음부터 답이 나올 수 없는 그 모든 질문들에 대한 답을 구하고 있었다. 그것을 알 리 없는 옆의 사내는 그의 얘기에 더욱 심취해 있었다.

"나는 엎어져 있는 그의 몸을 돌렸소. 그는 오랫동안 물을 주지 않은 화초처럼 시들어 있었소. 그는 죽어가고 있었소. 어떻게 그 몸을 이끌고 그곳까지 왔는지 신기할 정도였소. 아니면, 내가 보지는 못했지만, 계속해서 그 상태로 있었는지도 모르오. 나는 신문지 뭉치를 그의 머리맡에 받쳐주었소, 누워 있는 그의 얼굴에서 움직이는 것은 아무것도 없었소, 그는 숨 쉬는 것조차 잊어버린 듯 거의 숨을 쉬지 않고 있었소. 이미 그의 눈은 죽은 부엉이의 눈처럼, 혹은 죽은 물고기의 눈처럼 보였소. 동공은 그것에 못을 박아놓은 듯 꼼짝 않고 있었소. 다만 이따금 그의 얼굴 위로 경련이 일며 그것이 번져나가는 것이 보였소.

나는 밤에 잠에서 깨어 목이 마를 때 마시려고 준비해 둔 물을 한 잔 갖고 와 그 말라빠진 얼굴의 아래쪽 한 귀퉁이에 자리잡고 있는 그의 입을 벌린 다음 조금씩 그 위로 떨어트렸소. 하지만 그는, 그렇게 내게 물을 주면 내 목이 더 마르게 된다는 걸 모르오, 하는 것이었소. 나는 억지로 그의 입을 벌려 물을 부어야 했소. 그는 평소에 목이 마를 때면 물 대신 불을 한 모금 달라고 했소. 그러면 나는 그에게 담배를 한 대 붙여주곤 했소. 그는 내가 준 물로, 그의 바싹 마른 입술을 축인 후 물기를 묻힌 그 입술을 겨우 달싹거리며 내게 뭔가를 말하려고 했소. 나는 그의 입술 가까이로 귀를 갖다 댔소. 하지만 아무것도 알아들을 수가 없었소.

그는 늘, 그의 생각에는 자신이 분명하게 얘기를 하는 것처럼, 내 얘기를 이해하겠죠, 라고 말했지만, 그의 말을 이해하는 사람은 아무도 없었소. 한때 우리는, 그가 완전히 머리가 돌기 전까지는, 늘 함께 붙어 다녔는데, 그는, 혹시 오늘 지혜를 보지 못했소? 그건 포도송이처럼 생긴 것이오, 나는 아침부터 그것을 찾고 있는데 아직 찾지 못하고 있소, 만약 그것을 보게 되면 내가 다시 올 때까지 잘 좀 붙들고 있어 주시오, 라는 말을 하기도 했소. 그는 항상, 내가 무슨 말을 해도 놀라지 않을 수 있겠죠, 라는 말을 하고 얘기를 시작하는데, 이제껏 그의 얘기에 놀란 적은 한 번도 없었소. 그는 놀라울 정도로 분명하게, 마찬가지로 놀라울 정도로 조리가 없는 얘기를 했소. 그러면서도 그는 만약 자신의 말이 두서가 없어진다면, 그것은 그것을 듣고 있는 내가 귀를 기울이지 않고 있기 때문이라는 궤변을 늘어놓곤 했소. 하지만 그의 궤변은 모두 기분 좋은 것들뿐이었소. 사실 나는 궤변이라면 뭐든지 좋아한다오. 그건 내가 이 세상이 태초의 신의 말씀이라는 그 엄청난 궤변에 의해 창조되었다고 믿기 때문이오. 그는 아침에 잠에서 깨면, 내게서 이상한 점은 발견되지 않나요, 하기도 하고, 거리를 걸어갈 때면, 어딘가에 떨어져 있는 그의 영혼의 행방을 찾기라도 하는 듯 땅바닥을 쳐다보며 다니기도 했소. 또한 그는, 나는 잠이 들기 전이면 사람들의 손에 찢겨진 내 영혼을 보며 울곤 한다오, 내가 죽는다면 그것은 세상을 위해서도 다행한 일일까요, 이 물음에 대한 답은 어디서 구할 수 있을까요, 라는 말을 하기도 했소.

늘상, 나는 내가 아는 가장 훌륭한 철학자요, 물론 나는 철학자라곤 만나본 적이 없긴 하지만, 이라고 말하고 다니는 그자는 겉으로 보기에는 멀쩡하지만 실성을 했는데 나는 그의 말을 잘 이해할 수 있었소. 그의 말을 이해하는 유일한 사람이었던 거죠. 우리가 함께 앉아 있을 때면 그는 늘상, 그런데 지금 내가 여기 있나요, 지금 여기 있는 게 바로 나인가요, 지금 내가 여기에 있고, 여기 있는 내가 나라고 생각하는 게 내가 틀림없나요, 설마 내가 살아 있는 게 사실무근은 아니겠죠, 때로 나는 누군가가 나를 대신해 생각을 해주지 않으면 아무 생각도 할 수 없는 때도 있소. 그런데 지금 내 말이 들리나요, 나는 가끔 사람들이 하는 말은 들을 수 있지만 내가 하는 말은 들을 수가 없는 경우가 있다오, 목소리를 잃은 것도, 귀가 먹은 것도 아닌데 내 목소리를 들을 수 없다니 이게 도대체 어떻게 된 노릇이지, 아니면 나 외의 세상이 어떻게 되기라도 한 것인가, 라는 말로 나를 조금은 헷갈리게 하기도 했소. 하지만 나는 그가 무슨 의도로 말하는지 알고 있었소."

거대한 푸른 하늘을 배경으로 다양한 크기의 구름들이 일정한 방향으로, 마치 벼랑 끝을 향해 걸어가는 양 떼처럼, 무리를 지어 천천히 이동하고 있었다. 나는 그 장엄한 광경을 근엄하게 바라보고 있었다. 점점 더 옆에 앉은 사내의 얘기에 귀를 기울이기가 힘들었다.

"그렇지만 우리가 늘 잘 지냈던 것만은 아니오. 우리는 아주 사소한 것들만을 놓고 가끔씩 다투기도 했는데, 우리가 중요한 문제를 놓고 다툰 적은 한 번도 없었소, 그건 우리가 중요한 문제에 있어서는 완전히 의견의 일치를 보았기 때문이오. 언젠가 내가 이 벤치에 앉아 해를 쳐다보고 있자 내게로 와 오늘 해는 그의 것이니까 그의 허락 없이 그것을 봐서는 안 된다며 내게 시비를 건 적도 있소. 그 일로 우리는 한동안 서로 외면을 하며 지낸 적도 있었지만 곧 서로의 오해를 풀었고, 다시 더 친해졌소.

나는 새벽 무렵 잠이 든 그를, 그의 누더기 속의 불안을 바라보았는데, 그게 내가 본 살아 있는 그의 마지막 모습이었소. 아침에 내가 잠에서 깼을 때 그는 송장이 되어 있었소. 그는 죽은 개구리처럼 사지를 뻗고 누워 있었소. 차마 눈을 뜨고 보기가 어려웠소. 나는 그의 뺨에다 손을 대어보았소. 그의 살갗은, 딱딱하고 싸늘했소. 눈병을 앓는 눈에는 고름이 흐르고 있었고, 눈곱이 심하게 껴 있었소. 그의 죽은 모습은 살아 있을 때나 별 차이가 없었고, 그래서 실제로 죽은 것처럼 보이지도 않았소. 아니, 살아 있을 때에도 이미 죽은 것이나 다름없던 그는 오히려 죽은 후 살아 있는 것처럼 보여지기까지 했소. 단지 좀 더 얼이 빠진 것처럼 보였소.

나는 그를 보면서도 아무렇지도 않았소. 마치 생채기가 나 짓물러진 바나나를 볼 때처럼 어떤 끔찍한 느낌도 들지 않았소. 하지만 언젠가 내가 앓아누워 있을 때 그가 어디서 구해온 바나나 한 개를 내게 준 적이 있다는 데 생각이 미치자 그에게 온정이 느껴졌소. 나는 그토록 원하던 죽음을 맞이할 수 있게 된 그가 부러웠소. 나는, 그는 소원을 이룬 거야, 나 역시 내가 모르는 사이에, 잠이 든 사이에 그렇게 죽었으면 좋겠다, 하는 생각을 했소."

우리 앞으로 한쪽 팔이 없는 어떤 사람이 지나갔다. 그리고 그의 뒤로 휠체어를 탄 장애인이 우리를 힐끔힐끔 바라보면서 휠체어 바퀴를 손으로 돌리며 지나갔다. 자세히 보니까 그에게는 다리가 하나 없었다. 그들은 우리 앞을 지나치며, 두 다리와 두 팔을 갖고 있는 내가 이상하게 보이는 듯 나를 바라보았다.

그는 계속해서 말을 이었다. 그는 인생의 무상함에 대해, 그것을 깨달은 자신이 얼마나 초연하게 되었는지에 대해 얘기를 늘어놓았다. 그는 삶의 모든 집착을 버린 후에 자신이 얼마나 순수한 존재가 되었는지에 대해 얘기를 했다. 하지만 나는 그의 얘기에 대꾸를 하지 않았다. 결국 거지일 뿐인 그는 내 주머니에 그와 나누어 가질 어떤 것이 들어 있는지 물어오는 것으로 그의 말을 맺을 것이다. 결국 그는, 뭔가를 소유한다는 것은 그것을 소유해야 하는 부담을 소유하는 것, 이라는 알쏭달쏭한 말을 한 후 내 반응을 살피며, 당신이 가진 돈의 일부를 내게 준다면 나는 그것을 마다하지 못할 거요, 라는 말을 해 내가 가지고 있던 돈의 일부를 빼앗다시피 해 가로챘다. 그런 다음 그는 내가 얼마나 훌륭한 사람인지에 대한 얘기를 늘어놓았다.

나는 점점 더 그와 얘기를 나누는 것이, 실제로 나 자신은 몇 마디 하지도 않았음에도, 힘이 들었다. 내게는 말하는 것이 단어 하나 얘기하는 것조차도 몹시 힘이 드는 날이 있었다. 물론 그것은 그날에 국한되지 않는, 나의 모든 날에 걸쳐 일어나는 현상이었지만, 그날은 그 힘겨움이 각별했다. 사실을 말하자면 말하는 것이 힘들게 느껴지는 모든 순간에 그것은 각별히 힘들게 여겨졌다.

나는 나도 모르게 자리에서 일어나 딴 곳으로 걸음을 옮겼다. 그 원숭이처럼 생긴 사내는 내게, 내 얘기를 더 안 들을 거요, 내가 얘기하는 것을 듣고 싶지 않다면 아무 말 않고 있겠소, 내가 잘못했소, 하고 내 뒤에다가 소리쳤지만, 나는 뒤도 돌아보지 않았다. 그 공원에 있는 것이 견딜 수가 없었다. 누구와도 얘기를 나누고 싶지 않았고, 누구도 보고 싶지 않았다. 내가 존재한다는, 단순한 그 사실만으로도 나는 견딜 수 없는 상태였다. 나를 포함해 모든 것들이 구더기처럼 여겨졌다. 나의 지난 삶으로부터 남겨진 모든 것들과 앞으로 나를 위해 남겨져 있는 모든 것들이 쓰레기 더미처럼 여겨질 뿐이었다. 그날 아침 눈을 떴을 때부터 내게 익숙한 그 무력감이 그것의 가장 흉측한 모습을 하고 나를 포박해 버렸다. 나는 내 안에 채워져, 조금씩 부풀어 오르는 그 느낌으로 내가 마치 무력감의 거인이 된 것처럼 여겨졌다. 나는 공원을, 마음속으로 비명을 지르며, 가로질러 그곳을 뛰쳐나왔다.

2

　　　　　　　　나는 거리를 걷고 있었고, 거의 새벽
에 가까운 시간이었다. 고양이 한 마리가 잠든 거리를 아무
런 소리 나지 않게 가로질러 갔다. 텅 빈 길 한가운데에서,
가로등 불빛에 의해 만들어진 여러 개의 나의 그림자들의
중심에 서서, 나는 혼자임에도 불구하고 갑자기 그동안 헤
어졌던 여럿으로 이루어진 나 자신과 해후를 한 것처럼 여
겨지며, 나 자신과 화해를 해 이제 좋은 사이가 된 것처럼
여겨졌다. 나는 잠시, 터무니없다는 것을 내가 알 수 있는
평온을 느꼈다. 하지만 다시 걸음을 떼기 시작하자 벌써 그
일시적인 감정의 격류는 길 위로 흩어져 버리고 그 감정의
배후에 있던 불안이 효력을 나타내기 시작했다. 길옆에는
공중 전화박스가 있었는데, 텅 빈 그것은 빛의 잔영에 의해
마비된 듯 서 있었다. 누워 있는 그것의 그림자 옆에 서 있

는 전화박스는 너무도 쓸쓸해 보였다. 나는 공중 전화박스로 다가갔다. 세 개의 전화박스가 있었고 그중 한 곳의 전화기는 망가져 있었다. 누군가가 송수화기를 떼어가 버려 전화선이 끊겨 있었다. 나는 그것을 보며 문득, 그 전화기를 떼어간 사람의 집 거실에는 그가 잠을 이룰 수 없는 밤이면 밖으로 나와 떼어간 송수화기 여러 개가 벽에 박은 곳에 걸려 있을 거라는 생각을 했다. 어쩌면 그는 그 송수화기들을 떼어내면서 전투에서 포로로 잡은 적의 귀를 잘라내는 인디언처럼 희열을 느낄지도 모른다. 하지만 집에 걸려 있는 그 전리품들을 바라보며 자신의 처지가 그것들과 다르지 않다는 생각에 우울한 기분이 들기도 할 것이다. 어쩌면 그는 그 파손된 송수화기를 들고 타인과의 불가능한 통화를 시도하고 있을지도 모르는 일이었다. 아니면 아무런 죄가 없는 송수화기를 속죄양으로 삼는 것을 통해서만 자신의 죄를 용서받을 수 있다고 생각하는 그는 그 순간에도 다른 어딘가에서 송수화기를 떼내는 짓을 하고 있는지도 몰랐다. 또는 그의 공공시설 파괴벽은 좀 더 피해가 큰 시설물로 대상이 바뀌었을 수도 있었다.

그 반달족의 습격을 받은 전화박스 옆의 것은 피해를 모면한 듯 무사했다. 나는 동전을 넣고 전화기를 들었지만 누구에게 전화를 해야 할지, 누구에게 전화를 할 수 있을지 알 수가 없었고, 결국, 그렇게 밤거리를 배회할 때면 종종 그렇듯이 내 집으로 내게 전화를 했다. 다섯 번의 신호음이 간 후 나의 부재를 알리는 자동응답기의 녹음이 들렸다. 나는 신호음을 다 듣고 난 후, 마치 나를 기다리는 누군가가 있기라도 한 듯, 지금은 집에 들어갈 수 없다, 라는 말을 했다. 그런 다음 다시 한참을 걸은 후 나는 강변으로 나가 평소에도 별로 통행량이 많지 않은 어떤 다리를 걸어가다가 다리 한가운데에서 멈춰 섰다. 누군가가 내 앞에서, 마치 나를 기다리고 있기라도 한 듯, 다리 난간에 기대어 아래쪽 강물을 내려다보고 있었다. 나 역시 걸음을 멈추고 서서 다리 난간 아래쪽을 내려다보았다. 시커먼 강물이 적막한 어둠 속을 고요히 흘러가고 있었다. 나는 담배 한 대를 꺼내 피웠다. 그때 내 가까운 곳에 서 있던 사내가 내게로 왔다. 그는 무슨 중요한 말을 꺼낼 듯 한순간 망설이더니 내게 담배를 달라고 했다. 그러니까, 그는 분명한 말로 그것을 달라고 한 것이 아니라, 벙어리들이 그렇듯, 내가 피우는 담배를 그의 손가락으로 가리킨 다음 그의 입을 가리키는 방식으로 그것을 달라고 했다. 그 몸짓 언어를 어렵지 않게 알아들은 내가 담배 한 개비를 약간의 망설임 끝에 흔쾌히 주자 그는 그가 서 있던 자리로 돌아갔다. 나는 강물을 다시 내려다보았다. 여전히 시커먼 강물이, 조금 전 보았을 때와 다르지 않게, 고요히 흘러가고 있었다. 잠시 후 그가 또다시 와서는 이제 불을 달라고 했다. 나는 내가 조금 전 준 담배에 불을 붙여주며, 담배를 달라고 할 때 불까지 달라고 할 것이지, 하는 생각을 했지만 그 얘기를 하지는 않았다. 우리는 담배 연기를 내뿜으면서 짧은 순간 서로를 노려보았다. 그의 인상은, 내가, 물론 그런 노력을 하는 건 아니지만, 노력해도 가질 수 없는 평온함을 내보이고 있었다. 그 짧은 순간을 통해 나는 그의 표정에서 자신의 운명의 순간을 자각하고 있는 사람의 단호함과 자신의 죽을 권리를 누릴 수 있게 된 사람의 기쁨을 동시에 볼 수 있었다. 아니 어쩐지 그런 느낌이 들었고, 그것이 내가 대부분의 나의 생각에 대해 흔히 느끼는 근거 없는 것으로 여겨지지 않았다. 그리고 그는 나처럼 소심한 자의 얼굴 표정을 하고 있었으나, 그것은 절망에 빠진 인간의 믿음의 시선이 만들어 낸 존재인 신의 면전에 선 인간의 소심함이었고, 그래서 나는 그에게서 말할 수 없는 유대감을 느꼈다. 그는 뭐라고 알아들을 수 없는 말로 중얼거리고 있었다. 내게 그것은 어딘가에서 듣고 있지만 보이지 않는 신에게 뭔가 간청하는 말처럼 들렸다. 하지만 좀 더 자세히 들었을 때 나는 그가 내뱉고 있는 말이, 다행히도 욕설이라는 것을 알아차렸고, 그러자 괜히 기분이 좋아졌다. 잠시 후 그는 다시 그의 자리로 돌아갔다. 우리는 그렇게 조금 떨어진 곳에서 서로를 의식하며 담배를 피웠다. 나는, 나를 쳐다보지 않는 척하면서도 쳐다보고 있는 그를, 똑같이, 쳐다보지 않는 척하며 쳐다보았다. 곧 그는 또다시 마치 그 아래 강물에 매혹된 듯 아래쪽을 골똘히 내려다보았다. 내게 그는 그가 서 있는 바로 그 지점에서 뛰어내리기 위해 그의 인생의 먼 길을 걸어 그곳까지 온 것처럼 여겨졌다. 그것은 우리가 서 있는 다리 아래로 강물이 변함없이 흐르는 것만큼이나 자명해 보였다. 어쩌면 나 역시 내가 잊고 있었지만 같은 이유로 그곳에 나온 것처럼 여겨졌다. 그것은 분명치 않았다. 하지만 그는 그의 인생의 벼랑 끝에 서 있는 게 틀림없었다. 그리고 그는 자신이 죽어야 하는 이유를 알고 있고, 그것을 스스로에게 설득하고 있는 것처럼 보였다. 그는 자신이 뛰어내릴 곳을 확인하는 듯 등을 더 굽혔다. 나는 그에게서 눈을 떼지 않고 그가 뛰어내리기를 기다렸다. 나는 이제껏 내가 경험하지 못한 새로운 종류의 사건이 펼쳐질 거라는 데 대해 전혀 의심하지 않았다. 나는 내게 그의 죽음을 증언해야 하는 무거운 의무가 지워진 것처럼 느껴졌다. 그는 나의 신호를 기다리기라도 하는 것처럼 나를 흘낏 쳐다보았다. 하늘에는 이 모든 것을 눈감아주겠다는 듯한 초승달이 떠 있었다. 그에게 어떤 운명이라는 것이 있다면 그것은 그가 그 시간에 그곳에서 나를 유일한 증인으로 세운 채 죽는 것, 바로 그것처럼 여겨졌다. 그것은 마치 대낮의 운행을 끝낸 태양이 바다로 떨어지는 것처럼, 그가 원하든 원치 않든, 그렇게 되어야만 하는 것이었다. 나는 나의 그 생각이 전혀 엉뚱하지 않게 느껴졌다. 나는 내가 그의 삶에 필연적인 숙명을 제시할 수 있는, 그가 기다리던 사람처럼 여겨졌다. 그는 나를 대신해, 나를 위해 죽을 것이다. 나는 나와 그라는, 세계의 마지막 두 생존자가 존재하는 곳의 신비한 기운에 의해 나의 지시가 그에게 전이되고 있다는 것을 의심치 않았다. 나는 그가 나의 기대에 부합하기 위해 마음을 가다듬고 있다는 것을 느낌으로 알 수 있었다. 나는 그가 내가 원하는 바대로 하지 않는다면 최소한 서로의 역할을 바꿔, 내가 다리 아래로 뛰어내리는 것을 그가 지켜봐 주는 건 어떤지라고 묻고 싶었다. 영원히 인간을 괴롭히는 신의 어릿광대들일 뿐인 우리는 얼마든지 서로의 대역을 해낼 수 있는 것처럼 생각되었다. 그는 나의 인내심을 시험하는 듯 오래도록 가만히 서 있었다. 나는 무서운 인내심을 발휘하여 그의 시험에 응했다. 나는 내 앞에서 펼쳐질 한 인간의 종말의 시초를 보기를 기대하며 그에게서 눈을 떼지 않았다. 나는 그를 집요하게 바라보며 나의 시선이 물리적인 힘으로 전이되어 그 힘에 의해 그가 움직이기를 기다렸다. 이윽고 그는 마지막 점검을 하듯 다시 다리 아래쪽을, 그 아래에 곧 그가 도착하게 될 피안의 세계가 있기라도 한 듯, 내려다보았다. 하지만 정확히, 내가, 그가 다리 난간 아래로 뛰어내리기 위해 그 위로 기어오르리라고 생각한 순간 그는 호주머니에서 뭔가를 꺼내 강물 위로 던진 후 그것이 떠내려가는 것을 지켜보더니 나를 유인하기라도 하는 듯 뒷걸음질을 치며 걸어갔다. 그런 다음 그는 몸을 돌려 마치 발이 지면에 닿을 필요가 없는 것처럼 빠른 속도로 뛰어갔다. 나는 나의 사소한 기대를 저버린 그에게 말할 수 없는 배반감과 적개심을 느꼈다. 나는 천천히 그의 뒤를 따라가면서 더 늦기 전에 그를 붙잡아 물에 던져넣을 방법을 생각했다. 우리 사이의 거리가 조금씩 벌어졌지만 나는 그에게서 눈길을 떼지 않았다. 하지만 그는 곧 지나가는 택시를 세워 그것을 타고 떠나가 버렸다. 나는 그가 간 뒤에 대고, 너는 후회하게 될 거야, 다시는 네게 이런 기회가 주어지지 않을 거야, 라고 쏘아붙였다. 나는 내가 서 있던 자리로 되돌아왔다. 그리고 아래쪽 강물을 내려다보았다. 강물은 이상한 점이 없이 올바른 방향으로, 어떻게 흐르는 것이 올바른 것이냐고 묻는다면 대답이 궁해지겠지만, 그런 느낌이 들게 하며, 흐르고 있는 듯 보였다. 달 또한 그것이 늘 지나다니는, 주어진 행로를 통행하고 있는 것처럼 보였다. 달려오는 차의 불빛이 내 바로 앞에서, 그것을 똑바로 마주 보는 내 눈을 부시게 한 후 내 뒤로 사라지고 더욱 단단한 어둠이 거리를 메우는 순간 나는 어떤 불가능한, 궁극적인 빛의 밤 속에 든 것처럼 느껴졌다. 이미 나는 나 자신이 강물에 뛰어들었고, 숨이 멎은 채로, 강물에 실려 영원을 향해 유유히 떠내려가고 있는 것처럼 여겨졌다.

집에 돌아온 나는 불을 끈 후 서둘러 자위행위를 시도했다. 나는 내 육체가 욕망을 통해 모색하는 것이 무엇인지 좀 더 뚜렷이 알기 위해 전에 한동안 부지런히 자위행위를 한 적이 있었다. 하지만 그것이 허무라는 것을 알게 된 이후로는 나 자신에게 그 행위를 금했다. 그렇지만 죽음에 대한 생각이 엄습할 때면 가끔 자위행위를 해 그 생각을 따돌려 버리곤 했다. 하지만 그날 밤에는 자위행위조차도 가능하지 않았다.

나는 공원의, 이제는 감히 내 자리라고도 할 수 있는 벤치에, 마치 그 벤치를 지키는 사람처럼, 앉아 있었고, 조금씩 지루해지기 시작했다. 나는 자리에서 일어나 공원을 한 바퀴 산책했다. 나는, 주위를 두리번거리며, 나의 관심과 관심의 변종인 홀대를 필요로 하는 어떤 것이 없나 주의 깊게 살피며, 공원을 걸었다. 내가 앉아 있는 벤치 바로 앞에 있는, 그다지 크지 않고, 그래서 물웅덩이처럼 보이는 연못에는 오리 두 마리가 알을 까고 나온 지 얼마 되지 않은 듯 보이는 새끼 오리들을 데리고 편대를 이루어 헤엄을 치고 있었다. 그것들이 지나간 수면에는 물결의 주름이 생겼다. 물오리 일가족이 반대쪽 연못 가장자리로 가서 멈추자 수면은 다시 거울의 표면 같은 모습을 되찾았다. 공원 연못의 한쪽 구석에는 잉어들이 그것들만의 비밀스러운 회합이 있는 듯 모여 있었다. 그것들은 잠시 후 그 작은 연못 안에 있으면서도 마치 대양을 누비기라도 하는 듯, 가지런한 지느러미를 움직이며 유유히, 자못 건방지게, 헤엄을 쳐 연못 가운데로 가는 것이었다. 다른 한쪽 구석에는 죽은 잉어 한 마리가 수면 위에 떠 있었다. 죽은 지 며칠이 된 듯 부패한 몸에는 하얀 곰팡이가 피어 있었는데 그 곰팡이는 몸에 핀 꽃처럼 보였다. 이렇다 할 만한, 내 따사로운 관심을 필요로 하는 것은 없어 보였다.

나는, 〈출입 금지〉라는 팻말을 가뿐하게 넘어, 풀밭으로 들어가 잔디 위에 드러누웠다. 짙은 초록의 풀에서는 향긋한 냄새가 났다. 풀잎은 나로 하여금, 그것 위에, 몸을 숙여, 무릎을 꿇고, 두 손을 짚어, 네발로 엎드린 것처럼 하고, 마치 목초지의 염소처럼, 그 풀을, 그것의 연한 부분을 뜯어먹고 싶게, 입 안 가득 물을 넣어 되새김질한 후 그것을 삼키고 싶은 마음이 들게 했지만, 나는 내가 인간이라는 사실을 상기하고, 그 유혹에 저항했다. 하지만 곧, 기다렸다는 듯 공원지기가 모습을 나타냈고, 그는, 나를 향해 그곳에서 나오라고 소리를 질렀다. 나는 짐짓 딴청을 부렸지만 곧 그는 내게로 와 누워 있는 내 팔을 거칠게 잡아 나를 밖으로 끌어낸 후, 다시 또 그러면 가만두지 않겠다는 터무니없는 위협을 했다.

이제 나는 다시 내 벤치로 돌아와 자리를 잡고 내 앞쪽을 바라보고 있다. 그 앞에 뭔가 바라볼 것이 있어서는 아니고, 늘 그렇듯, 그냥 눈을 뜨고, 시선을 앞으로 향하고 있는데 그 시선은 어디에도 머물지 않는, 원근이 없는 것이다. 나는, 한순간, 공원이라는 장소는 이 세상에 있으면서도 그것에 포함되어 있지 않은 곳 같다고 생각했지만, 그것이 정확하게 어떤 의미인지는 더 이상 생각해낼 수는 없었다. 나는 갈수록, 생각을 할수록 생각이 나지 않고, 생각을 하지 않을 때는 생각이 나다가도, 그 생각 또한 내가 이해할 수 없는 것은 마찬가지지만, 생각이 나는 즉시 생각이 없어지곤 했다.

내가 벤치에 앉아 그런 쓸데없는 생각들에 잠겨 있는데, 이제 내가 있는 곳이면 어디든 모습을 나타내는 그 원숭이 같이 생긴 자가 또 나를 향해 오는 것이었다. 나는 나의 시야에 들어온 그의 작은 체구가 발을 뗄 때마다 조금씩 커지며 그가 가까이 다가오는 것을 바라보았다. 그는 내 앞을 지나치다 말고, 내가 있는 것을 빤히 보았음에도 불구하고,

아, 하마터면 모르고 그냥 지나칠 뻔했소, 하고 말하며 내게로 왔다.

"이게 얼마 만이오?" 그는 내가 무척 반가운 듯 손을 내밀었지만, 나는 손톱에 때가 새까맣게 낀 그 손을 잡지 않았다. 내가 그의 손을 잡지 않은 것은 그것이 더러워서가 아니라 내가 누구의 손도 잡는 것을 싫어하기 때문이다. 나는 누군가가 내 몸에 손을 대는 것을, 내가 누군가의 몸에 손을 대는 것 역시도, 그것이 손을 잡는 것이라 할지라도, 극도로 혐오했다. 아니, 혐오했다기보다도 두려워했다. 나는 전에, 지금은 기억나지 않는 어떤 곳의 계단에서, 내 반대편에서 계단을 내려오다가 발을 헛디뎌 내 앞으로 넘어지는 아이를 보고도, 그를 붙잡는 대신, 손을 뻗어 그를 구할 여유가 충분히 있었음에도 불구하고, 몸을 피해 그를 넘어지게 한 적도 있었다. 물론 나는 그가 넘어져 있는 것을 보고도 몸을 일으켜 주지도 않았다. 그리고 그것은, 내가 누구의 신체와도 접촉을 꺼려하는 것은, 내가 소중하게 지니고 있는 나의 많은 편집증적인 요소 중의 하나였다.

그는 내가 잡아주지 않은 그 손을 어떻게 해야 할지 모르는 듯 한참 동안 그대로 들고 있다가 그냥 거두기 무안한 듯, 그 지저분한 손을 이리저리 돌려본 후 그 손보다 덜 지저분하지 않은 얼굴 가까이 가져가, 아니, 더 정확하게 말하면, 손을 그대로 든 채 그의 얼굴을 그 손 가까이 가져가, 냄새를 맡아본 후 내려놓았다.

"사흘 전에도, 이틀 전에도, 우리는 만났었소."

"아. 그랬던가요? 나는 하루에도 너무 많은 사람들을 만나고 다녀서 누굴 만났는지도 잘 기억이 안 난다오. 그런데 내 옷이 멋지지 않소?"

그것은 그가 늘 입던 옷으로 멋진 것으로 보기는 어려운 것이었다. 다만, 오늘 그는 그 옷을 거꾸로 입어, 봉제선이 드러나게 하고 있었다.

그의 입가에는 카스텔라 부스러기가 남아 있다. 그렇게 그의 입가에는 늘 음식물 찌꺼기가 묻어 있었는데 그 찌꺼기를 보면 그가 방금 전 무엇을 먹었는가를 알 수 있을 정도였다. 그가 그 찌꺼기를 털어낼 생각조차 하지 않는다는 사실은 그가 정상적인 사람들의 세계와는 너무도 다른 세계 속에 살고 있다는 생각을 들게 했다.

"오늘 아침 나는 반가운 소식을 들었소. 나를 괴롭히던 그 작자가 죽었다는 것이오. 그는 간밤에 술을 마신 채로 무단 횡단을 하다가 쓰레기차에 치여 죽었다고 하오. 그는 즉사했다고 하오. 나는 내가 그를 죽이는 수고를 덜어준 쓰레기차가 고마울 정도요."

그는 계속해서, 하지만 내가 그를 죽일 기회가 사라진 데 대해서는 아쉽기도 하다, 그가 죽는 것을 두 눈으로 보지 못한 것이 못내 애석하다, 하여튼 그가 죽었다는 것을 알자 나는 내가 아는 사람에게 좋은 일이 생긴 것처럼 기쁘다, 나는 그 녀석이 죽은 데 대해 감사의 기도까지 드렸다, 나는 이 기쁨을 그냥 사라지게 하지 말고, 그 기쁨을 유지할 수 있는 다른 즐거운 일을 찾거나 만들어야 할 것이다, 나는 즐거움을 찾고자 하는 기대에 설레는 마음으로 지하철역을 나와 이곳으로 발걸음을 옮겼다, 하지만 이상하게도 그 기쁨은 나를 슬프게 하는 것이다, 나는 그가 죽은 것이 슬프게 여겨진다, 그에 대해 부드러워진 나의 감정이 나를 당황하게 만든다, 결국 그는 그가 아무리 무도한 자라고 하더라도 이 세상에 비하면 아무것도 아니라는 생각이 든다. 그가 죽은 후 지금 내게서 머무는 것은 그에 대한 적의가 아닌 연민이다, 라는 얘기를 계속해서 해댔다.

그 말을 하면서 그는 가죽이 너덜너덜한, 다 닳은 밑창이 간신히 달라붙어 있는 그의 구두를 벗어 그것을 들어 잠시 이리저리 돌려보며, 밑창도 위쪽의 가죽도 다 떨어졌군, 하지만 밑창도 갈고 가죽도 갈면 아주 새 신발이 되겠지, 라는 상당히 일리 있는 말을 중얼거리며, 그것을 벤치 아래에 가지런히 놓은 후 그 속에 들어 있던 발을 벤치 위에 올려놓고 그의 발가락 열 개 각각이, 달려 있어야 할 곳에 그대로 달려 있는 것을 확인이라도 하는 듯, 병사들의 점호를 하 듯, 하나하나, 손가락으로 매만진 다음 발을 주무르기 시작 했다. 두말할 것도 없이 몹시 악취가 났는데, 나는 코를 막으 면서도, 그의 발바닥에 주의가 쏠리는 것을 어찌할 수가 없 었다. 굳은살이 박인 그의 발바닥은 하마나 코뿔소 같은 후 피동물의 발바닥처럼 딱딱했다.

나는 그런 발바닥은 처음 보았고, 그래서 나는, 내가 왜 이러는 거지, 하는 생각을 하면서도, 그에게 양해를 구하고, 직접 손으로 그 발바닥을 만져보기까지 했다. 그것은 원숭 이의 발바닥처럼 딱딱하면서도 말랑말랑했다.

"이건 내가 발버둥치며 견뎌온 힘겨운 내 삶의 자국이기 도 하오." 그는 발바닥을 들어 그것에서 그의 지난 과거를 추억하듯 그것을 어루만졌다.

나는 이 자는 머리끝부터 발바닥까지 원숭이군, 하는 생 각을 했다. 하지만 이상하게도 그 원숭이 같은 자가 마음에 들기 시작했다. 이제 마치 그가 오랜 친구처럼 여겨지기까지 했다. 나는 그 이유가, 그 딱딱한 발바닥 때문이라고 생각했 다. 내 발바닥 역시, 그의 발바닥만큼 딱딱하지는 않았지만, 굳은살이 박여 두꺼웠는데, 그것은 내가 기회가 있을 때마 다. 공원 안에서도, 맨발로 걸어 다니길 좋아했기 때문이었 다. 나는, 그가 그러한 발바닥을 가지고 있다면 내 친구가 되기에 충분하다고, 내 친구로서 손색이 없다고 생각했을 정도이다.

"내가 내 과거에 대해 말했던 적이 있나요? 내가 왜 이런 발바닥을 갖게 되었는가에 대해 얘기한 적이 있던가요?" 그는 발을 내려 신발을 신는 대신, 발은 그대로 든 채로 신발을 주워 그 발에 신기며, 그의 원숭이 시절의 얘기를 했다. "내키진 않지만 여기서, 그전 기간 동안, 삶이 제공하는 다양한 고통에 대한 내성을 기를 수 있었던 내 어린 시절에 관한, 전혀 자랑스럽지 못한 얘기를, 어쩔 수 없이, 잠깐 해야겠군요. 때론 이렇게 하고 싶지 않은 얘기도 해야 될 때가 있는 법이니까요. 그런데 내가 세상에 눈을 뜨면서, 그 즉시 그것에서 눈을 감아버리고만, 내 어린 시절과 관련하여 내가 떠올릴 수 있는 것은, 항구가 있는 어느 도시의 포구를 향해 흐르는 강가에 있는 절 뒤에 있는 고아원에서 자란 기억밖에는 없소. 내게도 부모가 있어, 내 아버지가 좋지 않은 의도로, 어머니의 그곳에, 가랑이 사이의 엄밀한 곳에, 엄밀하게 은밀한 곳에 침을 뱉어, 혹은 똥을 눠, 잘못된 반응으로 내가 태어나게 되었지만, 그 부모가 나를 버렸는지, 나를 잃어버렸는지, 아니면 내가 그들을 버렸는지, 그것도 아니면, 그 외의, 우리가 헤어질 수 있었던 다른 어떤 이유로 헤어지게 되었는지는 확실치 않지만, 어쨌든 나의 어린 시절은 고아원에 대한 기억밖에는 없소." 그러면서 그는 그것이 그의 어린 시절로 돌아가는 방법이기라도 한 듯 잠시 눈을 감았다.

"아, 이렇게 눈을 감기만 하면 그 시절의 모든 것들이 내 기억의 시선 속을 스쳐 지나간단 말이오. 지금도 기억하는데, 나의 어린 시절의 꿈은, 이건 아직도 내가 왜 그런 꿈을 가졌었는지 그 이유를 모르고 있는 것인데, 태풍이 심하게 몰아치는 날 항구에 나가 대피 중인 선박들이 처량하게 비를 얻어맞고 있는 것을 보며, 나 또한 그 비에 더욱 처량하게 얻어맞는 것이었소. 하지만 나는, 얼마 떨어지지 않은 곳에 항구가 있다는 것을, 그곳에서 불어오는, 소금기 어린 바람을 통해 느낄 수 있는 거리에 있었음에도 불구하고 단 한 번도 그곳에 나가본 적은 없었소. 그것은 내가 있던 고아원에서는 아무도 혼자 밖에 나가지 못하게 했기 때문이오.

그 고아원은 어린 내게 내 유일한 보금자리였지만, 그 보금자리는 말할 수 없는 지옥이었소. 그곳의 아이들은 나처럼 부모가 없는 아이들이었지만, 모두들, 나를 빼놓고는 모두들, 짓궂고, 사납고, 거칠었소. 아이들은 나를 긁어줄 때에만 내게 관심을 가졌소. 그들은 심심할 때면 나를 찾아내, 나를 긁어줌으로써 더 이상 심심하지 않았다가, 그 일마저도 심심해질 때면 나를 그냥 내버려 두는 것이었소. 그들은 나를 그렇게 괴롭히면서도 자신들이 잘못을 저지르는 것을 몰랐고, 그래서인지, 자신들은 잘못이 없다고 생각했고, 그들의 그러한 태도는 나로 하여금 그들에게는 잘못이 없는 대신 내게 잘못이 있다는 생각을 갖게 했죠.

언젠가 덩치가 무척 큰 한 아이가 돌부리에 차여 넘어진 것을 내가 뒤에서 보았을 때 그는 내가 그곳에 있었기 때문에 그 돌부리가 그를 넘어트렸다며 나를 야단치는 거였소. 그는, 그게 아니라면, 내가 먼저 그 돌부리에 차여 넘어졌다면 그가 넘어지는 일은 없었을 거라는 얘기도 했소. 그러면서 그는 그가 넘어진 것은 나와 돌부리 둘의 책임이니 내가 그 돌부리를 힘껏 찬 후 넘어져야 한다고 했고, 나는 그렇게 할 수밖에 없었소.

그런 식으로 모두들 내가 괴로워하는 모습을 보고서야 즐거워들 했소. 그중 특히 못된 한 녀석이 있었는데 그는 앞장서서 나를 괴롭히며 내가 괴로운 가운데서도 즐거워하는 모습을 보일 때까지 나를 괴롭히는 거였소.

하지만 나는 그들이 아무리 괴롭혀도 화를 내지 않았소. 나는 한 번도 화를 낸 적이 없었기에 어떻게 화를 내야 할지 알 수가 없었는데, 그것이야말로 화가 나는 것이었지만 그로 인해서도 화를 낸 적은 없소. 물론 속으로 화가 난 적은 있었지만, 그것을 드러낸 적이 없기 때문에 아무도 내가 화를 낼 줄 모른다고 생각했고, 혹은 화를 내는 것이 어떤 것인지 모른다고 생각했고, 거기에서 더 나아가 내가 화를 내서는 안 된다고 생각을 했소. 아이들은, 네가 화를 내면 그건 네가 아냐, 라는 말을 해 내가 화를 내지 못하게 하면서 화나게 했소. 그래서 결국 나는 정말로 화라는 것이 어떻게 내는 것인지도 모르게 되었소. 그건 지금도 마찬가지요.

아이들이 나를 어떻게 괴롭혔는지 아시오? 아이들은 내가 없는 사이, 내 요 위에 똥을 집어넣어 놓기도 했고 심지어는 철삿줄로 내 손과 목을 묶어 창살에 매달아 놓기도 했소. 그런데 나는 아이들이 그렇게 내 목을 매달아 놓는 것을 좋아했소. 그래서 그들에게 그렇게 해달라고 부탁하기도 했소. 줄을 목에 감고 있는 것은 무척 기분이 좋았거든요. 그렇게 하고 있으면, 뭐랄까."

"모두의 죄를 대신해 십자가에 못 박힌 예수처럼 여겨졌겠군요." 나는 본래 사람들이 자신의 삶에 대해 하는 얘기에는 관심이 없었는데, 그래서 그런 얘기를 마지못해 들어야 할 경우에는, 관심을 갖는 척할 뿐 건성으로 들었을 뿐이었는데, 그의 얘기에, 어느 정도, 나의 관심이, 사소하게나마 끌리는 것을 어찌할 수 없었다.

"아니요, 그게 아니오. 그건 마치, 말뚝에 매 놓은 줄에 묶여 있는 염소처럼 느껴졌기 때문이오. 이건 조금 창피한 얘기지만 나는 전에 한때 내 목에 끈을 매달고 다닌 적도 있었소. 목에 매단 끈 끝을 손에 쥐고 다녔죠. 그리고 어떤 장소에 도착하면 먼저, 마치 말고삐를 말뚝에 매 놓듯, 단단히 묶을 수 있는 곳에 그 끈을 매 놓곤 했죠. 그건 내가 노예이자 주인이라는 느낌이 들게 해주었소. 내 말을 이해하겠소?"

"이해하기 어려운 건 사실이지만 이해하지 못할 것도 없소."

"벌을 받을 짓을 하지 않고서도 벌을 받는 것은, 벌을 받을 짓을 해서 벌을 받는 것과는 달리, 어떤 은밀한 즐거움을 주거든요. 예수 역시도 자신이 저지르지 않은 죄를 자발적으로 뒤집어썼잖소.

하지만 나는 결국 고아원을 탈출했소. 나보다 훨씬 인내력이 많은 아이라 해도 도망을 쳤을 거요. 그렇지만 그곳이 싫어서는 아니었고, 방금 전 얘기했다시피 항구에 나가보고 싶은 소원 때문이었소. 실제로 나는 항구에 나갔고, 그곳에서, 태풍은 아니지만 바람에 흔들리며, 비에 젖고 있는 배들을 보며, 나 역시 비에 젖어 하룻밤을 보냈소. 그걸로 내 어린 시절의 꿈을 이룬 것이오. 하지만 그 후 갈 곳이 없었고, 결국 사흘 만에 고아원으로 되돌아갔소. 그런데 내가 돌아갔을 때 모두들 나를 대환영하는 거였소. 그런데 알고 보니, 그들은 내가 돌아온 것 때문이라기보다는 다른 이유로 반가워들 하는 것이었소. 내가 그곳에 돌아간 날 밤 마침 무슨 자선단체에서 고아원 위문 방문을 왔는데, 내가 그들과 함께 들어가게 되었던 거요. 나는 크리스마스트리가 밝혀져 있는 것을 보고서야 그날이 크리스마스 날이라는 것을 알았소. 그런 식으로 나는 누구로부터도 환영을 받지 못하는 인간이었소.

그 후 다시 고아원을 뛰쳐나온 나는 우연한 기회에, 지금은 세월의 뒷전으로 밀려나, 향수를 불러일으키는 것이 되어 버린, 전국을 누비고 다니던, 어느 유랑극단에 들어가게 되었소. 내게는 동물들의 흉내를 낼 수 있는 재주가 있었소. 나는 그것을 뒤늦게 알게 되었는데, 어느 날 동물원에 갔다가 원숭이 우리 앞에서 원숭이가 내는 소리를 흉내 내다가 우연히 알게 되었소. 특히 소리를 흉내 내는 솜씨는 누구도 따라 할 수 없을 정도요. 어디 한번 들어보겠소?"

그는 자리에서 일어나 사자, 코끼리, 염소, 개, 원숭이 소리 등을 냈는데, 그 소리를 듣고 곧 그 동물들이 그들의 동료에게 가세하기 위해 우리가 앉아 있는 벤치로 달려올 것만 같은 것이었다. 그 가운데서도, 몸짓을 곁들인 원숭이 흉내는 그를 원숭이의 일족으로 생각하게 하기에 조금도 모자람이 없을 정도였다. 그는 원숭이의 천성을, 인간의 서툰 동작으로 흉내 낼 뿐 완전히 되살려내지 못하는 것이 못내 아쉬운 표정을 지으며 다시 자리에 앉았다.

"그곳에서 나는 동물 울음소리를 흉내 내는 일뿐만 아니라 조련사도 했소. 특히 나는 원숭이 조련사 노릇을 좋아했소. 이상하게도 원숭이들은 내 말을 잘 따랐소. 원숭이와 나는, 우리는, 서로를 한없이 사랑스러운 눈으로, 시간 가는 줄도 모르고 쳐다보곤 했소. 밤이 되어서도 원숭이들은 내게서 떨어지지 않으려고 했고, 잠을 잘 때도 우리는 꼭 껴안고 잤을 정도요.

　내 덕분에 그 유랑극단은 대단한 인기를 누렸소, 우리는 길이 나 있는 곳이면 어디든 갔고, 우리가 간 곳이면 어디서든 대단한 환영을 받았소. 나를 한번 본 사람들은 나를 다시는 잊지 못했고, 나를 보지 않은 사람조차 나를 잊지 못하는 듯했고, 나를 모르는 사람들조차 나를 잘 알고 있는 듯했소. 내가 재주를 끝낸 후 사람들에게 허리를 숙여 절을 하면 사람들은 나보다도 더 허리를 숙여 내게 절을 하는 거였소. 나는 사람들이 나를 좀 더 잘 보기 위해 서로 다투는 소리를 들었으며, 내 관심을 끌려고 서로를 밀치는 것을 보았으며, 저 원숭이는 마치 사람 같아, 하는, 내가 생각하기에 나에 대한 가장 모욕적인 말까지 하는 거였소. 하지만 나는 그들이 그 말을 통해 내게 최고의 찬사를 보내고 있다는 것을 알고 있었소. 나는 내가 아닌 것처럼 생각될 정도였소. 그렇게 사람들의 관심을 받는 나를 생각할 수가 없었으니까요. 아직도 사람들의 관심이 그 소박한 유랑극단에서 완전히 멀어지지 않았던 그 시절은 나에게 있어 최고의 시절이었소. 그 당시 나는 종종 원숭이 떼를 찾아 나서는 꿈을 꾸곤 했소."

그것은, 말라리아에 걸렸을 때 흔히 나타나는 환각 증세 중 하나로, 인도네시아에서는 그러한 꿈을 꾼 사람은 샤먼이 되는 것으로 믿어지는 것이었다. 또한 어떤 원시 부족들은 원숭이를 잡아먹으면 말라리아에 걸리지 않는다고 믿고 원숭이를 잡아먹기도 했다. 하지만 나는 그 얘기는 하지 않았는데, 그의 그 꿈은 그가 실성했다는 것을 의미하는 것에 더 가깝게 여겨졌기 때문이었다.

그는 영원히 사라져 버린 그 시절을 추억으로나마 되찾으려는 듯 또다시 눈을 지그시 감았다. 그 아래의 모든 것들을 얕잡아보는 듯한 한여름의 태양이 천천히 이동하면서 햇살이 채광창 구실을 하는 나뭇잎 사이로, 그 아래 앉아 있는 내게 비쳐들고 있었다. 햇살이 전달하는 따스함이 나의 체내로 흘러들어 혈액과 함께 순환하고 있었다. 나는 그 햇빛을 내 몸에 바르기라도 할 것처럼 햇빛이 닿는 내 몸을 문지르며 땅바닥에 만들어진 햇살 조각을 따라 천천히 시선을 이동시켰다. 이름을 알 수 없는 작은 벌레 한 마리가 여러 개 달린 다리를 가지런히 움직이며 내가 앉아 있는 벤치 뒤쪽으로 가고 있었고, 그것과는 반대 방향으로 개미 한 마리가 바쁘게 기어가고 있었다.

"나는 새로운 아이디어를 냈소. 그건 내가 원숭이를 부리는 것이 아니라, 거꾸로, 원숭이가 나를 부리게 하는 것이었소. 원숭이가 내게 춤을 추게 하고, 물구나무를 서게 하고, 원숭이의 소리를 내며, 노래를 부르게 하는 것이었소. 그래서 그중 제일 뛰어난 원숭이 한 마리와 나는 연습을 했고, 오래지 않아 그 일을 훌륭하게 해내게 되었소. 나는 원숭이 흉내를 내는 재주에 있어서는 원숭이를 능가할 정도였소. 내가 재주를 끝내고 나의 조련사인 원숭이와 관중에게 인사를 하면 원숭이는 내게 바나나를 주며 나를 칭찬해 주었소. 사람들은 그 광경에 더욱 열광했고, 단장은 나를 더욱 아껴주었소.

그렇게 일 년 정도를 보내고 나자, 나는 인간보다는 원숭이에 더 가깝게 되었소. 아니, 원숭이보다도 더 원숭이다웠소. 나는 원숭이들이 먹는 것들을 먹었고, 그것도 사람들이 던져주는 것만을 먹었으며, 원숭이들처럼 네발로 기어다녔고, 심지어는 원숭이들처럼 생각하게 된 거요. 나는 완벽한, 한 마리의 원숭이가 되었던 거요. 나는 원숭이의 눈으로 세상을, 사람들을 볼 수 있게 된 거요. 지금 생각해 볼 때, 아마도, 인간에 대한 나의 크나큰 불신이 나를 원숭이로 만들었던 것 같소.

하지만 그 좋은 시절은 오래가지 않았소. 사람들은 서커스에 더 이상 관심을 갖지 않았고, 유랑극단이 온 것을 보고도 봐서는 안 될 것인 듯 못 본 척을 했소. 관심을 갖는 것은 코흘리개 아이들뿐이었지만 그 아이들 역시도 우리를 놀려주는 데만 관심을 가질 뿐이었소. 결국 유랑극단은 해체될 수밖에 없었고, 나 역시 극단의 슬픈 운명과 나의 운명을 같이할 수밖에 없었소.

극단의 식구들과 헤어지는 것도 슬펐지만 그보다도 더 슬픈 것은 사랑하던 원숭이들과 헤어지는 것이었소. 단원들은 뿔뿔이 헤어졌고, 원숭이들은 동물원으로 팔려 가게 되었소. 이미 원숭이로 사는 것에 더 익숙해진 나는 나 역시 동물원으로 보내달라고 했지만 사람들은 내가 원숭이에 가깝기는 하지만 원숭이는 아니라면서 그 부탁을 들어주지 않았소."

그가 원숭이처럼 보인 것은 단순히 우연이 아니었던 것이다.

"인간과는 달리 원숭이들은 교활하지도, 탐욕스럽지도, 서로를 못살게 굴지도 않았소. 결국 나는 어쩔 수 없이 다시 인간이 되어야 했는데, 그것은 몹시 어려운 일일 뿐만 아니라 슬픈 일이었소. 다시 사람들의 말을 익히고, 그들이 먹는 것을 먹고, 그들처럼 생각하는 것은, 내게는, 그 일을 포기하고 싶을 정도로 힘이 들었소. 하지만 원숭이들과 함께 살 수 없게 된, 사람들 사이에서 살 수밖에 없게 된 나는 점차 사람이 되어갔소. 그런데 사람이 된 후, 원숭이 시절을 생각할 때면, 나는 지금도 사람이 된 것이 후회가 된다오. 그것은 인간으로의 전락이었소.

한데 나는 인간들에 대해 좀 더 잘 볼 수 있게 된 거요. 세상에서 차지하는 인간의 지위는 높아졌지만, 인간들 사이에서의 인간의 지위는 더욱 낮아졌을 뿐이었소. 하지만 나는 결국 인간 흉내를 내는 원숭이를 흉내 낸 인간에 지나지 않았던 거요." 그 말을 한 후 그는 잠시 아무 말이 없었다.

"그러니까 이건 나의 원숭이 시절의 흔적이죠." 그 말을 하며 그는 발바닥을, 마치 그의 회한을 어루만지듯, 정성스럽게 쓰다듬었다.

정오가 되어 햇살이 공원을 뜨거운 기운으로 채우기 시작하자 사람들이 하나둘씩 휴식에 대한 갈망으로, 벌레들처럼 모여들었다. 그 사이 사람들이 많아져 있었다. 가족들끼리 나온 사람들이 많은 것을 보면 토요일이거나 공휴일인지도 몰랐다. 하지만 오늘이 토요일 혹은 일요일, 아니면 일주일에는 없는 어떤 요일이라도 상관없었다. 내게 있어 모든 시간은 동일한 하나의 시간상의 지대에 머물고 있는 것처럼 느껴졌다.

"어떻게 하다가 다리가 불편하게 된 거요?" 나는 오래도록 궁금해했던 것을 물었다.

"어느 쪽 다리 말이오? 이쪽 다리 말이오?" 그는 내가 보기에 성한 다리를 가리켰다.

"아니오, 다른 쪽 다리 말이오."

"이 다리는 전혀 불편하지 않소. 불편한 건 이쪽 다리요. 이쪽 다리를 다친 적은 있지만 전혀 불편하거나 하지는 않소. 물론 다치지 않은 이쪽 다리가 그것을 약간 불편하게 하기는 하오. 이쪽 다리-그는 내가 보기에 성하지 않은 다리를 가리켰다-는 내가 걸으면서도 생각에 잠기고, 주위를 살피며, 주위의 무엇에도 소홀하지 않고 걸어갈 수 있는 여유를 내게 주는 반면 내 지시를 이행하기를 거부하려는 경향이 있는, 나를 소외시키려는 충동이 강한 이쪽 다리는 번번이 내가 걷고자 하는 속도를 앞지르려고 하고, 이 다른 쪽 다리를 떼어놓고, 나까지 버려놓고 혼자 도망을 치려 해, 나는 늘 그것을 야단을 치며, 가끔은 두들겨 패주지 않으면 안 될 정도요. 내가 아끼는 것은 이쪽 다리-그는 내가 보기에 성하지 않은 다리를 가리켰다-요. 그것은 내 마음을 읽을 줄 알 뿐만 아니라, 내가 가고 싶은 곳을 향해 길을 안내하는 것도 그 다리요. 나 역시, 나를 떼놓고 가려는 나의 이

불충한 다리−그는 내가 보기에 성한 다리를 가리켰다−와는 결별하고 싶지만, 그럼에도 나는 매정하게 그것을 떼놓지 못하고, 그래서 못 이기는 척하며 끌고 다니고 있소."

"그런데 어떻게 하다 다리를 다치게 되었소?" 내가 다시 물었다.

"내가 원숭이 시절에 다친 거요. 하지만 공중그네 타기를 하다가 다친 것은 아니오. 그러니까, 원숭이도 나무에서 떨어질 수 있다는 사실 때문에 다친 것은 아니오. 길을 걷다가 그렇게 된 거요. 나는 그네 타기는 기막히게 했지만 땅 위를 걷는 데는 무척 서툴렀거든요." 그 말을 하며 그는, 내가 보기에 성하지 않은, 그가 아끼는 다리를 주무르기 시작했다. 오후가 되자 열기가 더해졌고, 마치 공기는 지옥의 대기의 그것처럼 뜨거웠다. 하지만 나는 나를 기진맥진하게 하는, 나를 질식케 하는, 그 아래의 모든 것을 중태에 빠진 듯 무기력하게 만드는 이 더위를 그것의 자랑거리로 삼는 여름을 다른 어떤 계절보다도 좋아했다.

그사이 내 옆의 동료는 그가 점심으로 준비한 것처럼 보이는 사과를 가방에서 꺼내, 마찬가지로, 그 안에서는 뭐든 나올 것 같은 가방에서 꺼낸 칼로 그것을 깎아 먹기 시작했다. 그는 반쯤 먹은 후에야 옆에 있는 내가 생각난 듯 내게, 사과를 좀 먹겠소, 하고 물었지만, 나는 사양을 했다. 그는 한 끼 식사로 부족한 그 사과를 천천히, 한 번에 조금씩 베어 물어, 사람들이 한 끼 식사하는 데 걸리는 시간에 걸쳐 먹었다. 그는 씨만 남기고 나머지 과육은 남김없이 먹어 치웠는데, 잠시 후에는, 손에 뱉어두었던 그 씨마저 먹어 치웠다.

　나는 그가, 그의 주먹만 한 사과 한 개에 달려들어 그것을, 보통 사람이 한 끼의 식사를 하는 동안에 걸쳐 먹는 것을, 해치우는 것을 지켜보며, 내게 주어진 내 삶의, 30분이 넘는 시간을 원숭이처럼 생긴 한 사내가, 조금은 특이하게 사과를 먹어 치우는 것을 보는 데 보냈다는 것에, 나의 삶이 그토록 하찮은 것에 소모되었다는 것에 경악하지 않았다. 나는 내 삶의 더 많은 시간을 더 하찮은 것에 보낼 수도 있었다. 내가 그보다 더 중요한 어떤 다른 일에 시간을 보낸다고 해서 나의 삶의 하찮음이 경감되는 것도 아니었다. 그리고 과거 언젠가는 나 또한 무엇이 중요한지, 중요한 게 무엇인지 알 수 있었고, 중요한 것을 보면 그것을 알아볼 수 있었는데, 무엇이 중요한 것이거나 될 수 있는지는 알 것 같았는데, 안다고 굳게 믿은 적은 없지만, 최소한 아는 척을, 아는 행세를, 아니, 아는 시늉 정도는 할 수 있었는데, 그렇게 생각될 때가 있었는데, 이제는 무엇이 중요하기나 한지, 중요한 무엇이 있을 수 있기나 한지, 그렇다고 아무것도 중요하지 않을 수나 있는지 없는지, 무엇이 있고, 무엇이 없는

지조차도 모르게, 그리고 이렇게 모르겠다고 얘기할 수 있기나 한 건지도 모르게, 되어버린 것이다. 그런데도, 전혀 모르게 되었음에도, 내 느낌에는, 지금도 더욱더 모르게 되어가고 있었다.

나는 그가 왜 씨는 먹으면서 껍질은 먹지 않는지 궁금해졌지만, 곧 그가 껍질만 먹고 과육과 씨는 버리든, 씨만 먹고 과육과 껍질은 버리든 상관없는 것이라는 생각을 했다. 아니, 그렇게 생각하려고, 나대로는 애를 썼다. 그렇지만 그 궁금증은 내게서 사라질 줄을 모르며, 오히려, 점점 더 내 안에서 자라나, 결국 나는 그것을 물어볼 수밖에 없었다.

"한 개의 사과를 먹는 데도 여러 가지 방법이 있을 수 있죠. 나는 경우에 따라, 그 여러 방법 중의 한 방법으로 먹는데, 내가 어떤 경우에 어떤 방법으로 먹는가 하는 것은 나로서도 예측하기 힘들죠." 그 말을 하며 그는 내가 그런 것에까지 관심을 갖는 것이 이상한 듯 나를 쳐다보며 트림을 길게 한 후 이빨을, 아드득, 갈기 시작했다.

그런데 그가 식사하는 모습은 나만 본 것이 아니었다. 우리 앞에서 한 어린 꼬마 녀석이 버릇없이 우리를 쳐다보고 있었고, 그 녀석의 동생처럼 보이는 다른 꼬마 녀석이 팔짱을 낀 채로 우리를 보며 짓궂은 웃음을 지어 보이고 있었다. 그들은 그가 사과를 씨만 남기고 모두 다 먹는 것을, 그리고 그가 그 사과를 먹는 것을 내가 넋을 잃고 쳐다보고 있던 것을 계속해서 지켜보고 있었던 게 틀림없었다. 그놈들은 내가 얼마나 생리적으로 어린아이들을 혐오하는지 모르고 있었다. 아이들은 언제나 그들의 해맑으면서도 짓궂은 웃음으로, 울음으로, 장난스러운 짓으로, 변덕으로 나를 소름끼치게 만들었다. 아무런 죄의식도 없이, 무슨 일이든 저지를 수 있는, 그 무럭무럭 자라나는 악의 씨앗들은 언제나 나를, 내 등골을 오싹하게 만들었다.

"저놈들이 우리를 구경거리로 아는 모양이오."

내가 말했다.

"그건 나도 알고 있소. 귀여운데요. 하는 짓도 귀엽고 생긴 것도 귀여운데요. 그냥 내버려 두지 뭘 그러오?" 그는 그것이 아무렇지 않은 듯 태연하게, 짐짓 의젓하게 말했다. 하지만 나는, 아이들은, 그가 제아무리 귀엽다고 하더라도 전혀 귀엽지 않았다. 내게 아이들은, 송충이를 귀여워하기 어려운 것만큼이나 귀여워하기 어려운 존재였다.

그놈들은 내가, 내 옆의, 원숭이처럼 생긴 사내와 한 무리일 거라고 생각한 것이 틀림없었다. 나는 나를 면목 없게 만들고, 무색하게 만들고, 무안하게 만드는 그놈들이 무한히 괘씸하게 여겨졌고, 화가 나 흥분이 되었다. 나는 한번 흥분하게 되면, 그 흥분을 가라앉히질 못하는데, 흥분의 역치를 넘게 되면 이성을 잃게 되는데, 거의 발작을 하게 되는데, 다행히도 이제껏 한 번도 흥분한 적은 없었다. 그것은 모두를 위해서도 다행한 일이었다.

그놈들은 그들이 생각하는 안전거리 밖에서 똥 묻은 개를 쳐다보듯 우리를 구경했다. 나는 나를 성가시게 하는 그 녀석들을 쫓아버릴 수 있는 험상궂은 표정을 지었지만, 오히려 그것이 그들의 호기심을 자극한 듯 더한 흥미를 갖고, 동물원에서 새로 들여온 동물을 구경하듯, 원숭이처럼 생긴 사내보다는 내게 더 흥미를 갖고, 나를 관찰하는 것이었다. 내 옆의 사내는 그것이 아무렇지 않은 듯 잠자코 있었는데, 그것은, 한때 원숭이였고, 사람들의 구경거리였던 그에게는 충분히 아무렇지 않을 수도 있었다. 하지만 나는 그렇지 않았다. 나는 아이들을 노려보았는데, 그들이 겁을 집어먹도록, 험상궂게 노려보았는데, 그것 역시 그들에게는 재미있는 모양이었다. 그들을 그렇게 노려보자, 그렇지 않아도 밉게 보이던 녀석들이 더욱 미워 보였고, 그래서 나는 꺼져버리라는 고함을 질렀는데 그들은 벙어리인 줄 알았던 내가 소리를 지르는 것 또한 신기한 모양이었다.

나는 결국 말로 해서 알아듣지 못할 그 녀석들에게 무력을, 꼭 그럴 필요까지는 없지만, 그래도 괜찮을 거라는 생각에, 최소한의 무력을 사용하기로 했다. 나는 벤치 밑에서 구슬보다 조금 더 큰 돌멩이를 하나 주워, 우선 그것을 겨냥해 겁을 준 다음 그것도 먹혀들지 않자, 결국 그것을 던지고 말았다. 아아, 나의 악행들이여, 그렇게 그것들은 악의 축에도 끼지 못하는, 악의 반열에도 들지 못하는 좀스러운 것들뿐이다.

나는 돌멩이가 보다 멀리 날아갈 수 있도록, 그것에 보다 큰 관성의 힘을 싣기 위해, 돌을 쥔 손을 들어 올려, 뒤로, 어깨 너머로, 필요 이상으로 젖힌 후 그 탄력을 이용해, 앞으로 휙 던졌다. 하지만 내 생각에는, 힘껏 던진, 그래서 멀리 날아간, 그들의 이마를 맞춘 돌멩이는, 어떻게 된 건지, 바로 내 코앞에 떨어졌다. 이제 나는 돌멩이 하나도 제대로 던지지 못할 정도로 약해진 거야, 하고 나는 생각했다. 아니면 정말로 아이를 맞춘 용기가 나지 않았는지도 몰랐다.

그런데 그때 조금 떨어진 곳에서 어떤 남자가, 건장한 체구의, 그들의 아버지처럼 보이는 사내가 소리를 쳤고, 아이들은 고개를 돌렸다. 그 남자가 손짓을 하자 두 녀석은 똑같이 혀를 날름한 후 그가 있는 곳으로 가버렸다. 아이들은 그 남자를 올려다보며 우리를 손가락으로 가리키며 뭐라고 얘기를 했다. 남자는 나를 바라보며 내가 별것 아닌 듯 여겨지는지 대수롭지 않게 웃음을 짓더니 아이들의 손을 잡고 그들을 데리고 다른 곳으로 가버렸다. 나는 그 귀찮은 녀석들이 가고 난 후 다시 평화롭고 단조로운 오후의 시간을 보낼 수 있게 되었다.

"나 대신 내가 하고 싶었던 일을 해줘서 고맙소." 그때까지 가만히 있던 내 옆의 사내가 재미있는 듯 말했다. "다음에는 내가 알아서 하겠소."

그런데 이상하게도 그 작고, 사소한 일이 있은 후 나는 마음속으로부터 서글픔이 번지는 것을 느꼈는데, 그 서글픔이 쓴웃음을 짓게 했다. 나는 쓴웃음을 지으며, 이제 나의 인생이, 공원에서 실없이 아이들이나 혼내고 난 후―그토록 비루한 짓을 서슴지 않고 행할 수 있게 되었다니!―, 그것에서 작은 만족감을 얻을 정도로 전락했다는 생각에 이루 말할 수 없이 비참해지기 시작했다. 나는 그 쓴웃음 속에서 나 자신의 어렴풋한 실추를 뼈저리게 느낄 수 있었다. 나는 최근 들어, 더 전락할 것도 없는데도 불구하고 끝없이 전락하고 있는 것처럼 여겨졌다. 어쩌면 실제로 나라는 존재의 전락이 이루어진 것이 아니라, 전락에 대한 기대가, 전락의 보이지 않는 끝과 그곳에 있는 종말에 대한 기대가 더 커진 것인지도 몰랐다. 또한 나의 그 전락에는, 마침내는, 내가 나 자신도 알아볼 수 없는 상태에서야 끝날 그 비루한 삶의 지속에는, 완전한 해체와 마모의 순간에 느끼게 되는 자유에 대한 열망 또한 포함되어 있는 것처럼 느껴졌다. 어쩌면 나 역시 그 원숭이처럼 생긴 사내처럼, 운명을, 만약 그런 게 있다면, 망쳐버림으로써, 못쓰게 만들어 버림으로써, 알아보기 힘든 것으로 만들어 버림으로써, 그 운명으로부터는 아니지만, 그것의 가혹한 무게에서 벗어날 수 있을지도 몰랐다.

나는 다시 벤치로 돌아왔다. 나는 집에 가 늦은 점심식사를 한 후 다시 공원에 나왔다. 내 동료의 모습은 보이지 않았다. 그런데 자리에 앉자 뭔가 끈적거리는 것이 엉덩이에 느껴졌다. 엉덩이를 들자 바지에 껌이 달라붙어 있는 것이 보였다. 누군가가 벤치 위에, 씹다 버린 껌을 붙여놓은 것이었다. 나는 몹시 화가 나, 그 껌과 그것을 버린 놈에게 저주를 퍼부으며, 주위에 그 짓을 저질렀을 만한 자를 찾아보았지만, 혐의를 둘 만한 사람은 보이지 않았다. 요즘 들어 왜 그렇게, 봉변이라 일컬을 수 있는, 재수 없는 사건들이 끊이지 않고 일어나는지 모르겠다. 며칠 전에는 그 벤치에 앉았는데 그 위에 커피가 쏟아져 있어 바지를 버린 적도 있었다. 마치 나는 오물 위를 골라 그곳에 앉는 것처럼 여겨지기까지 한다. 지난주에는 공원의 다른 벤치에 앉다가 뒤로 벌렁 나자빠진 적도 있었는데 다리가 망가진 것을 몰랐던 것이었다. 그런데 내가 앉기 전 그 의자에는 어떤 노인이 앉아 있었고, 그가 앉아 있을 때는 아무런 문제가 없었다. 그가 일어나고 내가 앉는 순간 의자는 주저앉은 것이다. 마치 주위

의 모든 것들이 나를 업신여기는 것처럼 여겨졌고 나는 그
것들과 장단을 맞추는 그 벤치에 대해 고얀 생각이 들었다.
그 노인은 내가 넘어진 것을 보고는 이빨이 모두 빠진 입으
로 웃음을 터트렸지만 내가 인상을 쓰며 노려보자 얼른 웃
음을 지웠다. 하지만 그가 몸을 돌려 딴 곳으로 걸어가자
나는 방금 전 일이 화가 났어야 함에도 불구하고 웃음이
나왔다. 언젠가부터 나는 화가 날 일에는 화가 나지 않고,
아무렇지도 않은 일에는 화가 나는 경우가 점점 더 빈번해
진 것이다. 한마디로 나는 감정의 갈피를 잡기가 힘들어졌
다. 내가 웃는 소리를 들은 그 노인은 고개를 돌리더니 지독
한 바보를 보았다는 듯 웃어젖히며 다른 데로 가버렸다. 나
는 앞으로는 의자에 앉을 때면 그것이 의자로서 제구실하
는지, 나를 지탱할 만큼 구조적으로 튼튼한지 좀 더 세심한
주의를 기울여야겠다고 다짐했다. 그런데 몸을 일으킨 후,
그 공교로움에 대해 곰곰이 생각해 보니, 불현듯, 어쩌면 방
금 전 그 위에 앉아 있던 노인이 나를 곯려주기 위해 일종
의 함정처럼, 벤치가 쓰러지도록 해놓은 것인지도 모른다는
생각이 스쳤다. 분명, 그가 앉았다가 일어나고, 그 위에 내가
앉은 사이에 벤치에 이상이 생긴 것은 아닐 터였다. 하지만
나는 그것을 따져보는 성가신 일을 하고 싶지는 않았다. 어
디를 다친 것도 아닌 나는 그 사건에 대해서는 잊어버리기

로 했었다.

나는 바짓가랑이에 달라붙은 껌을 떼어내며, 왜 이런 일들이 내게 속출하는지를 생각해 보았다. 거기에는 단순히 재수가 없어서라는 이유 이상의, 나의 영락과 밀접한 관련이 있는 어떤 숨겨진 이유가 있는 것처럼 생각되었지만 그것 또한 분명치 않았다. 나는 최근 들어, 어떤 사사로운 액운이 나를 따라다니는 것을 느끼고 있었고, 그래서 그것을 예상할 수는 있었지만 대비할 수는 없었다. 그 액운이 어떤 식으로 내게 닥칠지는 그것이 일어나는 순간에야 알 수 있었다. 근본적인 문제는 함부로 믿을 게 못 되는 내 판단력 외에 내가 의존할 수 있는 게 달리 없다는 사실이었다.

이제 나는 노곤한 상태로, 밀려오는 졸음을 쫓으며, 한편으로는 그것에 몸을 맡겼다. 내가 삶의 거짓된 행진이 한없이 느려지는 것을 느끼며, 그 부드러운 의식의 잠결 상태에 나 자신을 송두리째 내맡기는 것보다 좋아하는 것은 없었다. 나는 앞쪽을 바라보았다. 너무도 구체적인, 가을 오후 속에 든 이 모든 것들은 사실성을 잃어버리고 추상적인 형태로 환원된 것처럼 여겨졌다.

하늘은 너무도 청명했다. 이런 날씨는 까닭 없이 내 이성을 뒤흔들어 놓고, 주로 좋지 않은 영향을 미치게 마련인데, 사실은 모든 날씨가 그러한데, 나는 그 영향을 최소화하기 위해 무진 애를 썼다.

　새들은, 일부는 모습을 직접 드러내고, 다른 일부는 몸을 숨긴 채로, 그것들의, 노래하고자 하는, 기쁨을 실토하고자 하는 욕구가 더없이 충천해, 정신을 못 차리고 울부짖고 있는데, 그 점을 잘 알고, 잘 이해하고 있는 나는, 비록 내 정서는 그것을 수긍할 수 있는 상태가 아님에도 불구하고, 그것들을 너그럽게 용서하고 묵인했다. 오히려 나는, 어떤 훼방도 가하지 않고, 내 오성을 마비시키는 효과를 초래하는, 그 산발적인 지저귐을, 거의 경청하고 있었다.

　내 앞에, 산책로에 누군가가 버린 꽃들이 마치 쓰러진 듯 떨어져 있는 것이 보였다. 공허한 광선과 일사병으로 쓰러져 실신한 듯 누워 있는 오후의 그림자들. 늦여름의 오후는 그렇게 꽃들이 쓰러져 있는 공원의 땅바닥에 쓰러져 있었다. 나는 우선 내 옷의 먼지를 털어낸 다음 머리의 비듬을 털어냈다. 목욕을 마지막으로 한 게 언제였더라? 기억이 나지 않았다. 비듬이 소금처럼 떨어졌다. 머리를 긁고 나자 이제 등이 간지러웠다. 나는 척추가 지나가는, 손이 닿지 않는 곳을 벤치 등받이에 대고 문질러 긁었다. 시원한 느낌에 기분이 좋아졌다. 나는 그러한 짓거리가 얼마나 꼴사납게 여겨질지 알고 있지만, 그것에 개의치 않을 정도로 비루하게 된 나 자신을, 그 비듬을 털고, 등을 긁는 행위를 통해 보는 것처럼 여겨졌다.

나는 신발을 벗은 후 발을 벤치 위에 올려놓고 시큼한 냄새가 나고, 굳은살이 박인 내 발을 주무르며, 나도 모르게 내가 그 원숭이를 닮은 사내를 닮아가고 있다는 생각을 했다. 하지만 상관없었다. 나는 벤치에 길게 드러누워 신문 한 장을 얼굴 위에 덮고 잠시 잠을 청했다. 몸을 쭉 뻗고 누워 눈을 감자 몸이 공기의 부력으로 점점 공중으로 떠오르는 것 같았다. 나의 몸은 나무라는 물체로 만들어진 벤치 위가 아닌, 밀도가 큰 공기 위에 누워 있는 것처럼 여겨졌다. 나는 그 상태로, 전에 같았으면, 이렇게 벤치 하나를 다 차지하고 염치없이 누워 있는 인간을 보면 그를 번쩍 들어 내동댕이라도 치고 싶을 지경이었을 텐데, 하긴 지금 역시, 이렇게 누워 있는 나를 들어 어딘가에, 다시는 기어 나올 수 없는 구덩이에 집어 던져 넣고 싶기도 해, 하는 생각을 하며 잠이 들었다.

잠을 한숨 자고 나니 기분이 좀 나아졌다. 좀 나아졌다고 하지만 여전히 기분은 좋지 않았다. 어쩌면 그렇게 나는 단 한 번도 순수하게 기분이 좋은 적이 없었는지도 모른다. 어쩌면 나는 기분이 좋을 때조차도 기분이 나빴는지도 모른다. 한 초라한 노인이 내게로 다가왔다. 그는 그의 초라한 행색과는 달리, 어디서 그러한 당당함이 나오는지, 당당하게,

한 푼 적선합쇼, 라거나 이 불쌍한 위인을 도와주시오, 라는 말조차도 하지 않고, 마치 내게서 받을 것이라도 있는 것처럼 결코 아름답지 못한 그의 손을 불쑥 내밀었다. 나는, 함부로 처신하는 일이 없는 나는, 그 동작이 의미하는 바를 모르기라도 하는 것처럼 그의 손과 그의 얼굴을 번갈아 쳐다보며, 어떻게 할지를 곰곰이 생각했다. 이제껏 적선 같은 것은 해본 적이 없는 나는, 처음으로 자선행위를 해 나 자신에게 나쁜 선례를 남기는 것이 과연 옳은지를, 그리고 그로서는 끝내고 싶지만 쉽게 끝내지 못하는 그의 삶을 좀 더 연장하게 하는 것이 잘못은 아닌지를, 생각했다. 하지만 그것은 내가 그것으로 무엇을 할지도, 무엇을 하고 싶지도 않은 돈, 차라리 나도 모르는 사이에 몽땅 잃어버렸으면 하는 돈을 없애버릴 좋은 기회인 것처럼 여겨졌다. 결국 나는 내 호주머니를 모두 뒤져, 실제로는 얼마 되지도 않은 돈을 꺼내, 일단 내 손바닥 위에 올려놓은 다음 그중에서 우선 지폐를, 그다음에는 동전을, 액수가 큰 것부터 작은 것으로, 내 손에서 그의 손으로 옮겨놓는 식으로, 내가 필요로 하지 않는 그 돈을 버리는 심정으로, 하나씩 건네주었다. 하지만 그 와중에서도 순간적으로 아까운 생각이 들어서라기보다는 놀이의 기쁨을 구하고자 하는 열망으로 그의 손에 넘어간 돈을 다시 회수해 내 손에 올려놓기를 되풀이하면서, 그의 손에 건너간 돈이 내 손에 아직 남아 있는 돈을 데려가는 식으로, 그 오랜 수수께끼 중의 하나인, 하지만 내가 결코 그것을 풀지 못했던, 백인 세 명과 식인종 세 명이 서로 잡아먹지 않고 배를 이용해 강을 건너는 방법을 떠올리며 때로는 동전과 지폐 두 개를 한꺼번에 옮기기도 하며, 결국에는 내 손에 있던 돈 전부가 그의 손에 들어가게 했다. 그는 그 돈 모두가 곧 그의 수중에 들어오리라는 기대로, 우리 두 사람의 손 사이에서, 그에게는 거액의 돈이 방황하는 것을 참을성 있게 지켜보았다. 마침내 그 돈의 소유자가 뒤바뀌게 되었을 때, 그는 잠시 그의 손에 쌓인 돈을 곰곰이 바라보더니 마치 적선을 하기라도 하듯 내게 동전 몇 개를 되돌려주었고, 나는 우리의 그 흐뭇한, 인간적인 행위에 거의 감동을 느끼며, 그가 내게 동전을 주었을 때는 하마터면 그에게 고개를 숙이고 고맙다는 말까지 할 뻔했다. 그는 내가 기대한 대로 끝내 고맙다는 말 한마디 하지 않고, 내가 도로 그 돈을 내놓으라고 하지는 않을까 걱정이 되기라도 하는 듯, 뒤도 돌아보지 않고 잽싸게 그곳을 떴다. 나는 앞으로 수중에 돈을 조금씩 넣어 가지고 다니면서 기회만 닿으면, 내게 기쁨을, 비록 그것이 진정한 기쁨은 아니지만, 차라리 알량한 기쁨이라고 해야겠지만, 기쁨을 주는 그러한 적선을 해야겠다고 생각했다.

내가 노곤한 상태에서 물러나고 있는 졸음을 쫓으며, 완전히 쫓지는 못하고 있는데 어디선가 말벌 한 마리가 날아와 공중을, 몇 차례 위용을 자랑하며 선회하더니, 곧바로 급강하해 내 코앞에서, 내게서 뭔가를 노리기라도 하는 듯, 아니면 내게서 호감을 느끼고 내가 그것과 놀아주기를 원하기라도 하는 듯 독성이 강한 침을 내세운 채로 맴을 돌더니, 내가 피할 틈도 주지 않고, 기습적으로, 나로서는 속수무책으로, 내 머리 위에 앉았는데 나는 그 순간 숨이 멎을 것 같지는 않았지만, 오금이 저려오는 것을 느낄 수 있었다. 마치 나를 꽃으로 오인한 듯 그것은 평소에 머리 감는 것을 게을리해 결코 좋은 향내가 나지 않을 내 머리 위에 가만히 앉아 떠날 생각을 하지 않으면서 나로 하여금 어쩔 줄을 모르게 했다. 나는 그 위기를 벗어날 궁리를 했지만 묘안이 떠오르지 않았다. 우선 나는 그것의 의도를 알 수 없었을 뿐만 아니라 그것이 앉은 위치상, 그리고 그것을 볼 수 없는 내 눈의 위치상 그것이 뭘 하고 있는지조차 파악할 수가 없는 불리한 상태에 놓여 있었다. 이상하게도 벌이든 모기든 파리든 위해를 가할 수 있는 곤충들은 즐겨 나를 찾았다. 나는 왜 많은 사람들 가운데서도 그것들이 주로 나를 노리는지 이해할 수가 없었다. 말벌은 아주 쉽게, 나를 그것의 발밑에 놓고, 그것의 포로로 만들어버렸다. 그것은 그것이 하려는 다음 일을 하기 전까지는 당분간 내 머리 위에서 충분한 휴식을 취하려는 것 같았다. 나는 그것을 퇴치할 방법을 다각적으로 연구했다. 사실 다각적으로라고 하지만 내가 생각해 낸 것은, 가만히 이렇게 앉아서 당하고만 있을 수는 없다는 생각에, 내 손으로 내 머리를 쳐 그것을 즉사시키는 것과, 그런데 그 방법에는 단숨에 그것을 죽이지 못했을 때 나를 역공할 수도 있다는 상당한 위험이 따랐다—한 방에 아늑한 영면에 들게 해준다면 괜찮지만, 괜히 머리에 혹 하나를 달고 다니게 한다면 그것은 나로서도 받아들이기 어려운 것이었다—, 그리고 가장 좋은 방법으로, 가만히 죽은 척, 혹은 내가 사람이 아닌 척하고 있는 것뿐이었다. 나는 후자의 방법을 채택했다. 그것은 내가 얼마나 꼼짝 않고 있을 수 있는지, 나의 인내력을 시험하기라도 하는 듯 가만히 있었고, 나 역시 나의 인내력을 시험하며 미동도 하지 않고 있었다. 그것은, 내게 닥친 위험에 적응해 점차 그것의 출현으로 잠시 깨졌던 평온 속에서 다시금 선잠이 들려 하는 나와 함께 오후의 나른한 고요에 몸을 맡긴 채로 잠자코 있었다. 나는 응결된 부동 속에서 말벌에 대한 생각을 잠시 잊어버리고, 내 삶의 이 무사함이야말로 내 삶에 가장 큰 지속적인 위기로 작용하고 있다는 생각을 하고 있었다.

우리가 얼마 동안이나, 그렇게 다정하게, 서로를 믿고, 인간과 미물 사이의 흔치 않은 친밀감을 느끼며 시간을 보냈는지는 잘 기억이 나지 않는다. 실제로 그것은 긴 시간이었을 수도, 길게 느껴진 짧은 시간이었을 수 있었다. 그것은 잠시 내게 아쉬운 작별 인사라도 하는 듯 내 앞에서 맴돌더니, 내게, 이제 살았구나, 하는 안도감보다는 불쾌감에 가까운 느낌을 들게 하며, 홀연히, 그것이 향하는 다음 행선지를 향해 날아갔다. 그것이 날아간 후 나는, 그것이 좀 더 나와 함께 있었어도 됐을 텐데 하는 섭섭한 마음이 들며, 동시에, 나의 삶에는 방금 전 말벌의 출현으로 인해 내가 겪은 위기 이상의 그 어떤 나를 전율하게 하는 일은 일어나지 않아, 하는 생각을 했다.

나는 내 손목에 차고 있는 시계를, 슬쩍 보았는데 그것을 슬쩍 보기만 해도 시간을 알 수 있었다. 무엇을 하기에도 적당한 시각이 아니었다. 하긴 하루 중 어떤 시각도 내가 뭔가를 하기에 적당한 시간은 없었다. 그리고, 내 시계는 그것을 조금만 자세히 들여다보면 시계의 모든 바늘이 세 시를 알리는 시각에 멈춰 있는 것을 알 수 있었다. 그러니까 나의 모든 시간은 세 시에 고정되어 있었다.

어디선가 날아온 나비 한 마리가 내 앞을 지나쳐 날아갔다. 문득 이 모든 게 꿈만 같았다. 내가 보는 것, 내가 듣는 것, 내가 생각하는 것, 그리고 나의 존재, 사물들, 세계, 그 모든 것이. 어쩌면 실제로 이것은, 내가 이 세상의 모든 우화 중 가장 감동적으로 생각하는 장자의 호접몽이 말하는 것처럼 꿈인지도 몰랐다.

바람의 완만한 움직임이 어깨에서 느껴졌다. 꼬락서니가 볼품없는, 그것을 볼 때마다 발칙한 느낌을 들게 하는, 비둘기 몇 마리가 내 바로 앞에서, 내 눈치를 슬슬 보며, 뭔가를 쪼아먹고 있었다. 나는 그것들을 바라보며, 어디 두고 보자, 하는 생각을 했다. 나는 그것들이 계속해서 내 앞에서 내 마음을 흩뜨려 놓으면 결단을 내줄 생각이었다. 하지만 다행히도, 나와 그것들 모두에게 다행히도, 이내 그것들은 신변의 위협을 느꼈는지, 모이를 찾아, 딴 데로 몰려갔다. 나무들조차도 무료하게, 마치 오후 시간에 낮잠을 자는 사람의, 안락의자 팔걸이 아래로 떨구어진 팔처럼 그 가지들을 아래쪽으로 맥없이 늘어뜨리고 있었다. 나는 새들조차 그것들의 비상 속에서 정지한 것처럼 보였다. 시간은 점점 느려져 곧 그 흐름의 속도가 완전한 제로에 도달할 것 같았다. 그때면 세상은 절대 영도에 이른 것처럼 완전한 결빙 상태에 이를지도 몰랐다. 나는 그곳에서 이루어지는, 점차 느려지는 연속적인 움직임들을 이해하고자 하는 열망을 갖고 바라보았다. 공원을 메우고 있는, 그 움직임의 주어들과 정지한 사물들은, 나름대로 소음과 침묵을 보유한 그 모든 실물들은 점진적으로, 본래 그것들에 내재된 허구적인 모습을 띠어갔는데, 그것은 내가 관조의 거리를 확보하고 그것들을 볼 때 내게 항상 일어나는 현상이었다. 그럴 때면 나는 실재성을 가까스로 유지하고 있는 그것들이 점차 후퇴해, 내 의식의 배후로 사라진 후에야 그것들에서 눈을 떼곤 했는데, 이번에는 약간 다른 방법으로, 즉 내 고정된 시선으로 그것들을 완전히 마비시켜 놓은 후에야 눈길을 거두었다.

그런데 그 평화와 단조로움 속에는, 아니 그것을 느끼는 내 안에라고 해야겠지, 그것을 손상시키기를 원하는 뭔가가 있는 것처럼 생각되었다. 나는 그 안의 모든 것을 뒤흔들어 놓고, 파괴시키고 싶은 충동을 느꼈다. 그 충동은 마치 어떤 곳에 불을 질러 그 안의 모든 것이 전소되게 하고 싶은, 방화범이 느낌직한 것이었다.

하지만 그 순간 나는 내 바로 앞의 땅 위를 기어가고 있는 뭔가를, 내 눈길을 끌더라도 여간해서 주지 않는 내 시선을 끄는, 뭔가를 발견했다. 허리를 굽히며 나는 그것이 지렁이라는 것을 알 수 있었고, 동시에, 아, 이게 지렁이라는 거야. 하고 중얼거렸다. 그런데 그 지렁이는 온전하지가 않았다. 그것은, 아마도 비둘기에게 쪼아 먹힌 듯, 몸이 반토막이 난 채로 꿈틀거리며 기어가고 있었다. 그것은 꽤 큰 것으로 작은 새끼 뱀처럼 보일 정도였다. 마치 어떤 불분명한 절취

선을 따라 떼어낸 듯 모호하게 잘려진 그 환형동물의 몸뚱어리에서는 어떤 끈끈한 점액이 흘러나오고 있었다. 나는 몸을 숙여 좀 더 자세히 그것을 관찰했다. 그것은 몸의 반쪽이 없어진 것을 깨닫지 못한 듯, 스스로를 완전한 지렁이로 여기고 있는 듯 체절을 오므렸다 폈다 하는 연동운동을 하며 자연스럽게, 하지만 힘겹게, 흙 위를 기어가고 있었다. 그것이 지나간 뒤로 선형의, 꾸불꾸불한 궤적이 만들어지고 있었다. 내게 피 흘리는 그것의 표피는 그것의 내면처럼, 그것의 궤적은 그 내면의 고통의 표현처럼 여겨졌다.

나는 그 궤적을 시선으로 좇으며 천천히 그것을 따라갔다. 이루 말할 수 없는 감동이, 그 이전의 나의 삶에서 내가 느꼈던 모든 감동의 합계를 상회하는 감동이, 나를 엄습했다. 그 환형의 지루한 길이를 가진 생명체는 명확하게 말할 수는 없지만 무척 끈끈하고, 감동적인 색깔을 띠고 있었다. 반토막이 잘려진, 적갈색의 지렁이가 지표 위에 불분명한 점액질의 끈적끈적한 액체를 분비하며 그것의 자국과 인상을 흐릿하게 남기며, 불안한 절규를 몸짓으로 표현하는 요동을 치며, 앞으로 전진하는 것보다 더 인상적이며 관능적이며 아름다운 것을 상상하는 것은 그 이전에도, 그 순간에도, 그 이후에도 불가능한 것처럼 여겨졌다. 그리고 내부의 수많은 테, 혹은 고리의 구조를 갖춘 동체를 한꺼번에 정교하고 유연하게 움직이며 우아한 곡선을 만들며 나아가는 그 것은 아름다울 뿐만 아니라 신비롭기까지 했다. 지렁이는 고뇌에 찬 동작으로, 마침내는 완전한 정지에서 끝이 날 한 없이 느린, 그리고 점점 더 느려지는 움직임을 따라 나아가고 있었다. 그것은 공간 이동의 한 방법으로뿐만 아니라, 그 것이 처한 존재 상황에 대한 반응의 방식으로, 또한 궁극적으로는 그 자신의 존재 이유를 은유적으로 표현하는 형식으로, 전진이 아닌 후퇴처럼 여겨지는 진행을 통해, 내 안에서, 하나의 동일한 움직임을 재생시키며 나아가고 있었다. 그것의 움직임은 행동도, 활동도, 생동도 아닌 단지, 불완전한 유동, 유동의 경향에 지나지 않았다.

나는 그것의 모습에 사로잡혔다. 언제나 나의 마음이 그 것을 사로잡는 뭔가를 찾고 있다는 사실을 강렬하게 깨달은 것은 그때가 거의 처음이었다. 그리고 그것이 그 순간에 내게 미친 영향은 그 순간에는 파악할 수 없는 어떤 것으로, 어떤 영향을 미쳤다. 나는 그것에서 눈길을 뗄 수가 없었다. 그것은 죽어가고 있는 듯했다. 나는 지렁이 안에서 숨 쉬고 있는 죽음을 숨을 죽인 채로 바라보았다. 나는 대사를 잃은 대신 표현력이 더욱 배가된 무언극 속의 비실제적인, 모든 행위의 완료를 끌어내는 하나의 잠정적인 동작의 환영을 보았고, 거기에 나의 존재에서 뻗어 나온 손이 가닿는 것을 느꼈다. 나는 그것을 내 손바닥 위에 올려놓았다. 약간 차갑고 끈적하고 물컹한 지렁이의 반토막이 꿈틀거리는 것을 손바닥으로 느끼며 그 느낌을 눈으로 확인하는 것은 내게 감동과 전율을 일으켰다. 촘촘한 체절이 족히 서른 개는 되어 보였다. 나는 그것을 내 코 가까이 가져가 냄새를 맡아보기까지 했다. 흙냄새가 났다. 내게, 흙에서 태어나, 그 속에서, 흙과 부패한 생물체를 섭취하고 사는 지렁이는 그 자체가 흙일뿐만 아니라, 흙이 생명체라는 것을 말해주는 가장 훌륭한 증거인 것처럼 여겨졌다. 나는 그것이 하루에 자신의 몸무게만큼이나 되는 흙을 먹어 그것을 몸 밖으로 내보낸다는 것을 알고 있었다. 그것은 체내에 훌륭한 비료공장을 갖고 있는 것이었다. 나는 흙으로 빚어진 그것을 살며시 흙 위에 내려놓았다. 그것은 다시 몸을 움직여 내가 보는 앞에서, 앞으로 전진하고 있었다. 마침내 그것은 연못 가장자리의 진흙을 파며 그 속으로 사라졌는데, 그 순간 나는 그것이 나의 사고 속으로, 몸속으로, 의식 속으로 사라진 것처럼 여겨졌다. 나는 한참 동안 자리를 뜨지 못하고, 방금 사라진 그 지렁이를 생각했다. 지렁이는, 내 안에서 그것에 대한 지독한 연민과 그 연민에 대한 나의 긍정적인 반응을 끌어냈을 뿐만 아니라, 그 연민의 일부를 나 자신에게도 쉽게 했다. 지렁이는 그것의 그 고통스러운 몸짓 언어로 내게 직접 말을 걸어왔고, 내 영혼의 중추부에 자극을 가했으며 지워지지 않는 인상을 남겼다. 그것은 나의 감각의 촉수를 빠짐없이 헤집으며, 그 위에 자국을 남기며 지나갔다. 그것은 나의 의식을 기어갔으며, 나는 내 밖에 존재하는 그것에 나의 감정을 일치되게끔 대입시킬 수 있었다. 그 자주색의 동요의 무엇이 나를, 그것에 몰려진 나의 눈을 떼지 못하게 하고, 내 의식을 끌어당기고, 황홀에 들뜨게 하고, 일체감에 젖어 잠시 숨을 멎게 했는가? 나는 그 지렁이에서 나를 관찰하고 있었던 것이다. 그것의 처절하지만 격렬하지 않은 괴로운 움직임은 내게서 동일한 경련을 일으켰고, 나는 그 경련 속에서 그 지렁이와 나의 유사성을 발견한 것이다. 나는, 그것이 한순간 지나치는 것에 지나지 않는 것이라 하더라도, 내가 그것과 완전하게 연결되었다는 것을 느낄 수 있게 해줄 어떤 것을 그것의 소멸 속에서, 소멸의 노출 속에서 발견한 것이다. 나는 나 자신이 그 지렁이처럼 여겨졌다. 나는 나 자신과, 그것을 응시하며, 성찰하며, 포괄하는 내가 하나가 되는 것을 느꼈다. 나는, 나는 지렁이다, 라고 나만 알아들을 수 있는 작은 목소리로 읊조렸다. 반토막이 난 몸뚱어리로 흙먼지 위를 기어가고 있는 지렁이도, 그것을 골똘히 바라보며 뒤쫓은 나도, 우리는 이 세계에 아무런 근거 없이 존재하는 것들일 뿐이었다. 우리는 완전히 우연히, 이 세계를 배경으로 등장한 막연한 움직이는 형상들에 지나지 않는 것들이었다.

그렇다. 그 지렁이는 내게 존재의, 그것의 토대를 이루고 있는 덧없음을 실감케 한 정도는 아니었지만 존재의 의미에 대한 심각한 의문을 갖게 했다. 그 지렁이는 왜 존재했는가? 나는, 그것이 토양을 기름지게 하는 것 따위의 그것의 역할에 대해 말하고 있는 것이 아니다. 나의 존재 이유와 그것의 존재 이유에 있어 어떤 차이점이 있는가? 나는 곧, 존재하는 모든 것은 그것의 맹목성 속에서만, 맹목적인 지향성 속에서만 존재할 뿐이라는 생각을 했다. 내가 지렁이에서 본 것은 우리의 존재 이유를 끝까지 추적해 들어갔을 때, 그 끝 즈음에서 발견하게 되는 맹목성이었다. 나는 소멸 중인 그것 속에서 맹목성을 본질로 하는 존재의 일반적인 양식을 파악한 것이다.

나는 생각을 했다, 이 세계 자체가 아무런 이유도 목적도 갖지 않고 존재할 뿐이다, 라고. 그것이 존재의 두려운 진실이었다. 나는 지렁이가 남긴, 그것이 실재했었다는 것을 증명해 주는 작은 구멍을 오래도록 바라보았다. 나는 내 몸이 아주 작고 가늘어져 그 지렁이가 들어간 구멍으로 그것을 따라 들어가고 싶은, 그래서 그 안으로 사라지고 싶은 충동을 느꼈다.

벤치에 몸을 웅크린 채로 앉아 있는 원숭이처럼 생긴 사내의 모습이 눈에 들어왔다. 이제 가을이 되었고, 우리는 그동안 꽤 친한 사이가 되었고, 그의 몸은 더욱 좋지 않게 되었다. 벤치는 그의 왜소한 몸집에 비해, 상대적으로 너무 커 보였다. 그는 그보다 훨씬 오래전의, 불확실한 과거의 어떤 시기부터 지금까지 살아온 사람처럼 보였다. 한순간 그는 이미 오래전 죽은 사람처럼 여겨지기도 했다. 그는 마치 먼 산을 바라보는 사람처럼 아무것도 없는 그의 아래쪽을 바라보고 있었다. 그는 내가 벤치가 있는 곳까지 가 그의 앞에서, 나의 그림자가 그를 가릴 때까지도 내가 온 줄을 모르고 있었다.

"왜 그동안 모습을 안 보인 거요?" 내가 물었다. 거의 일주일 넘게 그의 모습을 볼 수 없었던 것이다.

"가끔 예리한 욕망이 나를 할퀴고 쥐어뜯는 경우가 있는데, 그것이 나로서는 가장 견디기 어려운 일 중의 하나요." 내가 묻는 말에는 대답도 않고, 내가 앉는 것을 보며 그가 대뜸 얘기를 꺼냈다.

"나는, 사실 어제, 어느 공중화장실에서 바지를 내리고 자위행위를 시도했었소. 하지만 아무리 세게 문질러도 전혀 발기가 되지 않았소. 당신은 어떻소, 당신도 자위행위를 하는가요?"

나는 그의 질문을 곰곰이 생각해 보았다. 마지막으로 자위행위를 한 게 언제였더라? 제대로 기억조차 나지 않았다. 내게 욕정이라는 것이 남아 있기나 한가? 나는 오래전, 아마 사춘기 이후로, 그 기원과 연혁을 알 수 없는 발기부전 상태에 처해 있었다. 나의 성기는 어떤 외부 자극에도, 그것이 완전히 죽은 것은 아니라는 내색을 하는 정도에서 그치는, 아주 조금, 미흡하게 반응을 할 뿐이었다, 그것을 부착하고 있는 나처럼. 그런데 언젠가 나는 철망 속에 갇혀, 트럭에 실려 가는, 자포자기 상태의 닭들을 보면서 그것이 곧 도살되어 식용으로 쓰여질 거라는 상상을 했을 때 성적 흥분을 느낀 적이 있던 기억이 떠올랐다. 왜 그 순간에 야릇한 흥분을 느꼈던 것일까? 그 이유는 정확하지 않다. 하지만 그 순간 내게, 내 머릿속에 떠오른, 목이 비틀어지고 깃털이 모두 뽑힌 닭만큼 흥분되는 것은 이 세상에 없는 것처럼 여겨졌었다. 그건 내가 나 자신이 도살장으로 끌려가는 것을 수없이 꿈꾸기 때문인가? 모르겠다.

나는 주로 그러한, 사실상 흥분의 요소가 되기 힘든, 해괴하기까지 한 것들로부터, 무척이나 처치하기 곤란한, 불수의적인 흥분을 느끼곤 했다. 그것이 내가 느끼는 욕망의 전부였다. 이미 시들어 버린 내 육체의 갈망의 틈 사이로, 그 보이지 않는 뿌리를 밖으로 내미는 그 번거로운 욕망이야말로 나의 가장 슬픈 부분이었다. 그것은 몸의 다른 부분이 모두 죽었음에도 다리 하나가 아직 살아 있는 개구리의 경련과도 같은 것이었다. 하지만 그것이 반드시 나를 슬프게 하는 것만은 아니었다. 때로 그것은 슬픔을 안겨주기도 하지만 모호한 기쁨을 안겨주는 경우도 있었다. 내 육체는 만류할 수 없는 탐욕을 보이고, 내가 들어줄 수 없는 무리한 요구를 하고, 때로는 기분 좋은 상태에 젖어 내 의식에게까지 그 상태를 강요하기도 했다. 그것은 그 자체의 욕망의 수축과 이완 작용에 따라 나름의 변덕스럽고 무모한 삶을 살고 있었다. 나는 내 육체의 그런 점을 좋아하기도 했다.

"이따금, 간간이, 틈이 나는 대로 하오." 내가 말했다. 나는 그럴 수만 있다면 그렇게 할 작정이었다.

"하지만 내가 하는 것은 자위행위라 하기도 뭐한 거요. 나는 내 바짓가랑이 속의 어두컴컴한 곳에서 웅크린 채로 하루 종일을 외롭게 보내야 하는 내 자지의 무료함을 달래주고, 동시에, 뭔가를 만지작거리고 싶어 하는 내 손의 욕구를 채워 주기 위해, 내 손을 가끔 바지 속에 넣어주곤 한다오. 그러면 그 둘은 서로 알아서, 상대가 원하는 것을 해준다오."

나는 시큰둥하게, 그의 얘기를 듣긴 하되 별로 신경 쓰지 않으며 앞쪽을 바라보고 있었다. 그 역시 자신이 하는 얘기에 신경을 쓰고 있지 않는 듯 아랫배를, 아니, 그 조금 더 아래, 사타구니를 부지런히 긁적이고 있었다.

나는 그 가벼운, 거의 부력마저 느껴지는 대기 속에서, 만약 내가 원하기만 한다면, 그리고 내가 몇 가지 비상에 필요한 절차만 밟는다면, 고무풍선처럼 하늘을 날 수도 있을 거라는 생각을 했다. 하지만 나는 하늘을 날고 싶지 않았고, 그전에도, 내 믿을 수 없는 기억에 따르면, 한 번도 하늘을 날고 싶은 소망을 가진 적이 없었다. 날 수 있다는 것, 날아서 어디에든 갈 수 있다는 것, 그것은 내게 자유의 상징이 아니었다. 어디든 갈 수 있다 해도, 그 어딘가에서 더욱 무거워진 날개를 접고 하강을 해야 하며, 그 아래에 지상에 기다리고 있는 것은 또 다른, 양상을 조금 달리할 뿐인, 동일한 권태일 뿐일 것이다. 그리고 나는 내가 하늘을 난다면, 그것은 새처럼 자유롭게가 아닌, 마치 하늘에서 표류하듯, 혹은 몸이 불편한 거위처럼, 어색하게 몸부림을 치듯, 방정맞게 날 거라는 생각을 했다.

내가 그의 얘기를 귀담아듣지 않고 있는 것을 알아차린 그는 화장실에 간다며 벤치에서 일어났다. 사실 나는 이제껏 누구의 얘기도 귀담아들은 적이 없었다. 물론 내가 귀담아들어야 할 만한 가치가 있는 것이라면 나보다도 먼저 내 귀가 그것을 알고 귀담아들을 것이지만, 아직까지 내가 아닌 내 귀가 귀담아들은 얘기는 없었다.

"자위행위를 하러 가는 걸로 의심하지는 말아요." 뒤를 돌아보며, 혹시 자위행위를 하러 가는 건 아니오, 하고 내가 묻기라도 한 것처럼, 그가 말했다.

나는 혼자 있게 된 그 소중한 순간을 이용해, 맑은 가을의 오후가 강요하는 도취에 쉽사리 연루되지 않고, 오히려 무관심한 상태에서, 사실은 무관심을 가장한 상태에서, 거의 냉담함을 드러내 보이며, 내 시선 속에서, 혹은 정지해 있고, 혹은 유동 중인 사물과 사람들을, 그것들 혹은 그들의 허구적인 모습들을 투시했다. 허리가 잘린 풀들이 오후의 메마른 햇살 속에서 시들어 가고 있었다. 허황한 햇살, 실신한 듯 누워 있는 사물들의 그림자. 그 위를 걸어 다니는 백치 같은, 혹은 치매에 걸린 것 같은 비둘기들이 음울한 녹색의 목소리로, 악마만이 알아들을 수 있는 괴상한 아리아를, 그것을 부르는 동안 까무러칠 듯, 부르고 있었다. 그것은 온 누리에 평화를, 끔찍한 평화를 부르짖고 있는 것처럼 여겨졌다. 그중 어떤 것들은 간질에 걸린 듯, 몸을 발작적으로 움직였다. 나는 내 삶이 기괴한 아리아처럼 여겨졌지만, 그것이 절정에 이른 것 같지는 않았다. 아니, 어쩌면 아래로의 절정에 이르렀는지도 몰랐다. 하지만 그 까마득한 곳에 있는 바닥은, 아직도, 더 아래로, 아득히 꺼져가고 있었다.

나무들은 험상궂은 자세로 꼼짝 않고 서 있었다. 나는 험상긋은 표정으로, 나의 평소의 표정으로, 그것들을 노려보았다. 그때 화장실에 갔던 내 동료가 돌아와서 내 옆에 앉았다.

"뭘 그렇게 노려보고 있는 거요?"

나는 아무런 대답을 하지 않았다. 나는 대화 도중 일시적인 무언의 상태에 빠지는 것을, 상대 역시 그 상태에 동조하게 하는, 침묵에 드는 것을 좋아했다. 하지만 그는 금세 내 침묵을 묵살하고 말았다.

"내 운명은 작은 새장 안에서 있는 힘을 다해 날개를 퍼덕이며 날아보지만 그 즉시 바닥으로 떨어져야 하는 새의 운명이었소. 나는 내 삶이 단단한 함정의 구조를 이루고 있다는 것을 진작부터 깨닫고 있었소." 그는 기관지가 좋지 않은 듯 콜록거리며 말했다.

그는 기침을 심하게 했다. 나는 며칠 전부터 그에게 주기 위해 가지고 다니던 것을 호주머니에서 꺼내 주었다.

"이게 뭐요?"

"생일 선물이오."

"나는 내 생일이 언제인지도 모르는데."

"그렇기 때문에 어느 날이든 당신의 생일일 수 있잖소. 축하해요."

그는 생일이 축하할 만한 것은 못되지만 내가 하는 축하니까 받겠다고 했다.

　그는 선물 포장지를 뜯은 후 그 안에 든 약병을 들고 그것의 라벨을 보았다.

　"이건 내가 이걸 먹고 죽으라는 거요?"

　"아니오. 그걸 먹고 살라는 거요."

　그는 라벨에 적힌, 그 안에 든 약의 성분을 읽었다. 활성 비타민 B1. 아스코르브산, 초산토코페롤, 효능 : 신경통, 관절통, 구내염.

　"비타민이라. 내 몸 안에서도 이게 효능이 있을까요? 내 몸 안에 들어가는 순간 비타민은 모두 파괴되지 않을까요?"

　"그런 염려는 말고 매일 한 알씩 빠짐없이 먹도록 해요."

　"생각날 때마다 먹겠소."

　"그럼 매일 한 번씩 비타민 생각을 하도록 해요."

　오후 늦게부터는 날씨가 흐려지더니 비가 조금씩 내리기 시작했다. 나는 벤치에서 일어났지만 그는 일어날 생각을 하지 않았다. 아니, 일어날 생각은 있지만, 그의 다리가 말을 듣지 않는지도 몰랐다. 그는 계속해서 다리를 주무르고 있었는데, 그는 지난번 마지막 보았을 때보다도 더 심하게 다리를 절룩거렸고, 걸음도 무척 느리게 뗐다.

　"우선 비라도 피해야 하지 않아요?" 내가 물었다.

　"비를 맞는다고 죽지는 않소." 그는 내가 손을 내밀었지

만, 아니, 완전히 내밀지는 않고, 내미는 시늉을 했지만, 그
것을 잡기를 거부하고, 그대로 앉아, 마치 비란 어떻게 내리
는 것인지 관찰하기라도 하듯 꼼짝 않고 앞을 바라보고 있
었다.

"때가 되면 나도 죽을 수 있겠죠? 그런데 때가 되었는데
도 내가 죽을 수 없다면 그때는 어떻게 하죠? 그런 끔찍한
일을 당하기 전에 죽을 수는 없을까요? 내가 죽는 일을 쉽
게 끝내는 방법은 없을까요? 어떻게 하면 죽으면서도 죽는
줄도 모르게, 죽은 후에도 죽은 줄도 모르게 죽을 수 있을
까요? 아니, 내가 죽는다는 것 정도는 알면서 죽는 게 나을
수도 있겠지." 나는 자신도 알아듣기 힘든 말을 늘어놓고 있
는 그를, 그가 앉아 있는 벤치에게 맡겨두고 공원을 나왔다.
마지막으로 뒤를 돌아보았을 때 저녁의 어둠 속에서 형체가
불분명한 새들이 숲속에서 날아올랐고 어떤 새들은 다시
숲속으로 날아들어 가는 것이 보였다.

3

　　　　　나는 잠에서 깬 뒤에도 곧바로 일어
나지 않는다. 눈을 감은 채로, 의식의 부동상태에서, 나의
육체가 그것에 고유한, 육체의 자치활동이라고 할 수 있는,
나의 의지와는 별개인 그것의 의지로 스스로를 일으켜 세
울 때까지 기다린다. 하나의 자율적인 힘의 구조와 패턴을
가진 그것이 자체의 역학에 따라 먼저 움직임을 시작하는
가운데, 마치 기어를 넣는 것처럼, 나의 의식에 구동장치를
연결시킨 뒤 그것을 가동시키기를 기다리는 것이다. 그 과
정은 거의, 짧게는 삼십 분, 길게는 한 시간에 걸쳐 일어난
다. 그리고 마침내 삼십 분에서 한 시간에 걸친 그 과정이
지나면 나의 육체가 나의 의식에 순간적으로 집중된 힘을
가하는데, 그것은 마치 내가 높은 다이빙 보드 위에 서서
그 아래를 내려다보며 그 높이에 질려 망설이고 있는데 누

군가가 뒤에서 손으로 내 등을 떠미는 것처럼 느껴진다. 그러면 나는 허공을 거쳐 수면 위로 떨어지듯, 약간의 현기증을 느끼며 자리에서 벌떡 일어나는 것이다.

조금 전에도 나는 그런 과정을 거쳐 일어났고, 이제 나는 거실 소파에 앉아 있다. 지난밤에 무슨 일이 있었던가? 지금은 몇 시인가? 나는 얼마 동안 잠을 잔 것인가? 아마 밤인 것 같다, 아니면 흐린 저녁인 것 같기도 하다. 아무튼 바깥은 어둡다.

나는 소파에 앉은 채로 내 앞에, 테이블 위에 놓인 어떤 물체를 바라보고 있다. 나는 그것에서 눈을 떼지 않고 있다. 그것이 뭔지를 떠올리려고 애를 쓰는 듯, 하지만 나는 그것이 뭔지 알고 있다. 그것은 작은 불가사리 한 마리다. 그런데 바다에 있어야 할 그것이 어떻게 해서 내 거실의 테이블 위에 놓여 있단 말인가?

본래는 좀 더 붉은색을 띠었을 테지만, 탈색되어 연한 노란색으로 바뀐, 수학 교과서에 등장하는 도형처럼 순수한 형태로 환원된, 기하학적인 형태의, 몽상의 시학의 모티브 같은 그 죽음의 결정체는 사막에 피어 있는, 특이한 형태의 선인장처럼 여겨지기도 한다.

나는, 내가 보고 있는 것을 믿을 수 없어서가 아닌, 다른 어떤 이유로, 불가사리를 집어 손바닥 위에 올려놓는다. 나는 그것의 건조한 표면의 거친 촉감을 손바닥으로 감싼다. 그것은 황홀 속에서 잠시 미소처럼 모습을 비쳤다가 사라져 버린 세계로부터 남은 것처럼 보인다. 그래, 이제 조금씩 생각이 난다. 나는 간밤에, 그것이 간밤인지, 그 이전의 밤인지는 분명치 않지만 바닷가에 갔었던 게 틀림없다. 저것, 저 불가사리가 그 증거다. 나는 그 불가사리가 조약돌처럼 버려져 있던 바다에 갔었고, 그곳에서 그것을 주워 온 것이다.

언젠가부터 나는 내게 일어난 일과 일어날 수도 있었지만 일어나지 않은 일, 그리고 일어날 수 없었고, 그래서 일어나지 않은 모든 일들이 전혀 구분이 가지 않게 되었다. 어젯밤과 오늘 밤사이, 지금 내가 기억하고 있는 그 일 역시 마찬가지이다. 그 일이 실제로 일어난 것일까? 그렇게, 그 작은 일화뿐만 아니라 나의 모든 과거는 내게 실제로 일어난 것일 뿐만 아니라, 일어날 수도 있었지만 일어나지 않은 것으로 이루어진 것처럼, 그래서 일어나지 않았음에도 일어난 것인 동시에 일어났음에도 일어나지 않은 것처럼 여겨지기도 한다.

하지만 그 여행은 실제적인 것이었다. 나는 밤으로부터 밤으로 이어진, 짧은 하루 동안의 여행을 했던 것이다. 나는 어딘가를 다녀온 것이다. 하지만 그곳이 어디였는지, 그곳에 어떻게 이르게 되었는지 기억이 나지 않는다. 하지만 어떤 낡은 차에, 소음이 심한 낡은 차에 타고 있었던 것 같다.

그래, 나는 어떤 자동차에 실려 어딘가를 향해 가고 있었다. 조금씩 기억이 되살아난다. 앞좌석에는 두 사람이 앉아 있었다. 두 여자가. 그 두 여자 중 한 여자는, 내가 오래전부터 알고 지내온 C라는 여자였고, 내가 모르는 한 여자는 C의 친구였던 것 같다. C의 친구가 틀림없다. 나는 뒷좌석에, 창문에 몸을 비스듬히 기댄 채로 앉아 있었다. 그 상태로, 나는 그 짧은 여행을 떠나고 있었다.

두 사람이 아무런 예고도 없이 내 집에 들이닥친 것은, 어제 혹은 그저께 밤 늦게였다. 그들은 그들도 알지 못하는 곳을 향해, 어쩌면 단지 밤의 저편을 향해 떠나려 하고 있었고 내가 동행하기를 바랐다. 하지만 나는 그전 이틀 동안, 무슨 일이 있어서는 아니었지만, 전혀 잠을 자지 못했고,—가을이 시작되면서, 가을이 시작되었기 때문은 아니었고, 불면증이 찾아왔는데, 이제 그 불면증이 심화되어, 어떤 날은 낮에도 자고 밤에도 자고, 그다음 날도 하루 종일 자는데도 잠이 부족하기도 했으며, 또 어떤 때는 이틀, 심지어는 사흘 동안 전혀 잠을 자지 않기도 했다.—그래서 잠을 자야 한다는 이유로 거절했다. 하지만 그들은 막무가내였고, 특히 C의 친구라는 여자는, 어디서 그런 힘이 나오는지, C와 함께, 내 팔을 잡아, 마치 나를 납치하듯 데리고 나갔고, 때로 누군가가 내게 완력을 사용하는 것을 싫어하지 않는 나는, 정말 이러면 동행하지 않겠다고 하면서도 그들을 따라나섰고, 결국 우리는 C의 친구의 차를 타고 출발을 했다. 하지만 그녀들의 무례함이 내 기분을 상하게 하지는 않았던 것 같다. 오히려 그 때문에 유쾌했던 것 같다. 그 점과 관련해서는 별로 확실치 않다, 아마 아무렇지도 않았을 것이다.

그다음부터는 내가 지나쳤지만, 제대로 기억하지 못하는 장소들에 흩어져 있는, 내 잠결 속의 희박한 기억들 중 일부를 수집할 수 있을 뿐이다. 그 몇 겹의 장소들에 대한 기억들은 모두 포개어져 한 장의 종이처럼 접착되어 있어, 시간적인 순서를 정확히 가려낼 수가 없는 것들이다. 하지만 조금씩 그 순서를 정리하며 따라가 보자.

먼저 이 도시를 빠져나가기 전, 다리를 건너면서, 수면 위에 떠 있는, 강 아래쪽 다리를 받치고 있는 교각들의 그림자를 본 기억이 떠오른다. 그리고 잠시, 고속도로로 진입하기 전, 길 양쪽의 주거지역의 창문들을 보며, 휴식이라는 베개 위에 머리를 눕히고 잠이 들어 있는 사람들을 생각했고, 온 누리에 평화를, 이라고 조용히 읊조린 것이 생각난다.

우리가 탄 차는 톨게이트를 지나면서, 점차 속도를 내기 시작했다. C의 친구가 운전을 하고 있었는데 그녀는 과속으로 차를 몰았다. 어떤 목적지가 있는 것은 아니었지만, 우리를 실은 그 고립된 공간이 이르게 되는 어떤 지점과의 거리를 급속도로 단축시키면서 우리는 이동하고 있었다. 나는 모호한 의식 속에서, 조금씩 가까워지는 추락 혹은 충돌이 기다리고 있는 곳까지의, 그사이에 아직 남아 있는, 어떤 종말의 느낌이 실려 있는 시간의 아찔함을 견디고 있었다. 나는 액셀러레이터 페달을 밟고 있는 그녀의 발과 그것에 반응하는, 폭발하고 있는, 자동차의 내연기관의 뜨거운 심장을 생각했다. 나는 그 과속의 자동차 속에서 천천히, 수면과 불면 사이에서 떠밀리고 있었다. 그리고 그 모호한 경계 사이를 한참을 달렸다.

그러자 어느 순간 밤의 고속도로가 아닌 내 의식의 터널 속을 질주하고 있는 것처럼 느껴졌다. 나는 저 굳게 낀 어둠 너머의 세계로, 다시 되돌아올 수 없는 일방통행의 길을, 내 자신이 그 길을 만들며 나아가고 있었다. 내 밖에서, 내 위에서, 지표 위에서 움직이는 모든 것들은 동시에 내 안에서, 나의 의지와 함께 나란히 움직이고 있었다.

하지만 곧 나의 의식은 차의 실제 속도를 추월하고 있었고, 나는 나를 떠받치고 있는 어떤 상승에의 의지에 실려 완만한 사면의 의식의 활주로를 따라 이륙하고 있었다. 동시에 나는 이제까지의 나의 삶의 지반이 서서히 침강하는 것을 느꼈다. 나는 그대로, 곧장, 그 너머에, 그것에 수렴하는 모든 것을 무의미한 것으로 만들어 버리는 영원 혹은 무가 있는, 어떤 벽에 충돌하여, 그 벽을 뚫고 들어갈 것처럼, 현재라는 시계의 문자반 위의 바늘이 정지한 순간에 시작되는 영원의 입구가 바로 그곳에 위치한 것처럼 여겨졌다. 발을 한 걸음만 더 뗀다면, 귀환할 수 없는 영원 속으로, 영원과 영원 혹은 무와 무 사이를 잇는 무한궤도 속으로 휘말려 갈 것만 같았다. 그렇게, 나는 속도의 무한으로부터 무한한 공간으로 옮겨가고 있었고, 시간의 횡격막이 찢어진 곳의, 그 자체가 사라짐 속에 있는 세계 속으로, 영원과 등속도를 유지하며, 진입하고 있었다. 그리고 나는 그 무한한 세계로의 순조로운 여행이 이루어지고 있는 것을 느끼며 눈을 감았고 곧, 미세한 감각의 나른하고 아득한 흔들림 가운데에서, 마치 그 질주하는 속도에 역행하며 잠 속으로 이동하고 있는 것처럼 느끼며, 다시 수면 속으로 빨려 들어갔다. 그리고 나는 어떤 알 수 없는 꿈을 꾸었다. 그 꿈은 이런 것이다.

나는 베개를 벤 채로 누워 있다. 하지만 내가 누워 있는 곳은 침대 위가 아니며, 집 안도 아니다. 그리고 나는 누워 있는 것이 아니라, 오히려 쓰러져 있다고 하는 것이 옳은 것 같다. 나는 어딘가에 있는 길, 국도처럼 여겨지는 길 한가운데 쓰러져 있다. 무척 환한 백열등 같은 태양이 머리 위로, 팔을 뻗는다면 그것을 보이지 않는 곳으로 치울 수도 있을 것같이 아주 가까운 곳에 떠 있지만 그것은 전혀 열기가 느껴지지 않으며 눈을 부시게도 하지 않는다. 나는 그 상태로 꽤 오랫동안 쓰러져 있었던 것 같다. 나는 내가 왜 그곳에 그렇게 쓰러져 있는지를 생각하며 몸을 일으키려 하지만 몸의 모든 근육이 마비된 듯, 혹은 어떤 의식의 근육통으로 인한 것인 듯, 그것은 가능하지가 않다. 어쨌든 나는 지금 당장 몸을 일으키지 않으면 안 되는 이유는 없다는 생각을 하며 내가 그곳에 누워 있게 된 이유를 다시금 생각한다. 하지만 처음에는, 알 것 같기도 하던 그 이유는 내가 그것에 집착할수록 더욱더 알 수 없는 것이 되어간다.

나는 주위를 둘러본다. 내가 누워 있는 도로 왼쪽으로는 사막이 펼쳐져 있고, 그 한쪽 구석에는 도시가 있으며, 오른쪽으로는 바다도 있다. 마치 합성사진 속의 영상처럼 서로 무관한 장소들이 암실 작업의 결과로 한 화면 속에 들어 있게 된 것 같다. 나는 이곳이 내가 얼마 전 공원의 벤치에 앉아 떠올렸던 그 상상 속의 장소와 흡사하게 생각되며 내가 그 상상의 장소에 있게 되었다는 것이 몹시 신기하게 여겨진다.

나는 내가 그곳에 있게 된 데에는 반드시 어떤 이유가 있어야 하는 것은 아니라는 생각을 한다. 그런데 내가 그 생각에 이른 순간 지면에서 희미한 소음이 조금씩 커지며 들려

온다. 나는 소음이 조금씩 커지는 것으로 보아 뭔가가 내가 있는 곳을 향해 다가오고 있다는 추리가 가능하다는 생각을 한다. 결국 나는 그 소리를 내는 것이 내가 누워 있는 지면에 충분히 느낄 수 있는 진동을 만드는 순간 그것의 실체를 확인한다. 그것은 그 거대한 무게가 내 심장에서도 느껴지는 육중한 트레일러이다. 그것은 아주 빠른 속도로 내가 누워 있는 곳을 향해 달려오고 있지만, 그리고 그것과 나 사이의 거리는 아주 빠른 속도로 좁혀지고 있지만, 끝내 그것은 내가 있는 곳에 이르지 못할 것처럼, 무한히 더디게 다가오고 있다. 그것의 바퀴가 내는, 압살하는 소음과 진동만이 점점 더 가깝고, 크게, 마침내는 내가 견딜 수 없을 정도로 커지고 있다. 나는 내게 남은, 혹은 남아 있지 않은 모든 힘을 다해 몸을 움직여 보지만 손가락 끝을 조금 까딱할 수 있을 뿐이다.

결국 나는, 그런 식으로, 잠시 동안, 얕은 꿈속에서, 한정 없이 길게 느껴지는 동안, 그 소음과 진동이 나를 덮치게 될 순간을 초조하게, 하지만 지루하게, 끝없이, 어떤 결과도 없이, 마냥 기다리고 있었다.

내가 그 꿈에서 깨어났을 때에는 우리가 탄 차가 고속도로를 벗어나 어딘가의 국도를 달리고 있었고, 그들은 무슨 얘기를 나누고 있었다. 국도에는 그러한 밤에 반드시 있어야 하는 것처럼 생각되는 칠흑 같은 어둠이 있었다.

나는 잠시 그들의 얘기에 귀를 기울였다.

"길을 잘못 들어선 것 같아." C의 친구가 말했다.

"그럼 그냥 잘못 들어선 길로 가도록 해."

"교통 표지판이 제대로 되어 있어야 말이지."

"교통 표지판을 보고, 그것을 따라온 것도 아니잖아."

"하긴 그래. 하지만 이 나라의 교통 표지판은 이 나라의 후진성을 드러내 주는 표지야."

그런 다음 둘은 잠시 아무런 말이 없었다. 우리는 잘못 들어선 그 길을 그대로 가고 있는 듯했다.

"음악이라도 들을까?" C의 친구가 테이프를 넣으며 말했다.

"무슨 내용이야?" C가 물었다.

"몰라, 그냥 들으면 들을수록 괜찮다는 것밖에는 몰라."

"누구 노래야?"

"그냥, 노래하는 가수의 노래야."

음악은 잠시 후, 다른 가수의 노래로 이어졌다.

"이건 누구 노래야?"

"얘기해줄 수 없어. 나도 모르거든. 그냥 들으면 안 돼?"

우리는 누구의 것인지, 무슨 내용인지도 모르는 노래를 들었다. 그리고 우리는 우리가 왜 가는지 알 수 없는 여행을 하고 있었고, 우리는 그 이유를 알 수 없는 삶을 살고 있었다. 또한 그 노래는 들을수록 괜찮지는 않았다. 더 살면 살수록 괜찮아지지 않는 나의 삶처럼.

"여행에 대한 어떤 기억이 있니?" 나는 더 이상 누가 누구에게 얘기하는지 알 수 없었다.

"사실상 전혀 없어. 내 내면의 알려지지 않은 어떤 지점을 향하는, 내 내부에서 이루어지는 여행의 여정과 일치하는 여행을 해본 적이 없다는 거야."

"그러고 보면 나는 여름에 바다에 온 적이 없는 것 같아. 언제나 이렇게, 여름이 시작되기 전이나 여름이 끝난 후에만 왔던 거야. 아니, 내가 왔을 때면 언제나 바다에는 여름이 끝나 있었어. 마치 여름 바다란 내가 결코 갈 수 없는 어떤 장소이기라도 한 것처럼 말야."

나는 두 여자의 모호한 얘기를 들으며, 몇 가지의 분명치 않은 생각을 했다기보다는 그 생각들에 얽혀 있다가 다시 잠이 들었고, 얼마 동안인지 알 수 없는 시간 동안 잠을 잔 후 다시 눈을 뜨면서 창밖으로 어떤 푸른색의 광활한 평면이 주름을 만들며 서서히 내 앞으로, 잠시 후에는 다시 뒤쪽으로 이동하고 있는 것을 보았다. 나는 단번에 그것이 무엇인지 알 수 없었다. 하지만 주변의 모래사장과 위쪽의 하늘을 지켜본 후에야 그것이 파도를 일으키고 있는 바다라는 것을 알 수 있었다. 그리고 바다라는 생각을 하게 되자, 그것의 파도가 내는 미약한 소리가 조금씩 들려오기 시작했다. 잠시 나는 그 파도를 살펴보았다. 파도는 그것을 보는 사람의 마음속에 동일한 감동의 무늬를 만드는 어떤 것처럼 여겨졌다. 그것은 쉬고 있는 바다의 숨결처럼 여겨졌다. 또한 바다 자체는 어떤 거대한 생명의 복부처럼 여겨졌다.

두 여자는 의자에 앉은 채로, 목이 부러진 것처럼 목을 젖힌 채로, 자고 있었다. 나는 차창을 열고, 턱을 괸 채로 한참 동안 파도를 바라보았다.

그런데 어느 순간 갑자기 해변의 모래 위를 달리고 싶은 생각이 치밀었다. 그 욕망은 모래 위에 발을 내딛는, 나의 발바닥에 모래 알갱이의 느낌을 맛보게 해주고 싶은 욕구에 가까운 것이었다. 나는 자동차의 문을 열고 밖으로 나왔다.

하지만 밖으로 나와 맨발로 모래 위를 몇 발자국 걷고 나자, 그 위를 달리고 싶은 욕망은 오간 데 없이 사라져 버렸다. 그 순간 모래 위를 끝없이 달릴 수 없다면, 끝없이 달리는 동안 나의 삶이 끝나는 것이 아니라면, 그렇게 하는 것이 무슨 소용이 있는가라는, 내 안에 내재된 그 고질적인 저항감이 생겨났고, 그것은 그렇다면 차라리 아예 달리지 않는 편이 낫다는 잠정적인 결론을 내려주었다. 마치 그 위를 달리고 싶은 욕구가 실제로 그렇게 하고자 하는 의지의 도움을 받지 못한 것 같았다. 그 욕구는 모래 속에 파묻혀 버린 듯 보였다. 뿐만 아니라, 나는 절대 뛰는 일이 없는데 거기에는 이유가 있었다. 그것은 내가 일단 뛰기 시작하면 관성적인 힘에 의해, 쓰러질 때까지 뛰려고 하는, 어떤 무모하고 무자비한, 파국을 부르는 충동을, 그렇게 하는 사이 어딘가에서 내 숨통을 끊어놓으려고 하는, 재난을 향한 주파의 충동을 내 안에서 강하게 느낄 수 있기 때문인데, 다행히 아직까지 한 번도 그런 충동이 표면화된 적은 없었다. 또한 기관지가 좋지 않아 걸을 때조차 숨이 가쁜 나는 몇 발자국만 뛰어도 숨이 막혀, 내가 뛴다는 것은 사실상 불가능했다.

나는 그 자리에 가만히 서서 내가 달리려 했던 모래사장을 바라보며, 대신 눈으로 그 위를 달렸다. 그런 다음 잠시 걷는 둥 마는 둥 걸었고, 곧 제자리로 돌아와 있는 나 자신을 발견한 후에는 그 자리에 꼼짝 않고 서 있었다. 누군가가 나를 들어 그곳에 갖다 세워놓기라도 한 것처럼. 한동안 그런 상태로 서 있은 후 나는 서 있는 자세의 우연적인 상태로부터 누워 있는 자세의 필연적인 상태로의 전환은 불가피한 것이기라도 한 듯, 쓰러지듯, 모래 위에 누웠다. 나는 장소가 아닌, 내 의식에 있어서의 다른 고장에 온 것처럼 느껴졌다. 이 모든 것은 내게 있지 않았던 어떤 일에 대한 추억처럼, 사라진 세계에서 남은 폐허처럼 비현실적이면서도 동시에 현실적일 수 있는 가능성의 면모를 갖추고 있었다.

나는 모래 위에 누운 채로, 바다를 바라보며, 수평 공간을 분할하는 해안선으로, 내 의식의 해안으로, 거대한, 푸른 관념이 파도를 일으키며 밀려오는 것을 느꼈다. 세상에 대해 갖고 있는 나의 모든 관념이 내 의식의 가장자리에 부딪히며 하얀 포말로 부서졌다. 존재와 무 사이의 날카로운 구분 따위는 더 이상 의미가 없었다. 나는 존재하는 시간을 통해 존재하지 않고 있었고, 존재하지 않는 장소에서 존재하고 있었다. 무한한 고요함이 무거운 하늘과 불투명한 바다의 표면과 완만한 곡선을 이룬, 마치 먼 항해를 끝낸 후 지친 몸을 쉬기 위해 정박해 있는 듯한 해안선과, 누워 있는 나의 무릎과 내 의식의 반경과 경계를 알기 힘든 시간을 덮고 있었다.

멀리, 마치 물속으로 가라앉듯, 망각 속으로 사라지듯, 하늘과 바다가 접혀진 지점의 수평선 너머로 멀어지고 있는, 크기를 가늠하기 힘든 선박 한 척이 나의 시선 속으로 들어왔다. 내가 그 바다로부터 시선을 거두는 순간 좀 더 가까운 곳, 파도가 닿지 않는, 모래사장 안쪽의 메마른 모래 위에, 나의 관심을 끄는 뭔가가 있는 것을 발견했다.

나는 자리에서 일어나 그것이 있는 곳으로 걸어갔다. 그것은 불가사리였다. 뒤집어져 있는, 흐린 오후의 텅 빈 바닷가를 구성하는 중요한 요소처럼, 의문스러운 형태로 말라 죽어 있는 불가사리의 모습이 내 눈에 들어왔다. 그것은 물론 내가 그곳에 가기 전부터 그러한 상태로 있었음에도 불구하고, 내가 그 흐릿한 바닷가의 풍경들로 눈을 돌리는 순간에 나의 시선과 의식에 갑자기 제시된 듯, 어떤 계시처럼 나타났다. 그런데 죽은 불가사리는 한 마리만이 아니었다. 해변은 수많은, 죽은 불가사리들로 뒤덮여 있었다. 아니, 실제로 그것들은 몇 마리에 지나지 않았다. 하지만 내 의식 속에서, 자기 복제된 불가사리는 내 의식 속의 해안을 온통 뒤덮고 있었다.

그것들은 짐짓 그것들이 맞이한 죽음을 이해하고 수긍한 듯한 태연한 모양을 하고 있었다. 그 자체가 몽상으로 빚어진 후 몽상 속에 든 것 같은 그 반물질의 몽환적인 형체들은, 음울한 암시로 가득한, 어떤 조형적인 표현처럼 여겨졌다. 그것들은 객관성을 상실한, 나의 주관 속에서 하나의 관념의 존재로서 제시되고 있었고, 따라서 관념으로서만 파악될 수 있는 것이었다. 운석처럼 널려 있는 그것들은 물질로 채워진 세계가 아닌, 순수한 관념만으로 이루어진 세계의 일부를 이루고 있는 듯 여겨졌다. 그것은 더 이상 나의 눈에 보여지는 것이 아니라 나의 관념에 의해 사고되어지는 어떤 것이었다. 하지만 비록 그것들은, 바로 내 앞에, 나의 시선 속에 펼쳐져 있었지만, 동시에, 삶의 수수께끼를 내포하고 있는 죽음의 수수께끼를 표현하는 기호들처럼, 나의 모든 해석의 한계 너머에, 나의 모든 해답이 지리멸렬해지는 지점에 위치하고 있었다. 그리고 그 수수께끼는 비밀스럽게 표류하고 있었다.

죽음은 위협적이지만 매혹적인 모습으로 불가사리 속에 깃들어 있었다. 불가사리는 불멸을 부정하며, 불멸과 그것을 추구하는 모든 의지 자체가 소멸할 수밖에 없다는 것을 표현하고 있었다. 그 불가사리 하나하나에 인쇄된 죽음은 소멸의 관념이었으며, 자신의 내부에, 쓰여 있으면서 동시에 지워진 해답으로 이루어진 수수께끼였다. 그것이 존재였고, 존재의 죽음이었다.

나의 귀에는 이제 파도 소리마저 들리지 않았다. 마치 내가 그 가까이 다가가면 나를 삼킬 듯, 소리를 죽인 채로, 파도는, 해안의 모래 위에 소리 없이 부서지는 포말을 통해, 그 모래 위에 분포한, 침묵의 형상들을 누르고 있는 정적을 더욱 완강한 것으로 만들고 있었다. 적요와 부동, 그 안에서는 나 자신의 움직임 또한 인적을 만들지는 못하고 있었다. 해변은 그것을 찾으려고만 한다면 수많은 숨겨진 의미들을 발견할 수도 있는, 책장들이 모두 찢겨나간, 표지만 남은 책처럼 펼쳐져 있었다. 나는 눈을 들어 흐릿한 태양을 비스듬히 주시했다. 태양은 구름에 싸여 있지도, 밝게 비치지도 않았다. 그것은 애매하고도 몽롱한 표정을 짓고 있는 사람의 얼굴처럼 보였다. 파도가 밀려와, 물가 가까운 곳에 있는 죽은 불가사리 한 마리를 휩쓸어 갔고, 나는 그 순간, 존재는 물 위에 쓴 글씨와 같은 것이라는 생각을 했다.

나는 죽은 불가사리 한 마리를 들어, 그것의 무감각을 나의 예민한 손끝으로 느꼈다. 그것은 나무껍질과도 같은 딱딱하고 거친 고체의 느낌을 줄 뿐이었다. 그것이 한때 살아 꿈틀거렸다는 것은 지나친 유추처럼 여겨졌다. 하지만 그럼에도 그것은 나의 존재를 느끼고 있음에도 잠자코 있는 것처럼 생각되었다.

나는 그 불가사리가 그것의 죽음 속에서 약간 다른 방식으로 여전히 존재하고 있는 것처럼 느껴졌다. 나는 움직이지 않고 있는 그것에서 부동의 상태에 이르고 있는, 마침내 그 상태에 이르게 되는 어떤 움직임 같은 것을 느낄 수 있는 것처럼 여겨졌다.

이 죽어 있는, 침묵하고 있는 불가사리들은 무엇을 말하고 있는 것일까? 내게 그것은 신의 완고한 침묵처럼 여겨졌다. 모든 것들은 신의 침묵 아래에서, 아무런 절대적인 이유도, 궁극적인 목적도 없이 존재하고 있었다.

죽음은 어쩌면 그 죽은 불가사리 안에도, 그것이 죽는 것을 지켜본 바닷가에도, 그것이 죽어 있는 모래사장에도 있지 않았는지도 모른다. 만유인력처럼 존재를 끌어당기는, 삶을 무색하게 만드는 죽음은 살아 있는 불가사리 안에 있었으며, 그것이 죽는 순간 죽음 또한 죽은 것인지도 모른다. 동시에 죽음은 도처에 있어, 죽은 존재는 모든 시간 위에, 세상의 모든 것이 그것의 제단에 제물로 바쳐지기 위해 존재할 뿐인, 시간의 구석구석에 뿌려진 것이다. 어쩌면 존재와 소멸, 그리고 죽음, 그 모든 것들이 하나인지도 몰랐다.

내게 존재란, 그것이 과연 존재하는가, 하는 결코 입증될 수 없는, 그렇다고 부정할 수도 없는, 하나의 곤란한 가설 속에서만 존재하는 것처럼 여겨져 왔다. 그리고 존재는, 어떤 존재도, 아무런 이유 없이 존재하는 것처럼 여겨졌다. 존재에, 그것 속에, 이유가 있어 그것을 나 자신이 믿게 할 수 있는 어떤 것이 과연 있다고 스스로를 설득할 수 있는가? 아니다, 결코 그 누구도, 어떤 철학자도 철학의 궁극적인 그 질문에 대답할 수는 없을 것이다. 왜, 무엇 때문에, 세계가 창조되지 않고, 없지 않고, 그 대신 존재하고 있는가, 라는 존재에 대한 반문을, 끝이 보이지 않는 질문만을 던질 수 있을 것이다. 어쩌면 그 질문만이 이 우주를 채우고 있는 어둠만큼이나, 암흑 물질만큼이나 무한하고 끝이 없는 것일 것이다.

"여긴 철새 도래지야." C의 친구가 말했다.

우리는 불가사리들로 뒤덮인 해안이 아닌, 그 근처의 갯벌에 있었다.

"여길 와봤던 거야?" C가 물었다.

"아니, 텔레비전에서 이곳을 본 적이 있어. 이곳이 아니었는지 모르지만, 이 비슷한 곳이었어. 그리고 이런 곳은 꼭 철새 도래지처럼 여겨져."

그녀는 고개를 들어 하늘을 쳐다보았다. 하늘에는 아무것도 날고 있지 않았다. 태양 또한 구름에 가려 보이지 않았다.

"무슨 새가 오지?"

"그것까지는 몰라. 하지만 겨울이면 추위를 피하기 위해 멀리 시베리아에서 이곳으로 날아오는 새 떼가 있다는 것밖에는 몰라." 역시, 그녀는 자신도 제대로 알지 못하는 얘기를 하고 있었다. 그녀는 아무것도 제대로 아는 게 없었다. 그런데 그 가려진 구름 속에서 어떤 새 떼가 갑자기 모습을 드러냈다. 그것들은 편대를 이루어 어딘가에서 날아와 갯벌에 내려앉았다.

"봐, 내 말이 맞지, 저렇게 철새들이 도래하고 있잖아."

"정말인데. 철새야. 하지만 넌 모르는 게 없지만 제대로 아는 것 또한 없어."

"아무것도 아는 게 없는 것보다는 낫지."

"제대로 알지 못하는 것은 제대로 모르는 것보다 더 나쁠 수도 있어."

"하지만 나는 그걸 자랑으로 여기지는 않아. 그리고 내가 모르는 게 있다면 그건 그것이 몰라도 좋은 것이기 때문이야."

확실한 건 그게 새라는 사실이야, 라고, 나는 그들이 듣지 못하게 중얼거렸다.

시간이 지날수록 날씨는 더욱 흐려졌다. 어두운 지하실의 천장 같은, 먹구름이 잔뜩 낀 하늘은 곧 무너져 내릴 것처럼 보였다. 전체적으로 회색 색조에 싸인 바다는 미묘한 음영의 변화에 의해 단단하게 굳어지고 있는 것처럼 보였다. 결국 엷은 빗방울이 대기를 적시기 시작할 때 우리는 차 안으로 들어갔고, 잠시 우리가 그대로 바닷가에 있는 동안 마지막으로 파도에 실린 어둠이 해변으로 상륙하는 것을 보며, 나는 차의 시동이 걸리는 소리를 들으며 다시 잠이 들었고, 내가 눈을 떴을 때에는 이곳, 내 집의 거실에 누워 있었다. 그리고 지금 이렇게 잠에서 깨어 그 짧은 여행의 기억을 되돌려주고 있는 그 불가사리를 바라보고 있는 것이다. 나는 그 바닷가를 떠나기 전 어느 순간에, 그 불가사리들 중 한 마리를 호주머니 속에 집어넣었던 것이 틀림없었다.

나는 수평선 너머로 사라진 선박 한 척과 불가사리들, 그리고 내가 그것들 옆에서 잠시 누워, 그 순간의, 그 장소를 떠나서는 가능하지 않은 이상한 도취 상태 속에서 그것들을 바라보았던 것, 그리고 새 떼들을 기억하고 있고, 그리고 돌아오는 길에 잠시 아득한 의식 속에서, 지난여름 공원에서 본 그 지렁이를 생각했다는 것을 기억하고 있으며, 그 지렁이가 조금 전 본 불가사리와 중첩되어 떠올랐다는 것을 기억하고 있다.

내가 기억하는 그 모든 것들이 실제로 본 것들일까? 나는 마치 떠난 적이 없는 여행으로부터 돌아온 듯하다. 내가 잠에서 깼을 때 C는 내 옆에, 나의 희미한 의식 속에 잠시 앉아 있었지만, 내가 정신을 차리기 전에 그녀는 내가 기억할 수 없는 말을 하고 가버렸다.

불가사리의 무감각한 표면이 다시금 나를 소스라치게 한다. 나는 그것을 손안에 넣고 이리저리 만져본다. 하지만 나는 아무런 감각을 느낄 수가 없다. 그것을 얼굴에다가도 대어보지만 마찬가지다. 나는 그 불가사리와 마찬가지로 내 자신이 석회질의 덩어리로 이루어진 것처럼 여겨진다.

그것들은 내게 지독한 권태의 느낌을 준다. 권태는 살아 있는 것들뿐만 아니라 죽음에까지 달라붙어 있다. 불가사리는 완전한 권태가 표현하는 절대적인 무관심 상태 속에 들어 있다. 나는. 이것에서 신의 권태로운 손길을 느낄 수 있어, 하는 생각을 한다.

나는 거실의 어둠 속에서 나와 함께 침묵하고 있는 사물들을 둘러본다. 사물들은 모두 그것들 하나하나에 길고 단단한 못을 박아놓은 것처럼 꼼짝도 않고 있다. 통화 정지와 같은 상태 속에 있는 전화기, 켜지지 않은, 무표정한 텔레비전 수상기, 동일한 풍경을, 고집스럽게 유지하고 있는 창문, 마치 자포자기 상태에 빠진 듯, 꼼짝 않고 있는 소파, 이 거실 속의, 나의 확대된 자아의 육체를 이루고 있는 그 모든 사물들로부터 권태가 흘러나오고 있다. 권태는 내 모든 의식 속에 색소처럼 첨가되어 있는 것이다.

그리고 권태는 이 장소에 국한되어 있지 않다. 그것은 나의 의식이 따라가는 모든 것 속에 있다. 여기 이렇게 이 모든 것 속에, 권태는 내가 섭취하는 식사 속에, 잠 속에, 휴식 속에, 꿈속에, 책갈피 속에, 시간 속에, 그것이 시들게 하고, 충혈되게 하고, 녹게 하고, 쉬게 하고, 몽상하게 하고, 잠들지 못하게 하는 것 속에서 뱀처럼 똬리를 튼 채로, 나를 노리며, 덮치고, 광기에 빠트리며, 나의 존재를 지우고 있다. 나를 찾아오는, 하지만 나를 비껴 지나가는 시간은 이미 내 내부에 충만한 권태의 양을 증대시킬 뿐이다. 나를 둘러싼 모든 것 속에 있고, 나를 완전히 감염시키고 있는 권태는 그것으로부터 거리를 취할 수도, 빠져나올 수도 없는, 하나의 장소와도 같은 것이다. 무한대로 증식하는 권태. 그 무한한 권태만이 나의 삶을 부양하고 있다. 권태는 오랜 세월 동안, 바닷가의 바위에 필사적으로 부딪혀 그것을 침식시키는, 염분을 함유한 파도처럼 나를 조금씩 마모시켜 왔다.

내게도 항상 무슨 일인가 일어나지만, 전날의 여행처럼, 그 일은 그것이 일어나는 동안 이미 내 안에서 아무것도 아닌 것으로, 과연 그런 일이 있었는지 의심하게 하는 어떤 일이 되어 버리고 만다. 또한 그것이 끝났을 때에는 또 다른 하나의 아무것도 아닌 일을 체험했다는 느낌밖에는 남지 않는다. 나는, 이렇게 내 삶의 시간 속에서 표류하는 것이 아니라 나의 삶의 시간 자체가 표류하고 있는 것처럼 생각된다. 내게 삶은 죽은 호수처럼 여겨진다. 그 호수 표면에, 나의 무한히 느린 아다지오의, 거의 정지한 시간은 부유물처럼 떠 있다.

아아, 하지만 솔직하게 얘기를 하자. 거실의 탁자 위에는 불가사리 따위는 없다. 내가 그것을 보고 있다는 것은 거짓말이다. C와 C의 친구 얘기도, 여행에 대한 얘기도, 바닷가도, 내가 불가사리를 손에 쥐었다는 것도, 모두 사실이 아니다. 그 모든 것은 나의 꿈과 산만한 상상이 미치는 곳의, 내가 유일하게 숨어들 수 있는 곳, 바로 형언 불가능한 꿈과 기괴한 낭만과 그로테스크한 환상 속에서 떠오른 것일 뿐이다. 구체성의 세계로부터 이탈한 곳에 있는, 보다 유동적인, 끝없는 기형적인 변형의 세계, 그곳이야말로 나의 존재가 위치하고 있는 곳인지도 모른다.

이제 사물의 달력은 겨울의 시작을 알리고 있다. 그동안 나는 무위의 삶이라는, 약간은 예외적인 안정된 삶을 살고 있다. 하루 한차례, 아침이나 저녁 시간에 공원을 산책하고, 조용히 찾아오는 밤을 기다렸다가 잠을 이루는, 마침내 이루게 된 꿈과 같은 생활이 천천히 자리를 잡아가고 있다. 이따금 영화관이나 전람회장에 가기도 했고, 늘 다니는 길에서 잠시 남모르게 길을 잃기도 했지만, 어떤 일도 일어나지 않았다. 내게 있어 시간은 지하를 흐르는 미지근한 하수처럼 나의 삶의 보이지 않는 밑바닥으로 흐를 뿐이다. 내게 아무 일도 일어나지 않는 한 시간의 오물이 내 의식의 시야로 떠오르는 일은 없을 것이다.

나는 이제 나의 삶은 약간은 다르게, 하지만 그것이 여전히 내게는 견디기도, 그렇다고 견디지 않기도 힘들 것이라는 점에 있어서는 전혀 다르지 않게 흘러갈 것이라는 생각을 한다. 시간, 거짓된 시간만이 내가 의지할 수 있는 전부이다. 나머지는, 몇 가지의 나의 사소한 습관이 나를 운영해 줄 것이다. 결국 시간은, 산술적인 시간은, 나의 지난 몇 달의 시간처럼 언제나 어김없이 지나간다. 물론 시간이 그렇게 빈틈 없이 간다는 게 놀랍거나 하지는 않다. 내게 시간은 그 길이를 측량할 수 없는 불분명한 얼룩에 지나지 않는 것처럼 여겨진다. 나는 시간에 구애받지 않으며, 더 이상 그럴 필요도 없게 되었다. 내게는 사라진 시간과 사라질 시간만이 있을 뿐이다. 이제 내게 예정된 시간이란 존재하지 않는다.

공허, 나의 삶의 시간 속에 꾸준히 적립되어 온, 나의 삶의 단속을 지속적으로 요구하던, 심연의 불안을 내비치는 것으로 그 증상을 드러내곤 하던, 나의 모든 시간의 표면에 도금된 공허가 문제인가? 공허는, 그것이 주는 폐쇄적인 두려움만 견딜 수 있다면 안주할 수도 있는 아늑한 장소이다. 지금 나는 나 자신이 그 공허에 아늑하게 안주하고 있는 것처럼 여겨지며, 내가 이전에 나의 삶을 향해 내질렀던 절규의 거슬리는 메아리도 방음이 되는 그 공허 안에서는, 전혀 들리지 않은 것은 아니지만, 그 소리는 훨씬 부드러워졌다. 나는 심지어는, 악취가 나지 않는, 삶의 이 조용하고 고즈넉한 마모와 부패의 진행을 바라보면 얇은 황홀의 막에 싸여 있는 것처럼 느껴지기도 한다. 실제로 나는 내가 나의 이 퇴행을 만끽하고 있다는 생각마저 한다.

만성질병처럼 나와 함께하던, 절개해 버릴 수 없는 절망, 우울, 그리고 악동들 역시 한결 유순해졌다. 이제 한때 내 안에서 위세를 떨치던 절망은 내가 다룰 수 있을 정도로 작아졌고, 혹은 내가 감지할 수 없을 정도로 너무도 커졌고, 우울 속에서 더욱 깊이 빠져들곤 하던 우울은 그 윤곽이 몽롱해졌으며, 끝없는 광맥처럼 파들어갈 수 있었던 악몽은 부피가 느껴지지 않을 정도로 줄어들었다. 그 몹쓸 것들이 일견 평온해 보이는 나의 일상에 개입하는 빈도와 강도는, 나 자신조차도 놀라울 정도로 줄어들었다. 과연 그게 사실일까? 모르겠다. 심지어는 나는 그것들 안에서, 이제, 어떤 평화까지 느낄 수가 있다. 이것 또한 과연 사실일까? 이것 또한 잘 모르겠다.

어쨌든 나는 그렇게 생각한다, 아니, 그렇게 생각하려 하고 있고, 실제로 그런지도, 나의 생각대로인지도 모른다. 또한 그렇지 않은지도 모른다. 내가 아는 것이라곤, 내가 무엇에 대해서도 제대로 알지 못한다는, 설사 내가 뭔가를 알고 있다 해도 그것이 조금도 도움이 되지 못한다는 사실뿐이다.

누군가가 벤치 위에 앉아 있었다. 가까이 가서 보니 원숭이를 닮은 사내였다. 최근 들어 그의 모습을 보기가 점점 더 어려워졌다. 그의 바로 앞에까지 갔지만 그는 자고 있는지 고개를 떨군 채로 그대로 있었다. 나는 그를 내려다보며, 여기, 모든 희망을 버린 절망이 고개를 떨구고 있군, 하는 생각을 했다.

나는 그를 그냥 그대로 내버려 두고 갈까 하다가 이대로 놔두면 얼어 죽을지도 모른다는 생각이 들었고, 그래서 자고 있는 그를 깨웠다.

"저녁이 됐어요. 그만 일어나요."

그는 채 가시지 않은 졸음을 털어내는 듯 눈을 비비며 아직 정신이 덜 깬 듯 졸리운 목소리로 뭐라고 중얼거렸지만 알아들을 수는 없었다. 그는 결막염에 걸린 것처럼 희멀건, 우울한 눈을 들어, 초점이 없는 시선으로 나를 쳐다보았다. 추위 때문에 눈물이 고인, 눈곱이 낀 그의 눈은, 그가 얘기한, 지난여름 죽은, 그의 둘도 없는 친구의 눈처럼, 어부의 그물에 꺼올려져 마지막 숨을 거두고 있는 중인 물고기의 눈처럼 보였다.

"방금 어떤 이상한 꿈을 꾸었소. 꿈속에서 나는 어딘가, 아주 고급스러운, 그런 곳은 한 번도 가본 적이 없는, 어떤 식당에 앉아 내가 시킨, 하지만 기억이 나지 않는 어떤 음식을 기다리고 있었소. 잠시 후 어떤 요리가 나왔는데 그것은 커다란 덮개에 덮여 있었소. 그 안에서는 무척 군침이 도는 냄새가 났고, 나는 그것을 조심스럽게 열었소. 그런데 그 안에 뭐가 들어 있었는지 아오? 아주 커다란 접시에 죽은 원숭이 새끼 한 마리가 담겨 있었소. 그게 무엇을 의미하는지 알겠소?"

나는 그것이 그의 운명을 알리는 계시처럼 여겨졌지만,

그 얘기는 하지 않았다.

"그 원숭이는 바로 나였소. 그것은 내가 어떻게 될 거라는 것을 보여주고 있었소." 그는 잠시 아무 말 없이 그 꿈의 의미를 음미하는 듯 생각에 잠겼다.

"봄이 되려면 얼마나 남았죠?" 느닷없이, 그는 그것이 그의 유일한 관심인 듯 내게 물었다.

아직 봄은, 겨울을 넘겨야 하는 봄은, 겨울을 넘긴 다음에도 공연히 올지 안 올지 모르는 봄은, 와도 그만 오지 않아도 그만인 봄은, 그것을 기다리지 않는 사람에겐 너무도 멀리는 아니지만, 그래도 멀리 있었다. 내년에도 봄이 오면, 종달새가, 으레 그것이 짖어야 하는, 악을 쓰는 목소리로, 악착같이 봄을 노래하겠지.

"그것을 기다리는 사람에겐 언젠가 오겠죠."

"그럼, 자정이 되려면 몇 시간이 남았죠?" 아마 그에게 봄은 너무 멀리 있는 것처럼 느껴질 것이다. 자정은 그 봄보다는 가까운 곳에 있었다. 공원에는 이미 어둠이 깃들기 시작했지만 아직 저녁 여섯 시밖에 되지 않았다. 나는 그에게 시간을 얘기해주며 자정에 무슨 일이라도 있는지 물었다.

"그냥, 자정이 나를, 나의 파멸을 기다리고 있는 것만 같소." 그는 그의 특유의 알쏭달쏭한 말을 했다.

"이제 돌아가야 하지 않아요?" 나는 그가 갈 곳이 없다는 것을 알면서도 그렇게 물었다.

"어디로 갈지 알지도 못하는데 어딜 갈 수 있겠소? 그리고 내게 갈 곳은 없다는 것을 잘 알고 있소. 나는 비록 이 세상 속에 있지만 이 세상의 무엇에도 속해 있지 못하오. 그 조건하에서만 나는 이 세상에 있는 것을 허락받았소.

이제 완전히 정신을 차린 그는 전에 없이 빛나는 눈초리로, 텅 빈 하늘의 어둠을 의미심장하게, 뚫어지게 쳐다보았다.

"나는 이번 겨울을 무사히 넘길 가망이 없소. 또다시 봄을 기다리고, 그것을 맞는다는 것은 엄두도 나지 않소. 설사 겨울을 넘길 수 있다 하더라도, 봄이 온다 하더라도 그것이 내게 무슨 의미가 있을 수 있겠소? 나를 찾는 덧없는 꿈속을 조금 더 지난다고 해서 뭐가 달라지겠소? 이미 나는 내가 알지 못할 뿐, 내 안에서, 사방에서 자라고 있는 병으로 무척 쇠약해져 있소. 그리고 쇠약의 속도는 점점 빨라지고 있소. 나는 회복될 수 없을 것이오. 회복된다 하더라도 무슨 소용이 있겠소?

나는 내 몸에 옷을 입히고 벗기는 것조차 힘이 드오. 내 앞에 있는 어떤 것을 단지 바라보는 것도 힘을 들이지 않고는 가능하지 않소. 발에는 그것을 뗄 힘이 부족하고, 팔은 아무것도 들지 않은 빈손마저 들어올리기가 힘드오. 나는 이 순간에도, 내 몸 안의 혈관 속으로 아직도 따뜻한 피가 흐르고 있는지가 궁금하오. 나는 내 혈관 속을 흐르는 것이 검붉은 녹물처럼 여겨지오. 그리고 하수구 같은 혈관 또한 군데군데 막혀 있을 것이오. 나는 지쳤소. 채 알지 못했기에 그나마 꿈꿀 수 있었던 나의 삶이 끝나기를, 나의 죽음이 찾아오기를 기다리는 데 너무도 지쳤소." 이제 그는 말하기조차 힘이 든 듯, 그의 말 한마디 한마디는 겨우 그의 입을 통해 새어 나오고 있는 것처럼 보였다.

"지금 당장은 이대로 있을 거요. 이 딱딱하고 차가운 벤치 위에 앉아 어둠이 나의 형상을 몰수해 버리기를 기다리며 내 머릿속에 무슨 생각이 떠오를지 두고 볼 작정이오."

"그럼 그대로 있도록 해요." 나는 달리 내가 할 수 있는 일이 없다는 것을 알고 있었다.

잠시 후 그는, 좋은 생각이 떠오른 듯, 얼굴이 환해지며, 나는 오늘 밤 요 앞쪽 큰길을 건너다가 차에 치여 죽을 것이오, 그렇게 해서 죽을 거요, 라고 말했다.

"자꾸 그런 생각이, 그렇게 될 것만 같은 생각이 들어요. 똥이 마려운 것을 참을 수 없을 때처럼 말이오. 내게 적당한 방법으로 여겨지지 않소?"

그는 미소를 지었는데, 그것은 애처롭지만 아름답기도 한 것이었다.

"그게 아마 내 운명의 운명이 될 거요." 나는 그가 그렇게 하리라는 느낌이 들었지만, 내가 그것과 관련해서 어떻게 할 수 있는 것은 없어 보였다. 어쩌면 그의 삶 자체가 무단 횡단 같은 것이었던 그에게 그것은 어울리는 것처럼 여겨졌다. 이미 가뜩이나 웅크린 모습을 하고 있는 그의 얇은 외투 속의 그의 몸이 좀 더 움츠러들었다. 나는 다정하게 그의 옆에 앉았다.

"해가 지는 것을 막을 힘이 내게는 없소. 벤치에 그냥 앉아 있기도 힘든 나는 그나마 내게 남은 힘으로 지는 해를 가만히 앉아서 지켜보고 있는 거요."

이미 해는 져, 황혼의 불그스레한 빛만이 상공 위로 조금 비치고 있었다. 초겨울의 공원은 지면에서 시작된 어둠에 더 빨리 묻히고 있었다. 하루의 수명을 다한 해가 저녁의 마지막 남은 빛의 찌꺼기까지 모두 주워 담아 다급히 서쪽 하늘로 물러가고 있었다. 하루 중 내가 제일 좋아하는 때가 빛과 어둠이 잠시 겹친 후 빛이 어둠에 양보하는 그 시간이었다. 낮과 밤이 교대하는, 황혼의 어수선함 속에서 만물은 낮의 빛 속에서의 오만한 모습과는 다른, 밤의 어둠 속에서의 처연함과도 다른, 약간은 흐트러지고 깨지고 일그러진, 다분히 암시적이고 비밀스러운 모습을 내보이는 것이었다.

그의 몸이 점점 내 앞으로 기울어져 우리의 얼굴이 거의 닿을 정도가 되어서야 그는 다시 몸을 꼿꼿이 세웠지만 곧 다시 조금씩 기울어지기 시작했다. 그의 따스하다기보다는, 병으로 뜨거운 숨결이 내 얼굴을 스쳤는데, 본래 누군가의 숨결이 닿는 것을 참지 못하는 나였지만, 이상하게도 그것이 역겹게 여겨지지 않았다.

나는 처음으로, 누군가를 돕는 것은 곧 그의 의존성을 돕는 것이라는 생각으로, 남을 돕는 데는 인색하기 짝이 없었던, 단 한 번도 구세군의 자선냄비를 그냥 지나치지 않은 적이 없었던—단 한 번 공원에서 노인에게 적선을 한 것을 제외하곤—나는, 진정으로 그를 돕고 싶었지만, 그를 돕는 것이 그를 죽게 내버려 두는 것이라는 사실에 마음이 아팠는데, 아프려고 했는데, 그리고 어딘가로부터 아파오기 시작했는데, 나는 그 아파오는 마음을 그대로 두었다. 아니, 일부러, 슬픈 생각을 하며, 좀 더 그 마음을 아프게 했다. 뭔가가 내 마음을 예리하게 할퀴었고, 나는 북받치는 느낌을 가졌다. 나는 자꾸만 연민의 감정이 생겨나려는 나 자신에게 이래서는 안 되는데, 안 되는데, 하면서도, 결국 어쩔 수 없이 그의 어깨에 손을 얹고 말았다.

바로 내 눈 위로, 땅거미가 지고 있는 저녁의, 낙엽이 진 나뭇가지에, 거미가 살고 있지 않은 거미집에 죽은 곤충 한 마리가 매달려 있었다. 그 너머 하늘 높이 날고 있는 새 떼가 해가 지는 방향으로 날아가고 있었다.

그는 정신은 차렸지만 기운은 차릴 수 없는 듯 손으로 벤치를 짚고 있었다. 그 손을 떼게 되면 금방이라도 옆으로 쓰러질 것 같아 보였다.

　나는 그에게 담배 한 대를 붙여 건네주었다. 그는 그것을 한 모금 빨았고, 연기를 조금 삼켰으며, 기침을 했다. 담배를 손에 쥐고 있는 그의 손이 심하게 떨렸다. 나는 그의 심하게 떨리는 손을, 그의 손끝에서 더 심하게 떨리고 있는 담배를, 그 담배 끝에서 떨어져 내리려 하는 담뱃재를 통해 바라보았고, 그 떨어지기 직전의 담뱃재는 그의 목숨처럼 여겨졌다. 그는 몸을 떨었고, 이빨을, 그가 만족했을 때의 아드득과는 다른, 으드득, 소리가 나게 갈았다. 나는 그를 지켜보며, 비애라고 하기에는, 가슴이 미어지는 느낌이 모자라는 어떤 감정을 느꼈는데, 어쩌면 그것 또한 비애의 일종이라는 생각을 했다.

　낙엽 하나가 그의 코앞에 떨어졌다.

　"이 낙엽은, 이걸 보면 생각나는 게 없는지 내게 묻기라도 하는 듯 바로 내 코앞에 떨어지는군." 그는 그 떨어진 낙엽에서 그가 필요로 하는, 그의 존재가 완전한 추락을 하는 데 있어 필요한 어떤 집념이라도 구하려는 듯 그것을 가만히 쳐다보았다.

　"나는 나의 가장 무서운 연모 속에 자리를 잡은 이것이

겨우 존재하는 인간

죽음이 아닌가 하는 생각을 하오."

나는 그가 어쩌면 정말로 죽게 될지도 모른다는 생각을 했다. 그리고 자신에게서 자신을 살려둘 만한 어떤 이유도 찾지 못하고 있다면 차라리 그가 죽었으면 했다. 그럼에도 나는 손을 내밀어 그가 일어서는 것을 도우려 했다.

"일어나지 않겠소. 나는 일어날 수 없소. 어쨌든 지금은 일어나지 않겠소."

나는 그의 고집을 꺾고 싶지 않았다. 나는 벤치에서 일어나 그를 그대로 남겨두고 그곳을 떠났다. 마지막으로, 몇 발자국을 뗀 다음 뒤를 돌아보았을 때 어스름 속에서 그의 몇 올 남지 않은 머리칼이 곧 날아가 버릴 듯 나부끼는 것을 볼 수 있었다.

황혼의 하늘 높은 곳에서 날아온 새의 그림자가 지면에 충돌하며 빠르게 사라져갔다. 내 바로 앞에 떨어진 그 새의 그림자가 나를 놀라게 했지만, 나는 고개를 들어 하늘을 날고 있는 그 새를 보지는 않았다.

나는 마지막으로 고개를 돌려, 그대로 꼼짝 않고 앉아 있는 그를 다시 한번 더 바라본 후, 내 앞으로, 침울한 모습의 나무들이 몸을 숙이고 있는 길을 지나갔다. 내게 그 나무들은 몸소 침울함을 느끼고 있는 것처럼 느껴졌다. 사람들이 모두 떠난 뒤 텅 빈 공원은 흐르지 않는, 고인 적막으로 말미암아 밤의 저수지처럼 여겨졌다.

　비둘기들이 저승에 먼저 간 동료들을 불러내는 듯한 애처로운 소리를 내며 울고 있었다. 그것들은 죽은 후 그들이 간 곳에서조차 견딜 수 없어, 다시 이 세상으로 돌아온 유령들처럼 여겨졌다. 언제나 그렇게, 비둘기들은 고통에 굶주린 유령들처럼 여겨졌다.

　나는 그 원숭이처럼 생긴 사내의 죽음을 생각했다. 죽은 후 그는 웃고 있을 것이다. 죽은 뒤에야 되살아난 그의 웃음만은 다시는 죽는 일이 없을 것이다. 그리고 그 웃음은 멈추지 않을 것이다. 영원한 시간의 표정에 담긴 그 웃음 속에서 그는 잠들고, 쉬게 될 것이다.

　공원 입구의 놀이터에는 빈 그네가 흔들리고 있었다. 그네는, 형체 없는 가벼운 바람에, 혹은 방금 전 누군가가 그것에 앉아 있었다는 것을 말해주는 듯 천천히 흔들리고 있었다. 그것은 마치 실재했지만 그 흔적밖에 남아 있지 않은 이제까지의 나의 삶처럼 여겨졌다.

　어느새 서쪽 하늘에 모습을 나타낸 노란 만월이, 다시 말해, 만월에서 약간 모자라는, 보름을 앞둔 것인지 보름을 넘긴 것인지 확실치 않은 달이, 높게 낀 하얀 구름을 주변에 끌어들였다가 옆으로 가만히 밀치기를 되풀이하는 방법으로 그 구름의 위용 속에서 그것의 광채를 더욱 돋보이게 하고 있었다.

　그것은 아주 낮게, 마치 점차 지상으로 내려오고 있는 듯한 느낌을 들게 하며 빠른 속도로 지나가고 있었다. 밤이, 그것의 정체를 알 수 없는 어떤 것이 내 마음을 어지럽히고, 나를 이상한 열기에 들뜨게 했다. 그러한 달은 나를 흔히 혼란스럽게 만들곤 했다. 물론 내가 그러한 달이 뜨는 밤에만 혼란스러운 것은 아니었다. 내 안의 질서이며, 나의 꿈이 내비치는 세계이며, 나의 정신이 나를 데려가는 목적지이며, 나의 삶을 싸고 있는 붙잡히지 않는 기류인 혼란으로부터 내가 벗어난 적은 없었다.

4

밤에, 하늘은 땅 위로 몸을 더욱 낮게, 바짝 엎드리고 있었다. 나는 공원을 나섰다. 며칠 전, 그 원숭이처럼 생긴 사내가 공원 앞길에서 차에 치여 죽었다는 얘기를 공원지기로부터 들었다. 그는 결국 그의 소원대로 된 것이다.

밤의 어딘가로부터 차가운 비가 내리고 있고 바람이 세차게 불고 있었다. 바람은 낙엽이 모두 진 허약한 나뭇가지를 쥐어흔들고 있었다. 또한 그 바람에 거리에 떨어져 있던 쓰레기들이 혼란스럽게 구르며 흩어졌다. 하지만 아침이 되어 밝은 햇살이 비칠 때면 세상은 평화를 되찾을 것이다. 세상은 그것만이 아는 기제를 통해 그렇게 혼란스러워졌다가, 또다시 정상을 회복하는 일을 반복할 것이다. 그리고 오늘이라는 시간 또한 어제가 간 곳을 쫓아가, 기억과 망각, 혹은 역사와 소멸이라는 다양한 형태로 이루어진 과거를 만들게 될 것이며 나는 내가 알지 못하는 곳에 있는 내일을 향해 가고 있고, 그 내일이 되면 나 또한 오늘의 나와는 다른 내가 되어 있을 것이다. 하지만 그 달라진 내가 오늘의 나와는 구별이 갈 정도로 달라지지는 않을 것이다.

나는 밤을, 그것의 차갑고 검은 살결을 느낀다. 내려진 셔터와 닫힌 문들이 밤의 거리를 더한 적막에 빠트려 놓고 있다. 나는 비에 부딪히며 이 세상으로부터 나를 밀어내려는 듯한 세찬 바람에 흔들린다. 바람의 숨소리가 쫓기는 동물의 그것처럼 거칠다. 그것은 마치 피를 흘리며 죽어가는 동물의 숨소리처럼 들린다. 바람에 부러진 나뭇가지가 관절에 골절상을 입은 팔처럼 아래로 처져 있다. 자세히 보니 바람은 갈피를 잡지 못하고, 방향을 혼동하며, 되는 대로, 아니, 멋대로라고 하자, 이게 좀 더 방종한 느낌을 내게 안겨주니까, 불고 있다. 그 바람 속에서도, 나는 내 갈 길의 갈피를 잡으며, 내 생각에는 앞으로 나아간다. 아니, 나아가지 못하고 있는지도 모르겠다.

나는 한 건물의 처마 밑으로 들어간다. 그 건물은 어떤 건축 회사의 모델 하우스처럼 보인다. 실내에는 아직도 불이 켜져 있다. 배경이 된 벽에 드리워진 나의 구겨진 그림자가 흔들린다. 나는 담배를 한 대 붙여 한 모금을 빤다. 하지만 기침 때문에 그것을 필 수가 없다. 나는 담배를 길바닥에 내던진다.

나는 다시 걷는다. 밤은 꼼짝 않고 있다. 그것은 숨을 죽인 채로, 먹이를 노리고 있는 맹수 같다. 어두운 거리가 검은 몸짓으로 나를 그 안에 들게 한다. 비에 나의 얼굴과 목이 침울한 모습으로 젖는 것을 볼 수 있다. 내 신발의 밑창에서 시작된 공허한 울림이, 일부는 수막을 형성한 보도 위로 흡수되고, 그 나머지가 지표 위로 얇게 퍼져나가는 소리를 들을 수 있다.

멀리 교회 십자가의 붉은 네온 불빛들이 밤의 묘지의 십자가처럼 기괴한 모습으로 솟아 있다. 인간의 죄 덕분에 더욱 번성하고 있는 교회. 아니, 어쩌면 교회가 번성하면서 인간의 죄 또한 불어나고 있는 것은 아닌가? 그리고 신이야말로 인간을 타락시키고 있는 것은 아닐까? 최소한 그 타락을 신이 돕고 있는, 방조하고 있는 것은 아닐까? 신이라는 존재로 인해 인간의 입지는 얼마나 좁아졌는가? 저 십자가들이 하나씩 늘어나면서 인간이 설 땅은 그만큼 더 줄어들 것이다.

어딘가에서 찬송가 소리가, 그 구원을 갈구하는 소리가, 요원하게 들려온다. 내가 걸음을 옮김에 따라 그 소리는 점차 커지며, 가까워지며, 골목 사이로, 내 간담을 서늘케 하는 붉은 십자가가 보인다. 그 아래의 육중한 교회당의 스테

인드글라스를 통해 나오는 불빛은 악마의 눈에서 뿜어져 나오는 빛처럼 보이고, 나를 무서움에 떨게 한다. 아니, 내가 몸을 떤 것은 무서움보다는 추위 때문이다.

그 안에는 구원을 약속받기 위해 온갖 수작을 부리는 사람들로, 깨끗한, 너무도 깨끗하게 소독된, 그래서 구역질 나는 영혼들로 가득한 것이다. 그들은 먹이를 던져주기를 애걸하는 개처럼 은총을 던져주기를 신에게 기도하고 있을 것이다. 문득 어떤 얘기가 생각이 난다. 그 얘기는 이렇다. 신학교를 갓 나온 한 젊은 목사가 있었다. 그는 그의 첫 설교를 아주 극적인 것으로 보이게 하려고 나름대로 기발한 착상을 했다. 그는 다음의 구절을 설교의 골자로 택했다. "성령이 비둘기의 형태로 내려왔다." 마침 그의 설교단 위쪽 천장에는 문이 하나 있었다. 그는 그가 이 구절을 읽는 순간 천장의 문이 열리며 비둘기 한 마리가 날아내려 오도록 했다. 그와 동시에 한 줄기 햇살이 그의 어깨 위에 떨어지도록 했다. 그는 교회의 종지기에게 사전 연습을 하도록 했다. 모든 것이 그의 계획대로 준비되었다. 설교 시간이 되었다. 그는 조심스럽게 설교단에 올라갔다. 드디어 그 구절을 낭독할 시간이 되었고, 그는 약간 긴장된 목소리로 그 구절을 낭독했다. "성령이 비둘기의 모습으로 내려왔다. 그러나 아무 일도 일어나지 않았다. 그는 큰소리로 그 구절을 다시 한번 낭송

했다. 그때 천장의 문이 천천히 열리며 종지기의 목소리가 들려왔다. 신자들은 모두 그 종지기의 목소리를 들었다. "목사님, 고양이 놈이 성령을, 그러니까 비둘기를 먹어 치워 버렸습니다. 비둘기가 없으니 고양이라도 대신 내려보낼까요?" 멋진 얘기다.

세상은 지금의 상태에서 더 나아지지도 않을 것이며, 최후에 선이 악에 대해 승리하지도 않을 것이다. 이 세계가 더 나아질 수도 있다는 순진한 믿음에 더 이상 기대어서도, 기만당해서도 안 될 것이다. 이제까지의, 세상을 좀 더 나은 것으로 만들려는 모든 노력은 그것을 좀 더 나쁜 것으로 만드는 데 쓰여졌을 뿐이다. 아니, 세상은 더 나아지지도 나빠지지도 않았는지도 모른다. 어쩌면 선과 악, 긍정적인 것과 부정적인 것의 일정한 총량이 있어, 그 비율에 있어서는 전혀 변함이 없는지도 몰랐다. 종교는 구원에 대한 그릇된 믿음 속에 인간을 가두어 두려고 할 뿐이며 교리는 도식의 형틀에 인간을 묶어두려 할 뿐이다. 신이 있다 해도 그는 스스로도 구제 할 수 없는 상태에 빠져 있을 것이다. 빈사 상태에 있는 파리를 쳐다보고 있는 멍청한 사팔뜨기같이, 이 세상을 어떻게 할 것인지에 대한 아무런 계획도, 그것을 어떻게 할 수 있는 의욕도 갖고 있지 않는 무기력한 신에게 있는 것은 고약한 의도뿐일 것이다.

겨우 존재하는 인간

할렐루야! 아멘! 부지런히 찬양하고, 기도하고, 애원하라, 그리하여 함구하고 있는 신의 침묵을 깨트려 보라, 그로부터 유감스러운 멸시의 침묵을 듣고 싶으면, 혹은 그의 하품을 느끼고 싶으면.

나는 내 몸을 으스스 떨리게 하는 기도와 합창 소리로부터 달아나기라도 하듯 걸음을 빨리한다. 그리고 구원으로부터, 무서운 구원의 약속으로부터 멀어진다. 나는 한 교차로 앞에서 멈춰선다. 드물게 빈 택시들이 지나가면서, 내 앞에 잠시 멈춘다. 운전사가 창밖으로, 마치 창문 안을 들여다보듯 나를 흘낏 쳐다본 후, 유령을 보기라도 한 듯 급하게 다시 출발한다.

내 곁으로 지나가는 사람의 형체들, 나는 이렇게 사람들 가운데서, 그들과의 해소할 수 없는 거리를 느낀다. 나는 신호등이 나타날 때마다 그곳에서 가만히 서서, 신호등의 파란불이 빨간불로 바뀌었다가 다시 파란불이 들어올 때 건넌다. 어떤 때는 신호등 불빛이 몇 번씩 바뀌어도 건너지 않는 경우도 있다. 도대체 내게 길을 건너 이 길이 아닌 또 다른 길을 간다는 것이 무슨 의미가 있는가?

어느새 나는 내가 와본 기억이 없는, 어떤 이슥한 곳에 이르른 것을 알았다. 그런데 그곳에, 어떤 남자가 가로등 불빛 아래에서, 전신주를 부둥켜안고, 몸을 흔들며 신음을 하고 있는 것이 눈에 띄었다. 처음에 나는 그가 땅에 단단히 박혀 있는 그 전신주가 쓰러지지 않도록 그것을 붙들고 있는 것처럼 생각했는데, 그 모습은 지구를 받치고 있는 아틀라스를 떠오르게도 했고, 누구나 다 아는 얘기인, 자신의 몸을 던져, 구멍이 뚫린 제방을 막아 조국을 구한, 네덜란드의 한 영웅적인 소년을 떠오르게도 했으며, 심지어는, 전신주를 숭배하는─신발을 숭배하는 집단까지 있는 마당에 전신주 숭배는 그다지 이상할 것도 없었다─, 약간 별난 이단 종파일 지도 모른다는 생각을 갖게도 했다. 그 광경은 내게 무한한 상상력을 자극하는 듯, 그가 그 전신주를 상대로 일종의 도착적인 적대 행위, 가령 성폭력을 가하고 있는 것인지도 모른다는 생각 또한 갖게 했다. 나는 그가 그 전신주를 어떻게 할 건지 끝까지 지켜보기라도 할 듯 그의 옆에 서서 그를 관찰했다.

하지만 그가 전신주를 부둥켜안고 있는 데에는 내가 생각한 그 어느 것도 아닌, 다른 이유가 있었다. 나는 그가 쓰러지려는 그의 몸을, 혹은 자아를 붙들고 있다는 사실을, 순간적으로 어려운 사고의 역전을 거친 후에야 이해할 수 있었다. 그런데 그는 내가 그 장면에 대한 이해를 끝내기도 전에 토사물을, 마치 그것이 전신주에 바치는 제물이라도 되는 것처럼, 게워 내기 시작했다.

그러면서 그는 뭔가 알아들을 수 없는 저주를 퍼붓고 있었다. 하지만 그의 경악스러운, 그 자신조차도 경악하게 할 것 같은 그 분노의 외침은 무거운 밤공기 속에서 너무도 공허하게 울렸다. 그런데 갑자기 그가 고개를 들더니 내가 옆에 서 있는 것을 알고 있었기라도 한 듯, 나를 노려보는 것이었다. 그는 섬광 같다고 하기에는 그 강렬함이 모자라는, 하지만 살기가 느껴지는 시선으로 나를 쳐다보았다. 하지만 나는 전혀 무섭거나 하지 않았다. 그의, 토사물이 묻어, 셀로판지 조각들을 붙여놓은 것처럼 번들거리는, 변변치 않은 얼굴은 그만 알 수 있는 어떤 고통으로 일그러져 있었다. 나는, 타인의 고통 속에서 내 만족의 원인을 찾곤 하는 나는, 팔짱을 낀 채로 그의 괴로운 몸부림을 감상했다. 그는 그것이 그를 불편하게 하고 화나게 하기라도 한 듯, 마치 개를 쫓을 때처럼 발을 들어 땅을 쿵 치며, 내가 그런 것에 눈 하나 까딱이나 할 줄 알고, 나를 노려보았다. 나 역시 잠시 그를 노려보다가, 내게는 누군가가 나를 보는 똑같은 방식으로 보는, 아주 오래된, 이제는 고칠 수 없게 된 습관이 있었다. 그가 시선을 내리깐 후에야, 그 꼴사나운 모습을 보지 않기 위해 눈을 돌렸고, 내 집을 향해 다시 발걸음을 옮겼다. 아니, 내 집을 향해 간 것은 아니었다. 그것은 훨씬 후의 일이었다. 그 순간에는, 나는 내가 조금 후, 아니면 한참 후가 있게 될, 나도 모르는 어떤 장소를 향해, 그곳을 행선지로 삼고, 나아가고 있었다. 사실은, 나아갔다고 얘기하지만, 그 근처를 맴돌고 있었다. 내게 있어 문제는, 항상 그것이 문제였는데, 내가 원하는 것이 무엇인지를, 그것을 알아야 하는 데 있어 가장 무거운 책임을 지고 있는 나 자신이 아무것도 모른다는 것이었다. 나는 내가 어디를 향해 가고 있는지도 몰랐다.

그런데 나는 얼마 지나지 않아, 누군가가 내 뒤를 밟고 있는 것을 느낄 수 있었다. 키가 작은, 가볍게 발을 저는 한 남자가 인적이 끊긴 거리를 따라 나를 향해 다가오고 있었다. 그는 일정한 거리를 사이에 두고 나를 따라오기 시작했는데 내가 보폭을 빨리하면 그 역시 보복을 빨리했다. 그는 마치 내게 꼭 해야 할 말이 있는 사람처럼 나를 뒤쫓아왔다. 나는 그를 따돌리기 위해, 점점 빠른 걸음으로, 결국에는, 뛰지는 않았지만, 거의 뛰다시피 하며, 그리고 왜 내가 이렇게 누군가에게 추적, 혹은 미행당하고 있는 신세가 되었는가를 생각하며, 동시에 누군가에게 쫓기고 있다는 사실에, 모호하게 감상적으로 되어, 그리고 누군가가 그것이 좋지 않은 목적이라 하더라도 나를 필요로 하고 있다는 사실에 나 자신이 중요한 인물로 여겨지기까지 하면서, 그가 별안간 내 뒤에서 나를 덮치지 못하도록 지그재그로, 아니, 실제로 그랬다기보다는 마음속으로 그러면서, 걷기 시작했다. 사실 나는 뛰고 있다는 기분에 젖어, 하지만 남들이 빨리 걷는 것 이상으로 걸음을 빨리하지는 못하면서, 걸었을 뿐이었다. 그것도 사실은 무척 느렸다.

나는 내가, 그가 무서워서 달아나고 있다는 인상을, 그에게보다는 내게 심어주지 않기 위해, 우리 사이의 거리가 좁혀지도록, 보폭의 완급을 조절하며, 그가 나를 따라오는 속도보다 조금 느리게, 걸어갔다. 그런데 정말 내가 무서워하지 않았던가? 실제로 나는 조금도 무섭지 않았다. 나는, 사람들이 나를 무서워하면 했지 내가 그들을 무서워할 사람이 아니었다. 다만, 어떤 무서움 앞에 직면했을 때처럼, 내 바지 속의 내 다리 두 쪽이, 아무도 눈치채지 못하게, 조금 후들거렸는데, 그것은 평소에도 곧잘 후들거렸고, 그래서 얼마든지 무서움과는 무관한 것으로 치부할 수 있었다.

그는 다리를 절기보다는, 다리를 저는 사람을 놀리고자 하는 의도로, 절름발이를 흉내 내는 것처럼 여겨지는 걸음으로, 그럼에도 본래 다리를 저는 사람이라는 것을 인정할 수밖에 없게 하는 걸음으로 나를 뒤쫓아 오고 있었다.

그런데 어느새, 그는 그 불편한 발걸음으로, 마치 무협 영화의 주인공처럼, 날아온 듯 내 앞에 와 길을 가로막았다. 조금 전, 전신주를 부둥켜안고 신음하고 있던 그 사내였다.

하지만 그는 가만히, 나를 우두커니 쳐다볼 뿐이었다. 그는 나보다 더 나이가 들었을 뿐만 아니라, 그 자신의 나이에 비해서도 더 나이가 들어 보였다. 하지만 그의 나이는 가늠하기 어려웠다. 그는 초라한, 한심하기 짝이 없는 몰골을 하고 있었는데, 그 모습은, 나는 저 정도는 아니겠지, 하는 생각을 갖게 했다. 결국 나는, 그를 피해 어떤 골목으로 들어갔고 그 끝에서 멈춰섰다. 하필이면 그것이, 내가 그 끝을 가로막고 있는 담장을 넘어가지 않는다면 더 나아갈 수 없는 막다른 골목이었던 것이다. 나는 나의 삶을 암시하는 그 은유적인 공간 속에 접어든 것이 자연스러운 것으로 느껴졌다.

"왜 나를 쫓아오는 거요?" 나는 꽤나 위협적으로 몸을 홱 돌리며 그에게 물었다.

"그건 당신이 내게서 달아났기 때문이오." 그가 변명을 하듯 대답했다.

나는 가로등 불빛이 그의 일그러진 얼굴 위로 떨어지고 있는 것을 볼 수 있었다. 그의 얼굴은 나를 구역질이 나게 했다. 나는 어쩌면 그의 얼굴에 내가 마신 술을 모두 게워낼 수도 있을 거라는 생각을 했다. 그는 내 앞으로 한 발자국 더 다가와 나를 노려보았다. 나는 그가 제정신이 아니라고 생각했는데, 그것이 나를 약간 두렵게 만들었다.

"내가 무섭소?" 그가 물었다. 나는 아무 대꾸도 하지 않왔다.

"내가 무섭소?" 그가 또 물었다. 이번에도 나는 아무 대꾸도 하지 않았다. 그는 여러 번 동일한 질문을 했지만, 나는 대꾸할 필요성을 느끼지 못했는지, 아니면, 대꾸를 하지 않는 것으로 대답이 되었다고 생각했는지, 아무런 얘기를 하지 않았다.

"내가 무서운 모양이지." 그가 말했다.

"하긴 나도 내가 무서우니까"

나는 내게 약간 겁을 주고 있는 그가 마음에 들기 시작했다.

"나를 어떻게 할 생각이오?" 내가 말했다. 그는 내게서 무엇을 노리는 것일까? 나의 가여운 목숨을? 그것이라면 얼마든지 줄 수 있었다. 지금껏 가까스로 최악을 모면하는 방식으로 살아온, 이미 생이 내게 제공하는 과분할 정도의 영욕과 고통을 맛본, 그래서 나의 종말을 초래하는 일이라면 반갑게 맞이할 준비가 되어 있던, 그리고 내게 시시각각, 암암리에 닥쳐오고 있는 다양한 크기와 강도의, 나의 존재를 위태롭게 하는, 현세뿐만 아니라, 비록 그런 게 있으리라고 생각지는 않지만, 사후의 삶에까지 걸쳐, 각종의 운명의 짓궂음에 대비하고 있던, 그 위협들이 찾아오는 경우에는 피하지 않았으며, 다가오던 위협이 나를 피해 가는 경우 그것을 좇아가기도 하고, 심지어는 내가 상대해야 하는 위협을 스스로 만들어 내기도 하는 나는 전혀 당황하는 기색이 없이, 하지만 내심 조마조마한 마음으로 그를 쳐다보았다. 아니면 그는 돈을 노리는 것일까? 그것은 주기 힘든 것이었는데, 그때 내 수중에는 돈이라곤 집에 돌아갈 차비밖에 없었던 것이다. 물론 그것이라도 달라고 하면, 그때는 그것을 주고, 나는 집까지 걸어서 갈 수도 있었다.

그는 잠시 생각에 잠기는 것처럼 보였다. 나는 그의 손에 맡겨졌고 그는 나를 어떻게도 할 수 있는 것처럼 여겨졌다. 하지만 체구가 작고, 몸도 성하지 않은 것처럼 보이는 그는 나에 비하면 아이처럼 왜소했고, 오히려 그 상황에서 궁지에 몰린 것은 내가 아닌 그 사내처럼 보였다. 심지어 나는 본의 아니게 내가 그를 곤란한 지경에 몰아넣은 것 같은 생각마저 들었다.

"죽일까 생각 중이오." 그의 그 말을 듣고도 나는 별로 상관하지 않았다. 나는, 죽음이 내게 일어날 수 있는 가장 나쁜 일은 아니지, 하는 생각을 했다. 그는 오른손을 호주머니에 넣고 있었는데, 그는 그것으로 그 안에 언제든 그가 꺼낼 수 있는 칼이 들어 있다는 것을 알게 하려는 것 같았다. 나는, 나 또한 이럴 줄 알았으면 호주머니에 손을 넣고 있을걸, 하는 생각을 했다. 하지만 그 안에 칼이 있는지, 아니면 빈 주먹을 쥐고 있는지는 분명치 않았다. 그럼에도 나는 만약 내게 칼이 한 자루 있다면 그가 바라는 것을 할 수 있도록 그에게 그것을 빌려주고 싶었다.

"왜 날 죽이려 하는 거요?" 나는 그를 취조하기라도 하는 듯 엄중하게 질문을 던졌다. 나는 그가 어떻게 할지, 그리고 그가 어떻게 하는지에 상관없이, 혹은 그가 어떻게 하느냐에 따라 내가 어떻게 할지 두고 보고 싶어졌다. 그는 마침내 주머니에 넣고 있던 손을 꺼냈는데, 그것은 이상야릇하게도, 내게 마치, 호주머니 안에서 또 다른 손 하나를 꺼내는 것처럼 보였는데, 그의 엄지손가락에는 묘하게 생긴 손가락 하나가 더 달려 있었다. 나는, 그 손가락에서 눈길을 떼지 못하며, 아, 이게 말로만 듣던 육손이란 거구나, 하고 생각했다.

"궁금한 게 당연하오. 하지만 당신보다 더 궁금한 건 바로 나요." 나는 기분 나쁘거나 하지 않았다. 사실인즉, 내 정서적 변화의 소사를 통틀어 보아도, 기분 나쁜 일이 나를 기분 나쁘게 한 경우는 없었다. 오히려 나는 차츰 호기심이 동하는 것을 느꼈다.

잠시 우리는 아무 말 없이 서로를 바라보았다. 그는 어색한 표정을 지었고, 그 어색함을 씻기 위해 다른 표정들을 만들었지만 그 역시 어색해 보였다. 그는 어떤 의도도 가지고 있지 않은 것처럼 보였다. 아니, 어떤 의도가 있다 하더라도 그것은 그가 알 수 없는, 그로서도 어쩔 수 없는 것처럼 보였다. 나는 언젠가 내게 이런 일이 닥치리라는 것을 알고 있는 듯이, 체념한 듯한, 동시에 안도한 듯한 표정을 지었다. 어쩌면 나는 그만큼 누군가의 손에 의해, 쥐도 새도 모르게, 처치되기를 암암리에 기대하고 있었는지도 몰랐다.

그런데 그 역시 체념한 듯한 표정을 짓고 있었다. 나는 체념한 듯한 표정을 짓고 있는 그를 가만히 쳐다보았다.

"그런데 왜 당신은 비굴한 모습을 보이며 목숨만은 살려 달라고 사정을 하지 않는 것이오? 그러면 나는 전혀 망설이지 않고 당신을 쉽게 죽일 수도 있을 텐데."

그 말을 하면서 그는 정말 심각한 위험에 처한 사람처럼 당혹스러우면서도 두려운 표정을 지었다. 나는 그의 눈과, 그 눈에 씌워진 두려움을 보았다. 나는 그의 두려움을 통해 내가 그에게 불러일으킨 두려움을 이해했고, 그 이해된 두려움은 배가되어 나를 두렵게 만들었다. 하지만 그 두려움은 나를 좀 더 차분하게 만들기도 했다. 그러고 보면 나는 전혀 두렵지 않았는지도 모르겠다.

"돈을 원하오?"

그는 고개를 저었다.

"그럼 원하는 게 뭐요?"

"원하는 건 아무것도 없소."

"그러면 나를 죽이면 당신한테 무슨 혜택이 돌아갈 것 같소?"

나는 내가 평소의 내 모습으로 내가 알고 있는, 그러니까 비굴한 모습 대신 제법 당당한 모습을 보이고 있는 것을 알아챘다.

"감히 장담하건대 이제껏 나는 어떤 혜택을 바라고 무얼한 적은 단 한 번도 없소."

또다시 우리는 잠시 서로를 노려보았다. 하지만 나는 그의 혼란스러워하는 시선을 견딜 수 없었고, 그래서 눈을 감았다. 그런 시선은 나 또한 혼란스럽게 만드는 것이었다. 그는 아무런 말도 하지 않았고, 내게 어떤 짓도 하지 않았다. 마치 조용히, 소리가 나지 않게, 그 모든 것을 없었던 일로 하고, 가버린 것처럼 여겨졌다. 나는 그가 내게서 멀어져가는 발자국 소리를 들은 것처럼 느껴지기까지 했다. 하지만 잠시 후 내가 눈을 떴을 때 그는 그대로 서서, 고개를 떨군 채로 시선을 내리깔고 있었다. 그는 당장에라도 주저앉아, 무릎을 꿇고, 그를 죽여달라고 애원을 하기라도 할 것처럼 보였다. 그는 생김새도 볼품없었지만 그보다도 더 초라한 것은 그의 영혼처럼 여겨졌다.

"애초부터 당신을 죽일 생각 같은 것은 없었소."

그의 표정이 갑자기 몹시 일그러졌다. 그리고 그는 말을 잇지 못했다. 갑자기 그의 딸꾹질이 시작된 것이다. 안에 든 것을 모두 비워낸 그의 빈속이 그에게 딸꾹질을 강요하고 있었던 것이다. 그는 격렬하게, 거의 격정적으로, 그것을 보고 있는 나까지 목이 메이게 딸꾹질을 했고, 말을 제대로 잇질 못했다. 그가 말을 꺼내려 하면 딸꾹질이 마치 그것을 뜯어말리려는 것처럼 일어났고, 그가 하려던 말은 딸국, 이라는 무의미 철자 속에서 분해되어 사라져 버렸다. 그럼에도 그는 자기가 하려는 말로 딸꾹질을 멎게 하려는 듯 계속해서 얘기를 이었다. 그것은 마치, 그의 안에서 딸꾹질과 그가 하려는 말과의 상대의 항복을 받아내기 전에는 끝나지 않을 어떤 싸움이 시작된 것처럼 여겨졌다.

"누구―딸국, 누구―딸국……"

나는 딸꾹질을 멈추기 위한, 감동마저 느껴지는, 그의 눈물겨운 노력을, 저러다가 그의 숨이라도 멎지 않을까, 하는 안타까운 심정으로, 지켜보았다. 나는 내 마음에, 나로서는 보기 드문 연민의 감정이 발생하려는 것을 알아차리고는, 일찌감치 그것을 차단했다.

"잠시 숨을 멈추고 있도록 해봐요."

그는 숨을 멈췄고, 거의 삼 분이 지나서야, 아주 희미한 마지막 딸꾹질을 끝으로 그의 딸꾹질은 영원히 멈췄다. 아니, 내게 그런 생각이 드는 순간, 영원히 멈춘 것으로 여겨지는 그 딸꾹질에 이어, 다시금, 딸꾹질에 마침표를 찍는, 마치 부상을 입고 쓰러진 딸꾹질이 최후로 내는 소리처럼, 완전한 딸국이 아닌, 따구, 하는 불완전한 소리가 났고, 그것으로 그의 딸꾹질은 영원히 그쳤다. 아니, 목구멍 깊은 곳에서 그의 딸꾹질은 최후의 저항을 하고 있었는지 모르지만, 그 소리는 들리지 않았다.

"누구를 죽이는 일 따위는 다시 저지르고 싶지 않소."

"아니, 그렇다면 이전에 누구를 죽인 일이 있단 말이오?" 나는 이제 나의 호기심이 거의 통제력을 잃어가고 있는 것을 느낄 수 있었다.

그는 고개를 끄덕였다.

"그러니까 나는 살인자요."

그는 면목이 없는 듯 고개를 떨구며 말했지만, 이상하게도 그가 살인자라는 생각이 내게서, 연민이라곤 없는 내게서, 그에 대한 연민을 일으켰다. 그가 사악한 인간이라는 사실이 내 마음을 놓이게 했다. 나는 그를 그윽한 시선으로, 정감 어린 눈초리로 바라보았다.

"당신은 그런 일을 저지를 사람처럼 보이지 않는데요." 내가 말했다.

"내 말을 믿지 못하겠다는 거요?" 그는 화가 난 듯 말했다.

"아니, 한편으로는 그러고도 남을 사람처럼 보이기도 해요."

"나는 단지 당신과 얘기를 하고 싶었을 뿐이오. 내게는, 아무에게도 털어놓은 적이 없는 어떤 감정이 쌓여 있소. 그 쌓인 감정이 나를 조금씩 썩게 만들고 있소. 그래서 그것을 누군가에게 털어놓지 않고는 견딜 수가 없었소. 이상하게도, 오늘 당신을 처음 보았지만, 당신이 내가 토하고 있는 것을 바라보는 것을 보면서 어쩐지 당신이라면 그 얘기를 들어줄 것 같았소."

"나의 어떤 점이 당신으로 하여금 그런 생각을 갖게 했단 말이오?" 내가 물었다.

"그건 잘 모르겠소. 어쩌면 당신이라면 내 요구를 들어줄 것 같았고, 나의 그 생각이 틀리지 않을 것 같았소."

그는 실로 난감한 표정을 지었고, 나 또한 그게 재미있어 보여서 그랬는지, 아니면 다른 좀 더 심각한 이유에서 그랬는지, 마찬가지로 난감한 표정을 지었다. 하지만 그는 내가 그의 표정에 신경을 쓰는 것만큼 내 표정에 신경을 쓰는 것 같지는 않아 보였다. 그게 아쉽긴 했지만, 나는 거기에 대해서는 아무 말도 하지 않았다.

"내가 어떻게 하면 되는 거요?"

"내가 과거에 누구에게도 얘기한 적이 없지만, 지금 누구에게든 얘기하지 않고는 배길 수 없는, 나 자신에 관한 얘기를 하는 대가로 당신은 내가 하는 얘기를 들어주기만 하면 되오. 제발 그렇게만 해주시오. 부탁이오."

나는 누군가가 내게 자신의 감정을 토로하는 것을, 특히 술을 마신 후, 뱃속의 꾸물거리는 것들을 게워 내듯, 과장되게 털어놓는 것을 듣는 것을 참지 못했다. 하지만 그의 요구의 무례함과 그 요구를 말하는 그의 태도의 정중함이 나로 하여금 그 요구를 들어주고 싶게 했다. 그리고 이상하게도 그 사내의 얘기라면 들어줄 수도 있을 것처럼 생각이 들기 시작했다. 어쩌면 그가 자신은 살인자라는 얘기를 떳떳하게 내 앞에서 했기 때문이었는지도 몰랐다. 그리고 살인의 경험은 누구나 갖고 있는 것이 아니었다.

그는 마치 꿈을 꾸고 있는 것처럼 얼빠진 표정이었는데 꿈속에 등장하는 어떤 사람에게 얘기를 하고 있는 것처럼 여겨졌다. 그의 얘기는 반드시 나를 겨냥한 것이 아닌, 그 자신의 독백처럼 들렸다.

"그 모든 것은 한순간에 일어났소. 그날 아침은 이상하게 시작되었소. 아침 식사 시간에 나는 내 아내가 차려준 밥에 죽은 파리가 떨어져 있는 것을 발견했소, 그것은 마치 나에 대한 경멸의 표시로 그녀가 내 밥 한가운데 그것을 숨겨놓은 것처럼 보였소. 컵은 이빨이 빠져 있었고 나는 그것에 입술을 베였소. 아내는 아무런 말 없이 그 모든 것을 물끄러미 지켜보고만 있었소. 마치 이제부터 그녀가 예상한 어떤 일이 일어나기를 참을성 있게 기다리는 듯 말이오. 나는 더 이상 식사를 할 수 없었고, 그래서 곧바로 집을 나왔소. 그날 밤늦게 내가 전도사로 있던 교회에 나왔던 한 교인 집에서 가정예배를 본 후 자정이 조금 넘어 집에 돌아왔을 때 집은 불이 꺼져 있었고 아내는 잠이 들어 있었소. 나는 한참 동안 잠이 든 그녀를 내려다보았소. 그녀는 깊이 잠이 들어 있는 것 같았소. 당시 나와 아내는 사이가 좋지 않았소. 뚜렷한 이유 없이 서로를 미워했소. 나는 아내를 깨우지 않으려고 조용히 거실에서 옷을 벗은 후 화장실에 가 세수를 마쳤소. 그런데 수건으로 얼굴을 닦은 뒤 그것을 거는 순간 화장실 벽에 박은 못에 걸려 있던 십자가가 못이 빠지면서 타일 바닥으로 떨어졌소. 십자가는 참나무를 깎아 만든 정교한 목공예품으로 본래 목사였던 내 아버지의 유품이었소. 바닥에 떨어진 십자가는 세공으로 다듬은 예수의 면류관 부분 반쪽이 부서져 떨어져 나가 있었지만 접착제로 다시 붙이면 될 것처럼 보였소. 우선 나는 십자가를 다시 걸어놓기 위해 베란다에 있는 연장함에서 망치를 꺼내와 화장실 문을 닫은 후 소리가 크게 나지 않게 못을 박았소.

그런데 그때 그 소리에 잠에서 깬 아내가 화장실 문을 열며 이 밤중에 도대체 무슨 짓을 하느냐, 고 했고 나는 못을 박던 망치로 아직 졸음이 완전히 달아나지 않았을 그녀의 머리를 내리친 것이오. 그 순간 나는 아무런 느낌도 갖지 못했소. 다만 내 영혼 속에서 십자가가 부서지는 소리를 들었소. 그녀는 외마디 비명도 지르지 못하고 고꾸라지더니 그대로 타일 바닥 위에 뻗어버리고 말았소. 그녀의 머리에서는 피 한 방울도 나지 않았소.

도대체 내가 무슨 짓을 했는지를 깨달은 나는 황급히 쓰러진 그녀의 상체를 일으켜 세운 뒤 그녀의 뺨을 몇 대 때렸으나 그녀는 아무런 반응을 보이지 않았소. 단지 그녀는 무척 놀란 눈으로 나를 쳐다보고 있었고, 그 눈에는 아무런 움직임이 없었소. 나는 그녀를 벽에 기대게 한 후 찬물을 그녀의 얼굴 위에 끼얹기도 했지만 그녀는 교회 안에 있는 성모상처럼 텅 빈 시선으로 앞쪽을 바라보기만 할 뿐이었소. 나는 그녀의 가슴에 귀를 대어보았지만 거기에서는 심장 박동이 전혀 느껴지지 않았소. 나는 그제서야 그녀가 단순히 기절한 것이 아니라 죽은 것이라는 것을, 그리고 그녀를 그렇게 만든 것이 이제는 그녀를 살려내려 하고 있는 바로 나 자신이라는 것을 깨달았소. 나는 무엇보다도 못을 박는 데 쓰이는 망치가 전혀 다른 용도로 쓰인 데 놀라움을 금할 수가 없었소. 그런데 갑자기 그녀가 전혀 얼굴은 움직이지 않고 내게 말하는 거였소.

모든 게 밉고 아니꼽게 보이던 당신에게서 개중 제일 덜 밉고 덜 아니꼽게 보인 게 뭔지 알아요? 그건 당신의 오른쪽 엄지발가락과 집게 발가락 사이에 난 무좀이었어요, 라고. 그녀는 나를 똑바로 쳐다보며, 아주 태연하게, 웃지도 않고 그 말을 한 뒤 숨을 거두었소.”

나는 잘 알아듣기 힘든 그의 말을 이해하기 위해, 자신의 이야기를 내게 이해시키려는 그를 도와, 모호한 점을 분명하게 하고, 필요한 질문을 간간이 함으로써 나 또한 그의 이야기를 올바르게 이해하려고 애를 썼다.

그런데 그에게는 내 비위를 상하게 하는 뭔가가 있었다. 그것은 그의 웃음이었다. 그는, 얘기를 하는 중간중간, 백치처럼, 하지만 백치라고 하기에는, 완전한 백치들에게서 보여지는 천진스러움이 모자라는 웃음을 터트렸는데, 그의 내부에서 정제되지 못한 감정의 발작 같은 그 웃음은 몹시 귀에 거슬리는 것이었다. 그 불완전 연소된 감정의 배출 같은 웃음은 그것의 소리뿐만 아니라 모습에 있어서도 기괴스러운 것이었다. 그가 웃음을 터트릴 때마다 입술은 경련을 일으키듯 묘하게 비뚤어졌다. 나는 그 웃음을, 그 웃음을 구현하는 입술을 짓뭉개버리고 싶은 충동을 느꼈다.

“나는 그녀를 팔에 안고 나 자신도 알아들을 수 없는 말을 지껄이기도 하고 기도문을 외기도 하고, 하나님께 기도를 드리기도 했지만 아내는 그 모든 것이 안중에 없는 듯 가만히 있었소. 점차 나는 제정신이 들며 내 팔에 안긴 그녀의 체온이 서서히 식어가며 몸이 굳어지는 것을 느낄 수 있었소. 잠시 나는 바닥에 주저앉은 상태로 이것은 사실일 수 없어, 라고 되뇌었지만 그것이 분명한 사실로 일어난 일이라는 것을 알 수 있었소. 나는 놀라움을 금할 수 없었소. 나는 내가 그런 짓을 저질렀다는 사실에, 그리고 그런 짓을 할 수 있었던 나 자신에 대해 놀라움을 금할 수가 없었소. 나는 그런 놀라운 짓을 한 나 자신이 너무도 놀랍게 여겨졌소. 그전까지, 누구도 내가 한 일에 놀라기는커녕 관심조차 두지 않았소. 나는 내가 그토록 놀라운 인간이라는 사실에 놀랐던 거요. 나는 몸을 일으킨 뒤 거울을 보았소. 그리고 거울 속에서, 공포영화에 등장하는, 끔찍한 일을 저지른 후 사람으로 변하는 야수의, 자신이 저지른 일에 치를 떠는, 두렵지만 만족해하는 눈을 보았소. 그 눈에서는 이상한 광채가 흘러나오고 있었소. 그것은 지옥의 모든 고통을 겪고 있는 악마의 눈처럼 보였소. 그 눈을 가진, 거울에 비친 악마는 바로 나 자신이었소. 하나님의 사도인 나는 그분의 가장 중요한 계율을 어긴 것이오. 그것은 용서될 수 없는, 그리고 용서되어서도 안 되는 죄였소. 나는 모든 살아 있는 존재의 저주와 이미 죽은 가장 사악한 악당들의 경멸을, 그리고 세상의 모든 증오를 받을 짓을 한 것이오. 어쩌면 나는 내게 그런 일이 일어날 줄 알았는지도 모르오. 내 내부의 어둠 속에 몸을 숨기고 도사리고 있던 악마가 내 존재의 약한 틈새로 뛰쳐나온 것이오. 내가 놀란 것은 나의 그 감추어져 있던 어두운 부분이 갑작스럽게 드러난 것에, 숨어 있던 악마가 끌고 나온 그 어둠을 목격했다는 데 있었소.

나는 그에게서 뉘우치는 기색을 눈곱만치도 볼 수 없었다. 이상하게도 그의 그 점이 내 마음에 들었다.

"그래서, 아내는 어떻게 되었죠?" 내가 물었다.

"나는 다시 그녀를 내려다보았소. 그녀는 평소 나를 볼 때처럼 시무룩하고, 언짢고 불만스러운 표정으로 나를 보고 있었소. 그녀의 차가운 표정과 경악으로 일그러진 모습은 내 안에서 그녀에 대한 증오를 다시 들끓게 했소. 그녀가 나를 경멸하고 있다는 것은 죽은 후에도 아직 떠져 있는 그녀의 쏘아보는 듯한 눈에서도 느껴졌소. 그녀의 헤벌어진 입술은 내게 이렇게 말하고 있는 것처럼 보였소. 〈도대체 내게 무슨 짓을 한 거야? 어째 역할이 뒤바뀐 것 같지 않아? 이런 짓은 당신 자신한테나 해야 어울리는 거야. 당신은 상대를 잘못 선택한 거라고!〉

나는 생각을 했소, 경찰에 신고를 하는 거야, 이런 일을 알아서 처리해 주는 것이 경찰이야. 나는 거실로 가 전화기를 들어 번호를 눌렀지만 두 자리를 누른 전화기를 도로 내려놓았소. 나는 감옥에 가는 것이 두려웠소. 아니, 그렇지도 않았소. 아니, 사실은 잘 모르겠소. 나는 잠시 멍한 상태에 있다가 마침내, 아내의 시체를 어떻게 처리해야 할지를 생각했소.

하지만 그 후 내가 한 일과 관련해서 나의 기억은 기억 자체의 불완전성을 드러내고 있소. 그날 새벽, 나는 그녀의 시체를 처리하는 대신, 무작정 집을 나왔고, 거리를 배회하다가 아침 일찍 영화관을 갔소. 나는 영화를 그다지 좋아하진 않지만, 그 순간에만큼은 어떤 영화든, 아무리 저질스럽고 무료한 것이라 하더라도 무척 몰두해서, 감명 깊게 볼 수 있을 것 같았소. 또한 이후에 경찰에 살인범으로 체포되어 진술을 해야 할 때, 살인을 저지른 후 아침 일찍 극장에 가 제목도 기억이 나지 않는 영화를 보고 있었죠, 라고 말할 수 있기 위해서였소. 그건 어쩐지 그럴듯하게 여겨졌소. 물론 그것은 영화관에서, 아무리 해도 집중할 수 없는 영화를 보며 생각해 낸 것이었소. 그런데 그날 오후 내가 다시 집에 들어갔을 때 그녀의 모습은 보이지 않았소. 죽은 그녀가 어디론가 없어진 거였소.

"그럼 아내가 죽은 게 아니란 말이오? 그러니까 당신은 아내를 죽인 게 아니란 말이오?" 나는 실망을 감추며, 완전히 감추지는 못하며 말했다.

"어디서 어디까지가 사실이고, 어디서 어디까지가 거짓이며, 어디서 어디까지가 거짓에 가까운 사실이고, 어디서 어디까지가 사실에 가까운 거짓이오?"

"처음부터 끝까지, 모두가 사실이오."

"그래서 당신 아내는 어떻게 되었소?"

"마치 그녀가 다시 살아나기라도 한 듯 없어진 거요. 마치 수수께끼처럼 여겨지지 않소? 아내의 살해와 관련해 가장 기이한 것은 바로 이 부분이오. 그녀 자신이 수수께끼가 된 것처럼 여겨졌소. 그리고 그 뒤로도 그녀로부터는 어떤 소식도 없었소. 그런데 죽은 아내보다 죽지 않은 아내가 나를 더욱더 두렵게 했소. 그날 밤 나는 수없이 잠에서 깼소. 두려움 때문이었소. 그것은 내 집에, 옆에 누군가가 있기 때문도, 죽은 아내가 다시 살아 돌아와 내 옆에 있는 것처럼 느껴졌기 때문도 아니었소. 그것은 아무도 없기 때문에 느끼는 두려움이었소. 나를 두렵게 만든 것은 거실의 어둠에 잠긴 절대적인 공허와 침묵이었소. 그것은 죽은 사람이 누워 있을 묘지의 침묵을 연상시켰소. 나는 그 집 안에 있는 물건들, 가령, 시장을 본 뒤 구입한 물건들의 가격을 적은 가계부의 볼펜 자국, 깨끗이 씻은 그릇들이 가지런히 놓여 있는 찬장, 그 모든 곳에서 그것들 위로 스친 아내의 손길을 느낄 수 있었고, 그 모든 것들이 내게 두려움을 불러일으켰소, 결국 나는 그다음 날 그 집을 영원히 나올 수밖에 없었소.

그 후로 나는 다른 뭔가를 해야 했지만 다른 어떤 것도 하지 않았소. 어떤 일도, 내가 그것을 해주기를 바라는, 어떤 일도 없었소. 나는 아무것도 하지 않고, 자신의 삶에 대한 태만 속에서만 살기로 작정을 했소. 나는 삶을 잠정적으로 중단시키기로 한 거요. 그리고 나는 나의 시간을 잠재웠고, 깊이 잠든 시간 속에 빠져 있었소. 그런 식으로 오랜 시간을 보내게 되자, 이제는 정말 아무것도 할 수 없게 되었소. 그래서 밤이면 언제나 그렇게 술을 마시고 있다오."

설명할 수 있는 어떤 뚜렷한 이유도 없이, 점차 그 사내와 함께 있는 것이 참을 수 없어졌다.

나는 그의 얘기가 끝난 것으로 알고, 왜냐하면 그는 한참 동안 어색한 침묵에 잠겼기 때문에, 이제 가도 되겠냐고, 공손하게 물었다. 그는 아무 대답이 없었다. 나는 자리에서 일어났다. 그런데 내가 채 몸을 일으키기도 전에, 그는 손가락이 하나 더 달려 있는 그의 손을 뻗어 내 옷자락을 잡았다. 하지만 나는 그의 손을 뿌리치고 일어났다. 기분 나쁜 짧은 순간이, 다시 서로를 노려보는 우리의 시선 사이를 지나갔다. 그 순간, 어떤 욕망이 작은 목소리로 내 영혼에 속삭였다. 나는 내 안에서 조금씩 소용돌이치며, 점차 팽배해져,

파열을 준비하는 어떤 기운을 느꼈다. 나는 어떤 고상하지 못한 욕구에 내가 휩쓸리는 것을 느꼈지만, 그것에 저항하는 대신, 저항하는 것을 포기한 채로, 나를 그것에 맡겼다. 나는, 이래서는 안 되는데, 이럴 필요까지는 없는데, 하는 생각을 하며, 허리를 구부려 땅바닥에서 돌멩이 하나를 쥐어 그의 뒤통수를 내리쳤다. 그는 끽, 소리 한마디 하지 못하고, 땅바닥에 뻗어버렸다. 그것은 내가 기대하지 않은 어떤 것이었다. 나는, 그가 그의 아내를 그렇게 한 이유 또한 내가 그를 그렇게 한 것과 다르지 않을 거라는 생각을 했다. 그는 죽은 척하고 있는지, 아니면 정말 숨이 끊어졌는지, 숨을 멈추고 있었다. 그는 내 생각에, 죽어가고 있다는, 기분 나쁜, 하지만 그렇게 나쁘기만 한 것은 아닌 느낌을 들게 하며 죽어가고 있었다. 나는 그를 그대로 내버려 두고 그곳을 떠났다. 하지만 몇 발자국도 떼지 않았을 때 다시금 알 수 없는 욕망이 나를 정복했다. 나는 그에게로 돌아가, 그의 몸 위로 몸을 숙여, 그의 목을 졸랐다. 나는 그가 숨을 멈출 때까지, 나 역시 숨을 쉬지 않고, 이를 악물고, 나 자신을 척결하는 심정으로, 경건하게 종교적인 의식을 거행하듯, 세상의 모든 살인자들의 고뇌와 망설임을 느끼며, 동시에 딴전을 피우듯 하며, 호의를 베푼다는 생각으로, 나의 불구적인 욕망을 비틀듯, 하지만 점차 내게서 빠져나가려는 의지를 붙들어, 그것을 유지시키며, 안간힘을 다해, 그의 목을 졸랐다. 나는 그를 처치하는 데 수고를 아끼지 않았다. 나는 그가 숨을 멈춤으로써, 이제는 됐다는 것을 표현한 후에도 계속해서 그의 목을 누르고 있던 내 손을 풀지 않았다. 그는 도마 위에 올려놓은 생선처럼 파닥이더니 결국 조용해졌다. 나는 흥분이 되었고, 심지어는 발기까지 되는 것을 느꼈다. 나는, 고조된 열망 속에서만 실재하는 이 살의만큼 욕정적인 것은 없구나, 라는 생각을 하기도 했다. 나는 그 순간에 몰입했다. 그 순간에는, 그 순간의 나의 행위에는 몰입하게 하는 어떤 것이 있었기 때문이다. 매사에 머뭇거리는 내가 그 순간 그토록 가차 없을 수 있었다는 사실이 나를 놀라게 했다. 나는 내가 알지 못한, 내가 누리지 못한 나의 어떤 특성을, 면모를 맛볼 수 있었던 것이 기뻤다.

그것은 사실이 아니었다. 그것은 마치 어떤 연극 같았다. 모든 것은 연극에 지나지 않았다. 그리고 그 모든 것은 예정된 것이었다. 나의 모든 행위는 나의 운명의 대본에 쓰여진 지문에 불과했다. 나는 우리 모두의 영혼에 잠재적으로 존재하는 하나의 의지를 연기한 것이다. 하지만, 그것은 실제로 일어난 사실이었고, 내게 사실로써 다가왔다. 나는 아직 따스한, 쓰러져 있는 그의 얼굴을 쓰다듬었다. 어쩌면 이건 그 역시 원하던 것이라는 생각이 들었다. 그의 모습을 향해 내가 만족스러운 미소를, 말할 수 없는 만족을 드러내는 미소를 띠었는지는 잘 기억이 나지 않는다. 하지만 나는 만족스러울 때에도 미소를 띠거나 하는 일은 없었다. 언제나 나의 미소는 나의 만족의 정도와는 상관없이, 나와는 동떨어져, 자포자기적으로 생겨났다.

나는 이 모든 것은 시시한 궤변일 뿐이야, 라고 소리를 쳤고, 그 표현 어딘가가 마음에 들지 않아, 잠시 생각 끝에 신의 시시한 궤변일 뿐이야, 라고 다시 소리쳤지만 여전히 마음에 들지 않았다.

나는 그의 목을 조른 내 두 손을 쥐었지만 그것은 내게 아무런 느낌도 전달해 주지 않았다. 그리고 나는 생각했다. 이건 별로 유쾌한 기분이 아니었어, 라고. 나는 고개를 흔들며 이 모든 것이 그의 그 기분 나쁜 웃음과 묘하게 생긴 손가락 때문이야, 라고 중얼거렸다. 나는 나의 그 사소한 불가피한 죄악의 일차적인 원인을 그에게 귀속시켰다. 물론 그것은 근거 없는 생각이었다. 하지만 그 순간에 그것 이상의, 내 행위의 근거를 찾을 수 있는 것은 없었다. 충분한 이유가 되지 않는 그것만으로도 충분한 이유가 된 것처럼 여겨졌다, 내 안에서는, 무슨 일이든, 아무런 근거 없이 일어날 수 있는 나의 두려운 내부에서는. 아마 어떤 이유도 없었을 것이다. 나는, 거기에 반드시 이유가 있어야 하는 것도 아니라는 생각을 했다. 그리고 어쩌면, 그것은, 존재에 이유가 있는 것은 아니라는, 나의 인식으로부터 연역된, 그 인식이 예증된 하나의 사례로 파악될 수 있는 것인지도 모른다는 생각을 했다. 어쩌면 그것은 내가 그것에 대한 파악을 마쳤다고 생각하는 순간 허물어져 버리는 어떤 이유일 수도 있을 것이다. 어쨌든 내가 마지막으로 그 장소를 떠나기 전에 생각한 것은, 그 사내 덕분에 나의 곤란한 밤 시간 일부를 보낼수 있었다는 사실에 만족스러운 기분이었다는 것이었다. 그리고 나는 길을 걸으면서 이건 오늘 일어난 가장 기억할 만한 일이었어, 라는 생각을 했다. 그런데 과연 그것이 기억할만한 일이었는가? 나는 곧 그 일을 잊게 될 것이다. 그 일에 대한 기억이 없어지며 그날 또한 없었던 것과 마찬가지가될 것이다. 나는 어둠 속에서, 그 어둠 속에, 조금 전의 위험한 장면 속의 생존자인 나를 인도하는 뭔가가 있기라도 한듯, 그 무엇을 내가 따르기라도 하는 듯, 저절로 발걸음이떼어지는 것을 느꼈다. 하지만 멀리 벗어나지는 못했다. 근처를 서성거렸을 뿐이다. 다리가 후들거렸다. 나는 그 장소를맴돌았다. 왔다 갔다 했다. 아마 누군가가 나를 발견해 주기를, 그래서 내가 저지른 일의 대가를 지불받게 해주기를 기다렸는지도 모르겠다. 하지만 한참이 지나도 아무도 나타나주지 않았다.

결국 나는 그가 있는 곳으로 다시 돌아갔다. 그는, 내가 마지막으로 보았을 때 그대로, 쓰러져 있었다. 나는 죽은 그를 치우려고도, 치워야겠다는 생각조차 하지 않았다. 그는 그냥 쓰레기처럼 보였다. 이상하게도, 내가 저지른 살인의 증거를 그대로 보존하고 싶었다. 결국 나는 그를 어떻게 할까 고민한 끝에 그를 근처에 있는, 쓰레기장은 아니지만 쓰레기가 쌓여 있는 곳으로 끌고 가 그곳에 버렸다. 근처에 쓰레기장이, 아니면 시궁창이 있었다면 그곳에 내다 버렸을 것이다.

　　집에 돌아왔을 때 내 온몸은 흠뻑 젖어 있었다. 나는 화장실에 가 살이 데일 것 같은 뜨거운 물에 샤워를 하고 나왔다. 집 안은 더 이상 보지 않는 책들과 더 이상 필요로 하지 않는 옷들, 더 이상 듣지 않는 음악 테이프들, 그리고 더이상 견딜 수 없는 다른 물건들로 가득 차 있었다. 나는 그 쓸모없는 물건들과 함께 시간이 아닌 그것의 그림자에 지나지 않는 공간 속에 체류하고 있을 뿐이었다.

　　이제 나는 거실의 소파에 앉아 있다. 바깥에 자동차가 지나갈 때마다 그것의 헤드라이트 불빛이 창문으로 들어와 방 안을 잠시 엷은 빛으로 채운다. 그때마다 벽에 비친 나의 그림자가 소파 위에 꼼짝 않고 앉아 있는 나의 존재를 잠시 확인시켜 준 후 지우곤 한다. 그 빛의 명멸 속에서 나는 잠시 존재를 꿈꾸지만 곧 더 깊고 견고한 부재 속에서 사라지고 만다. 어둠 속의 침묵은 더욱 무겁게 느껴진다. 이 침묵의 무게에 나는 움직일 수조차 없다. 나는 어두운 유리창에 비친 나의 모습을 바라본다. 나는 나의 움직임 속에서도 살아있지 않다. 유리창에 비친 나는 이미 죽은 나이다. 나는 부재 속에서 존재하고, 그 부재는 나의 삶의 환경이다. 나는 침묵으로, 어둠을 향해, 그것을 떨게 하는 비명을 지른다. 벙어리처럼. 그리고 나는 그 메아리를, 어둠의 웃음을 듣는다. 그것은 나를 그 순간 착란하게 한다. 나는 어둠 속에서, 내 손끝에 만져지는, 보이지 않는 사물들을 하나씩 손아귀에 넣고, 힘을 주어 눌러 해치운다.

밤이 깊어지면서 비가 내리기 시작한다. 빗소리에 실린 저 멀리 아득한 곳에서 들려오는 밤의 고독한 소음들. 나는 베토벤의 피아노 삼중주 제5번 라르고 '유령'을 턴테이블 위에 올려놓는다. 유령의 모습을 한, 어쩌면 유령으로 살았을 베토벤, 나는 내 거실 벽에 있는 그의 데스마스크 사진을 바라본다. 죽은 자의 모습을.

바깥의 빗줄기가 조금씩 굵어지며 비는 실내의 음악을 침수시키며, 유령들의 맨살을 젖게 하고 있다. 음악이 멈춘다. 나는 이 닫힌 공간의 점점 불어나는 침묵 속에 침수되어 간다. 침해할 수 없는 고요 속에서 나는 그것에 심각하게 연루되어, 그것의 일부로 포함되고 동조되어, 마침내는 나 자신 또한 고요를 발산하는 침묵으로 응결되고 있다.

이 오래된 피로, 나는 그것을 거울에 비춰볼 수도, 손으로 매만질 수도, 그것을 내 몸에서 분리해 낼 수도 있을 것 같다. 나는 나의 몸 세포 하나하나를 압정으로 박은 듯한 피로를, 나를 유지하는 데 필요한 분량의, 세례와도 같은 피로를 느낀다. 금속의 피로를.

나는 어둠 속에 누워, 무덤 속의, 죽은 지 오래된 시체들이 느낌직한 공허를 느낀다. 언제나 나는 이 시간이면 공허 속에서, 소스라치는 마음으로 죽음을, 안온하고 감미로운 죽음을, 벌써 돛을 달고 출항하고 있는지도 모르는 죽음이라는 배에 실린 나를 생각한다. 내가 내게 가해지는 내 모호한 삶의 둔중한 무게를 정밀하게 느끼며, 시간 속에서 무로 환원되기 전 흔적으로 남아 있는, 성장도 퇴화도 오래전 멈춘 내 존재를 인지하는 것은 그 공허 속에서이다. 이 시간에 나와 함께하는 것은 사고의 유해, 몽롱한 슬픔과 권태와 불안, 그것들을 수식하기 위한 분명치 않은 언어들, 그리고 나의 육체에서 흘러내리는 피로와, 그 아래에서 피로를 무겁게 느끼고 있는 소파뿐. 무너진, 과거라는 시간의 더미 속에서 발견되는 바스러진 회상들, 환멸의 힘을 빌리지 않고는 서술될 수 없는 욕망들, 내가 오용해 왔고, 그 폐해가 사고에까지 전달되었던 이성의 언어들, 그것들은 더 이상 내게 남아 있지 않다.

이 모든 삶의 소박한 실재를 좀 더 관대하게 수용할 수만 있다면 좋으련만, 나는 그러질 못한다. 과거의 어느 때에도 그것이 가능했던 적은 없었다. 나는 언제나 삶의 부인 속에서, 그 부인된 삶이라는 거대한 궁지 속에서만 살아올 수 있었다. 그것은 앞으로도, 내가 살아 있는 한 달라지지 않을 것이다. 내가 아는 것은 그것뿐이다.

아침이면 떠오르기를 주저하면서도, 그 지루한 되살아남을 반복하는, 어둠 위로 퍼져가는 태양의 빛이, 그것이 밝혀주는 세상을 열면 또다시 공원에는 사람들이 찾아오고, 그 사람들 가운데서 나의 모습은 발견될 것이다. 낮이면 나는 공원의 벤치 위에서, 그곳 외에는 이 세상에서 내가 갈 수 있는 곳이라곤 없는 듯, 언제든, 언제까지나, 내 초라한 몰골의 영혼을 두 손으로 감싼 채, 내 우울한 삶의 시초부터 나와 함께한 권태와, 새롭게 나를 차지해 버린 불안 속에서, 존재의 진부함을 뼈저리게 느끼며, 앉아 있을 것이다. 나는 벤치에 앉아, 그토록 오랫동안 이 벤치에 앉아 있으면서, 과연 내가 무슨 생각을 그렇게 했던 것일까, 생각이라고 할 만한 어떤 것을 했던 적이 있었던가, 하는 생각을 하거나, 아니면 지나간 시간의 덧없음과 앞으로 닥쳐올 시간의 부질없음을 되새기고 있을 것이다. 그리고 내가 벤치에 앉아 있는 동안, 낮의 길이가 가장 짧은 지금, 해는 일찍 질 것이고, 그러면 나는 자리에서 일어나 집을 향해 걸음을 옮길 것이다. 그렇게 하루가, 무서운 하루가, 소름 끼치는 일상의 모습으로 또다시 나를 찾아오고, 내가 그 하루의 어떤 곳에서 숨을 곳을 찾는 사이에 아무렇지 않게 지나갈 것이다. 그리고 그 하루 동안 허무를 극복하려는 나의 모든 노력은, 물론 그러한 노력을 기울이지도 않을 테지만, 허무한 실패로 끝날 것이다. 그렇게 나는 전능한 시간이 나와 나의 종말과의 쉽게 좁혀지지 않는 거리를 좁혀가는 것을 보며 언제까지나 살 것이다. 저녁이면 해는 서쪽으로, 내 거실 창문에서 내다보면, 내가 사는 연립주택의 오른쪽 벽이 끝나는 곳에서 약간 떨어진 곳으로 질 것이다. 그리고 나를 잠에 들게 하지 못하는, 그리고 그 안에서 내가 잠들지 못하는 밤이면 고독하고 우울한 내 거실에 자리를 잡는 어둠 속에서, 시간의 어두운 계단 아래에서 웅크리고 앉아 내가 산책했던 오후의 공원의 나른한 길들 위를 서성거린, 하지만 해가 지며 어디론가 사라진 나의 그림자를 생각하며 잠을 청할 것이다. 하지만 아무리 애를 써도 잠에 들지는 못할 것이다. 이제 나는 나의 꿈속에서도 잠이 들 수가 없다. 나의 밤은 내가 눈을 감지 못하는 사이에 지나가 버리고, 나는 낮에 또한 잠이 들

수가 없다. 나는 잠을 잃어버렸다. 뭔가가 내게서 나의 모든 남은 잠을 걷어가 버린 것처럼 여겨진다. 그렇게 나는 삶이 라는 이 둔탁한 의혹과 모호한 환멸과 분명한 맹목성을 상 대로 지루한 싸움을, 패배할 수밖에 없는 싸움을 해나갈 것 이다.

　나는 나의 삶이 사후처럼 여겨진다. 어쩌면 그것은 내가 나의 삶을 의식하기 시작한 때부터 그랬을 수도 있지만, 그 러한 생각을 하게 되고, 그 생각이 머릿속에서 떠나지 않게 되면서부터 그러한 인식은 좀 더 참을 수 없는 것이 되었다. 오직 내게는 무감각한 시간의 자치 위에서 끝없이 회전하는 일상만이 있을 뿐이었다. 모든 것은 구름 속처럼 여겨질 뿐 이다. 하루, 일주일, 한 달이라는 단위의, 일정한 주기를 가 진 시간 속에서 사는 사람들은 그 시간이 경과하는 것을 의 식하지는 못하지만 어느새 계절이 바뀌고 해가 바뀌는 순 간에 자신이 달라져 있는 것을, 그리고 자신이 그의 삶의 다 른 지대에 와 있다는 것을-닳아버린 신발 밑창을 확인하 듯- 깨닫게 될 것이다. 하지만 나는 빙판 같은, 숫자판이 없 는 시계의 무한궤도 위에서 끝없이 미끄러지고 있는 것처럼 여겨질 뿐이다. 이곳은 시간의 흐름이라는 것이 없는 곳이 다. 나는 나의 미래가 아직도 내게 주려고 남겨놓은 것이 무 엇이 있는지에 대해 더 이상 궁금해하지 않는다. 그리고 나는 아무것도 기다리지 않는다. 나는 더 이상 나의 미래를 어디론가 실어 갈, 아직 도착하지 않은 화물선을 초조하게 기다리지 않는다. 그리고 그 기다림의 끝에 어떤 일이 일어나기를 기다리지도 않는다. 기다리는 것 외에 다른 아무런 할 일이 없게 되는 순간이 오기를 기다리지도 않는다. 다만 더 이상 기다릴 것이 아무것도 없게 될 순간이 오기를 기다릴 뿐이다. 그리고 그것은 나의 종말이다.

하지만 이미 나는 나 자신의 장례식을 치렀는지도 모른다. 이후의 나의 삶은 이전의 삶을 추모하는 것에 지나지 않는다. 나는 과거의 나였던 나와 미래에 된 나를 현재의 우울한 내 모습에서 떠올린다.

하지만 상관없다. 중요한 것은, 얼마나 남았는지 알 수는 없지만, 언젠가는 닥치게 될 나의 종말의 열락의 순간까지의 남은 시간을 착실히, 그리고 순순히 보내기만 하면 된다는 것이다. 그리고 이렇게 하루가 지나간다. 그만큼 나의 종말과의 거리가 단축되었으며, 그만큼 나의 남은 고통 또한 줄어들었다. 물론 그렇다고 그만큼 나의 만족 또한 커진 것은 아니지만, 아니, 어쩌면 나의 종말 또한 하루만큼 연기되었는지도 모른다. 나는 내 입가에, 어떤 알 수 없는 미소가 전율처럼 번지는 것을 느낀다.

나는 이 하루로부터 등을 돌려 벽 쪽으로 돌아눕는다. 아주 가까운 곳 어딘가에서 뻐꾸기가, 그것에 귀 기울이게 하는 또렷한 목소리로 우는 소리가 들린다. 나는 근처에 숲이라곤 없는 도심에서 그 소리를 듣는 것이 신기하거나 하지 않다. 그것은 내가 그것을 듣는 데 익숙한 소리로, 비록 내 상상 속에서는 그것은 울창한 숲속에서 들려오는 것이지만, 사실은, 내 거실의 벽에 걸린 뻐꾸기시계에서 나는 것이다. 날조된 자연의 소리. 나는 그것이 자정을, 하루의 몰락을, 알리는, 열두 번을 우는 소리를 들으며, 그것이 내 내부에서 장례의 검은 종소리로 울려 퍼지는 것을 느끼며, 눈을 감는다.

나는 눈을 감고, 하루의 종말의 시각에, 도대체 왜 또 이런 하루가, 기적과도 같은 하루가, 어디로 가는지도 모르게 지나가는지를, 또한 오늘 알지 못한 그 이유를 내일이 된다고 알게 될 리도 없다는 생각을 하며, 끝내 잠이 들지 못하며, 몸을 뒤척인다.

나라는 존재는 시간이라는 간수의 손에 의해 어제로부터 오늘로, 오늘로부터 내일로 끝없이 이감되고 있는 죄수일 뿐이다. 그것만이 내가 이 세상에 속해 있을 수 있는 방법이며, 동시에, 내가 그것과 무관하게 지낼 수 있는 유일한 방식인가? 이것이 이 세계의 원리이고, 그 원리를 수정할 수 있는 방법은 이 세계에는 없단 말인가? 아아, 삶의 끔찍함이

여, 그 끔찍함마저 없다면 단 한 순간마저도 살아 있기 힘든,
끔찍한 삶이여.

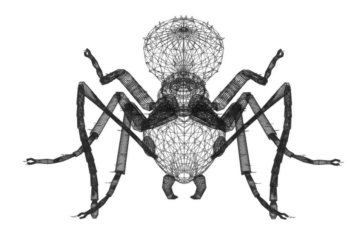

그들은 나를 키운 것이 아니라 사육한 것이었다. 그들과 함께했던 그 많은 시간에도 불구하고 우리 사이는 전혀 가까워지지 않았다. 오히려 우리가 함께했던 그 시간은 나와 그들 사이를 더욱 멀게만 만들었다.

환
멸

◆

오후에 어머니로 자처하는—나를 낳았으며, 언제나 내게 얘기를 할 때면, 엄마는, 어쩌구저쩌구, 하는 그 여자를 나는 이제 진짜 내 어머니로 믿게 되었다—여자가 왔다. 그녀는 한 달에 한 번 정도, 마치 고아원을 방문하는 것처럼 내가 사는 곳에 들른다. 그녀는 집에 올 때마다, 고아원을 방문할 때처럼, 그녀가 생각하기에 내가 필요로 하는, 하지만 나로서는 필요로 하지 않는 것들을 가지고 온다. 이번에는 그녀는 비타민을 가져왔다. 하지만 나는 비타민 같은 것은 먹지 않는다. 내가 초인종 소리를 듣고 현관문을 열어주자, 먼저 그녀는 나를 나무라기 시작했다. 전날 저녁 그녀가 전화를 해 내 집에 오겠다고 했을 때 내가, 집에 오는 것은 괜찮지만 내가 어머니를 반길 수 있을지는 모르겠다는 말을, 직접 하지는 않았지만, 충분히 그렇게 들릴 수도 있는 말을 했기 때문이다. 그것이 그녀를 섭섭하게 한 것이다. 하지만 곧, 나를 나무라는 게 소용이 없다는 것을 알고 있는 그녀는 한결 부드러운 목소리로 내가 더 야위어 보인다고 했다. 나는 그렇게 보일 뿐이며, 내 체중에는 변화가 없다고 했다. 지난번에 그녀가 마지막으로 집에 왔을 때 내가 그녀의 마음을 무척 상하게 했음에도 그녀는 그것 역시 염두에 두고 있지 않은 척을 했다. 그때 나는 그동안 내가 마음속에 늘 담고 있었지만 입 밖에 낸 적이 없는 얘기를 처음으로 해 그녀를 놀라게 했었다. 나는 그녀에게 나를 낳지 말았어야 했다고 했었다. 그게 무슨 말이니, 그녀가 말했다. 그건 나를 낳은 게 잘못이라는 얘기죠, 내가 말했다. 그녀는 그 말 역시 이해하지 못했다. 왜 너를 낳은 게 잘못이니, 그녀가 말했다. 나는 태어나고 싶어 하지 않았으니까요, 내가 말했다. 그때 나는, 그 사실은 자신으로서도 알지 못했다는 궁색한 변명을 하는 그녀가 몹시 무안해하는 것을 볼 수 있었다.

그녀는 집 안을 둘러본 후 먼지가 너무 많이 꼈다는 말을 했다. 그것은 그녀가 내 집에 오면 언제나 하는 말이었다. 그 말을 한 후 그녀는 내가 그녀 모르게 숨겨둔 진공청소기를 찾아내, 마치 집 안의 먼지가 그대로 두어서는 안 되는 어떤 것이라도 되는 듯 청소를 하기 시작했다. 이 방의 모든 것들이 너와 함께 죽어가는 것 같구나, 그녀가 말했다. 나는 내가 먼저 건드리지 않는 한 먼지는 내게 아무 짓도 하지 않는다는 말을 하며 청소를 그만두라고 했지만 그녀는 네 폐에도, 이렇게 먼지가 쌓여 있을 거다, 라는 말을 하며 집 안을 샅샅이 돌며 청소를 했다. 결국 나는 어쩔 도리가 없다는 것을 알고, 그녀를 돕기 위해 소파에 앉아, 그대로 가만히—그녀는 청소를 할 때면 늘 내가 가만히 있는 게 그녀를 돕는 것이라고 했다—이 집 안에서 나와 함께하는 먼지보다도 더 멀게만 느껴지는 그녀를 바라보며, 그녀가 끌고 다니는, 사물과 기계를 위한 진혼곡 같은 웅장한 소음을 내는 진공청소기 속으로 그동안 나와 함께해 왔던 먼지들이 힘없이 빨려 들어가는 것을 지켜보았다. 그리고 그 먼지가 어머니로부터 내가 지켜야 하는 어떤 것처럼 여겨졌지만, 나로서는 그것을 지킬 방법이 없었다. 나는 내 앞에 있는 그녀의 존재를 잊기 위해, 그녀로 인한 불편함을 씻기 위해 눈을 감은 채로, 청소기의 진동음을 느끼며 상상에 잠겼다. 나는 문득 그 진공청소기가 행성들을 흡수하는, 우주의 어딘가에 있는 블랙홀처럼 여겨졌다. 나는 상상할 수 없는 거대한 인력으로 행성과 은하계를 먼지처럼 그 안으로 빨아들이는 어두운 구멍을 상상했다. 진공청소기라는 블랙홀의 내부는 완전한 혼돈 상태일 것이다. 그 안에서는 또 다른 빅뱅이 준비되고 있고, 새로운 원시 은하계가 잉태되고 있는지도 모른다. 그리고 나는 그것의 연장선에 있는, 하지만 조금 다른 맥락의 상상 또한 했다. 나는 순간적으로 그 청소기 속으로 내 앞에 있는 나의 어머니가, 내가 보는 앞에서, 마치 마술에서처럼 사라져 버리는 상상을 했다. 나는 그 청소기 내부의 어딘가에 있는, 오랜 시간에 걸쳐 먼지가 쌓여 지층을 이룬, 대기 역시 뿌연 먼지로 뒤덮인, 먼지로만 이루어진 무척 부드럽고 포근한 느낌을 주는 행성의, 달 표면의 고요의 바다와 같은, 마찬가지로 먼지로 이루어진 사막이 있어 어머니를 그 부드러운 먼지의 표면 위에, 풀썩 먼지가 일도록 떨어트려 놓았으면 하는 상상도 했다. 물론, 먼지로 이루어진 그 행성에서는 먼지 청소는 가능하지 않으며, 그것에 대한 관념마저도 존재하지 않을 것이다. 하지만 그것은 불가능한 기대였다. 그녀는 사라지는 대신 집 안의 공기를 탁하게 하는 먼지들을 사라지게 했다. 어머니는 소파에 앉아 있는 나를 일어나게 해, 소파 밑에까지 청소기 튜브를 들이밀며, 내가 우주의 창조와 그녀의 낭만적인 실종에 대한 상상을 하는 것을 방해했다.

"무슨 생각을 그렇게 골똘하게 하며 바보처럼 그렇게 앉아 있는 거니?" 먼지에 대한 일제 소탕이 끝난 후 그녀가 미소를 지으며 물었다.

"어머니한테도 내가 바보로 보이나요?" 나는 어떤 표정도 짓지 않고, 그녀의 얼굴을 물끄러미 쳐다보며 되물었다. 어린 시절을 통해 나는 그녀와 그녀의 남편으로부터 내가 아이 같지 않고 어른 같다는 말을, 그리고 성인이 되어서는 어른답지 못하고 어린아이 같다는 말을 수없이 들어야만 했다. 그녀가 농담으로 한 말이라는 것을 알고 있었지만 그 사실이 순간적인 굴욕감을 완화시켜 주지는 못했다.

"넌 내가 아는 누구와도 닮지 않았어."

나는 화제를 돌려 요즘 아버지는 어떤지 물었다. 그는 이십 대 후반에 법의 집행자가 된 후 정년이 되어 퇴직할 때까지 법정을 떠나본 일이 없었다. 그것은 그가 법정에서 평생을 보냈다는 얘기였다. 그의 소심함이 그가 평생을 무사히 법정에서 보낼 수 있게 해주었지만 불행히도 결국 그 대가로 그가 얻은 것은 명예로운 퇴직과 반신불수와 치매였다. 너무 오랜 시간을 앉아 있어 더 이상 앉아 있을 수 없게 된 그는 이제 남은 인생을 누워서 보낼 수밖에 없게 되었다.

그는 한 점의 오점도 없었던 자신의 삶이 거대한 맹점 위에서 이루어졌다는 것은 모르고 있었다. 내가 알기로 그는 자신의 삶이 온전한 불구였다는 것에 대해 단 한 번도 크게 놀란 적이 없었다. 나는 그러한 아버지를 증오했는데, 아니, 증오하지도 않았는데, 그것은 그가 내게 어떤 아버지여서도,

종족 보존에 대한 그의 욕심을 채우기 위해 나를 낳았다는 이유 때문도 아닌, 내가 그 이유를 찾으려 하지만 아직까지 찾지 못한, 언젠가는 찾게 될 수도, 끝내 찾지 못할 수도 있는, 어떤 이유 때문이었다.

"늘 그대로란다. 더 좋아지지도 더 나빠지지도 않는구나."

"그건 아버지한테도 좋지 않은 건데요."

"네 얘기는, 아버지가 더 나빠져야 좋아지는 거란 말이냐?" 그녀는 슬픈 얼굴로 나를 쳐다보았는데, 그녀의 그 슬픈 표정은 그녀가 못마땅할 때나 마음이 상할 때나 실망스러울 때나, 슬플 때나 기분이 좋을 때나, 모든 경우에 그녀가 짓는 그녀의 유일한 표정이었다. 그렇게 그녀는 슬픔으로 자신의 얼굴을 치장하기를 좋아했다. 내가 결코 좋아할 수 없는 그녀에게서 가장 참을 수 없는 것이 그녀가 드러내는 그 노골적인 슬픔이었다. 그런데 내가 참지 못하는 것이 그녀가 슬픔을 노골적으로 드러내는 것인지, 아니면 그녀가 노골적으로 드러내는 슬픔인지는 분명치 않다.

며칠 전 오후 늦게, 어머니로부터, 아버지가 유언을 남기고 싶어 한다는 말을 들었을 때, 나는 다른 무엇보다도, 이제 드디어 그가 죽게 된 것이로구나, 하는 생각을 하며 설렘과 기대에 부풀어, 그가 있는 집으로 향하는 택시 안에서도, 그 택시가 휴일의 텅 빈 도로를 전속력으로 달리고 있음에도 불구하고, 이 택시는 왜 이렇게 느리게 가는 거지, 하는 생각을 하기도 했다. 하지만 그의 집 앞에 도착해 초인종을 누르면서, 이번에도 그의 죽음이 무위로 끝나 나로서는 실망할 수밖에 없을지도 모른다는 한 가닥의 우려 또한 금할 수가 없었는데―그동안 두 번, 새벽녘에 내가 가까스로 잠이 들려고 하는 순간, 그가 위독하다는 연락이 와서, 달려갔지만, 나는 그가 언제 그랬냐는 듯이, 힘이 넘치는 목소리로, 등이 간지러워 머리가 돌 것만 같구나, 다리가 저려 심장이 멎을 것만 같구나, 하는 말을 하는 것을 듣고 돌아올 수밖에 없었다―그 우려는 대문을 열고 집에 들어갔을 때 근거 있는 것으로 나타났다.

　그는 안방에 놓인 병원용 침대―그것은 싱글 침대보다 면적이 약간 넓은 철제 침대로 옆에 부착된 레버를 돌려 침대 상체를 일으켜, 그의 허리가 원하는 각도로 꺾을 수 있는 것이었는데 그것 위에 누운 그에게서는 법정의 판사석 의자에 앉은 그가 발산하던 위엄은 찾아볼 수 없었다, 사실 아버지는 자신이 판사라고 굳게 믿고 있었지만, 그래서 나 역시 그가 판사라고 믿고 있었지만, 그리고 비록 그가 법정에서 그의 일생을 보냈지만, 그는 법정의 서기에 지나지 않았다. 그는 그가 할 수 있는 모든 노력을, 할 수 없는 노력까지도 포함해, 다했지만, 그의 능력의 한계는 그가 판사가 되는 것을 저지했고, 결국에는 언제나 판사를 올려다볼 수 있는 서기의 자리에, 불만족스럽더라도, 만족하게 했다. 그는 나처럼, 나 역시 그처럼, 공부에는 소질이 없었던 것이다–누워 있었다. 내가 방에 들어갔을 때 그는 입을 꼭 다문 채로, 몸을 약간 일으킨 채로, 공허한 시선으로 어둑한 방을 바라보고 있었다. 그는 잠을 자고 있는 것 같았지만 잠을 자고 있지는 않았다. 나는 그가 잠이 들었을 때에는 눈은 뜨거나 감은 채로이지만 입은 항상 벌리고 있다는 것을, 그리고 그 입이, 잠이 들기 시작하면서 점진적으로 조금씩 벌어진다는 것을, 그가 잠을 잘 때면 코보다는 입으로 숨을 쉰다는 것을, 알고 있었다. 살이 빠져, 눈이 움푹 파인 공동처럼 여겨지는 동공으로 주위를 살피고 있는 그는 깊고 검은 우물 속 바닥에 몸을 움츠리고 주저앉아 있는 것처럼 보였다. 집요한 생명력을 보여주는, 그의 고통을 그토록 가까이서 지켜보는 것은 나를 고통스럽게 했다. 하지만 나는 한참 동안, 나의 고통을 통해, 내게 있는 모든 참을성을 발휘하며 그의 고통을 지켜보았다.

나는 순간적으로 내가 거기서 그의 그러한 모습을 바라보고 있는 것이 참을 수 없었고, 그래서 그냥 나오려 했지만 이미 때가 늦어버렸다. 그가 눈을 내게로 돌리고 그 공허한 시선으로 나를 꼼짝 못 하게 한 것이다.

내가 방안에 들어온 것을 알아차린 그는 아무 말 없이, 고개도 돌리지 않고, 눈알만 굴려, 잠시 어떤 건물의 의심 많은 수위처럼, 혹은 법정의 질서를 유지하는 교도관처럼 나를 쳐다보았다. 그런 다음 그는 난처한 표정을 지어 나를 난처하게 만들었다. 그것, 난처함이야말로 우리 사이를 떠나지 않는 무엇이었다. 나는 침대 옆에 서서 그가 하는 대로 아무 말 없이, 나를 쳐다보는 그를 쳐다보았다. 우리는 늘 그런 식으로, 서로를 처음 보는 사람들처럼, 처음 보는 괴물들처럼 쳐다보는 것으로 만남을 시작했다. 그리고 그것은 서로가 상대가 아는 사람이 틀림없다는 것을 확인하는 절차 비슷하게 이루어졌다. 그는 그가 아들로 간주하기 어려운 내가 그의 아들이 틀림없는 것을 확인하려는 듯 나를 유심히 쳐다보았다. 그는 전에도 몇 번씩이나, 네가 내 아들인 게 사실이어서 내가 네 아버지인 것 또한 사실이냐, 라고 말한 적도 있었다. 그는 내가 그의 아들이라는 사실을 아직까지도 믿을 수가 없는 것이었다. 그것은 나 역시 마찬가지였다. 나는 그가 내 아버지가 아닌 것은 아닌가 하고 의심해 본 적은 있지만 그가 내 아버지라는 확신을 가진 적은 단 한 번도 없었다. 우리는 동일한 의심스러운 생각을 하며 누군가가 먼저 말을 꺼낼 때까지 기다렸다.

"내 배 위로 너의 무거운 그림자를 올려놓은 채로 서 있기만 할 테냐? 너의 그림자에 깔려 숨쉬기조차 힘이 든다."
그 말을 하며 그는 숨쉬기가 힘든 듯, 잠시 숨을 멈춘 후 길게 내뿜으며, 그의 배 위로 드리워진, 그의 침대 옆에 선 나의 그림자를 치우려는 듯 손을 내저으며, 말했다. 나는 아무런 무게도 없는, 하지만 그에게는 이루 말할 수 없이 무거운, 나의 그림자를 치우기 위해, 그리고 그를, 그가 느끼는 고통을 좀 더 가까이서 느끼기 위해, 실감하기 위해, 그의 침대모서리에 앉았다. 침대는 충분히 큰 것이었고, 그가 누운 옆으로 내가 앉을 자리는 충분했다.

"내가 누워 있는 침대 위에 너도 앉겠다는 속셈이냐?"

그는 못마땅한 얼굴로 나를 쏘아보며, 그의 오른손으로 내 엉덩이를 밀쳐 나를 일어나게 한 후, 내가 다시 그의 침대 위에 엉덩이를 걸치지 못하도록, 성하지는 않지만, 그나마 힘들게 움직일 수 있는 그의 오른쪽 다리를 내가 앉았던 침대 끝으로 옮겨놓았다. 나는 이건 정말 사나운 꼬락서니군, 하고 혼잣말을 했다. 그는, 뭘 그렇게 중얼거리고 있는 거냐, 너의 인생이 길고 희미한 중얼거림에 지나지 않다는 것을 그 중얼거림을 통해 내게 보여주기라도 하려는 것이냐, 하고 말했다. 그는 우리 가문의 남자들에게서 도도하게 이어져 온 혈통적인 특징인 아집을 조금도 숨김없이, 최대한 내보이고 있었다.

서 있지도 앉아 있을 수도 없게 된 나는 침대에서 일어나 엉거주춤한 자세로 서 있었다. 나는 이제 그가 더 이상 나의 자세에 대해서는 아무 말도 할 수 없을 거라고 생각했다. 하지만 그는 그것 또한 못마땅한 듯 보였다.

"그렇게 엉거주춤한 자세로 서 있는 것은 무슨 이유냐?"

"이 밖에 내가 이 방에 있을 수 있는 자세가 또 뭐가 있죠?" 그 말을 하며, 나는 나 자신 또한 치매에 걸린 노인처럼 여겨졌다.

"너는 네 얘기가 일리가 있는 반면 내 말이 부당한 것으로 생각하겠지만, 그래도 나는 네가 어떻게 해야 옳은 태도를 보이는 자세로 있을 수 있는지에 대해 계속 생각을 해볼 거고 생각이 나는 대로, 그 즉시 네게 일러주겠다. 그러니 그때까지는 지금 그 상태로, 자세를 바꾸지 말고 서 있도록 해라."

그를 만족시키기 위해서라면, 불가능한 자세, 이를테면 물구나무를 선 채로, 손이 방바닥에 닿지 않게, 공중에 떠 있는 수밖에는 없는 것처럼 생각되었지만 그 자세를 취하는 것은 나로서는 불가능한 것이었다.

그는 그런 식으로, 내가 할 일을, 그보다도, 그가 시킬 일을, 하지만 무엇보다도 불가능한 일을 늘 만들었었다. 전에 한번은 베개를, 머리 밑에 베는 대신 발아래 놓고는 그것을 자꾸만 발로 밀쳐 침대 밑으로 떨어지게 해 나로 하여금 그것을 줍는 것을 반복하도록 한 적도 있었다. 그때 그는 화가 나 있었는데, 물론 아무런 이유 없이 화가 나 있었다. 그는 그를 화나게 할 아무런 이유가 없을 때만 화를 냈다. 그는 머리끝까지 화가 나서, 몸을 부들부들 떨며, 그 베개를 계속해서 발로 차면서도, 마치 화가 난 건 그가 아닌 그의 발인 것처럼, 얼굴에는 즐거운 표정을 지으며, 내 발이 화가 나는 일이 없도록, 앞으로 조심해, 하고 말하는 것이었다.

또한 그는 갈증이 난다며 물을 가져오게 해 내가 대신 마시게 한 적도 있었고, 입을 다문 채로, 아무런 소리가 나지 않게, 내 생각을 분명하게 말하라고 한 적도 있었다. 그 모든 일을 하면서 그는 고의를 숨기지 않았다. 만약 그의 의식에 좀 더 과도한 상상력이 주어졌다면, 종종 그의 마음에 들지 않는 누군가를 험담할 때면, 그런 인간은 목을 매달아버려야 해, 라고 말하는 그가 어머니를 목매다는 놀이를 매일 같이 즐길지도 몰랐다. 그는 그 놀이를 제안하는 것처럼 해 그녀에게 시켰을 것이고, 그녀는 마지못해, 그것을 하는 시늉이라도 했을 것이다. 물론 그런 적은 없지만, 그것은 충분히 가정할 수 있는 것이었다.

"그건 그렇고 바깥 날씨는 어떠냐, 너도 눈은 있으니까, 들어오면서 날씨가 어떤지는 보았겠지?" 그가 물었다.

"바깥의 날씨 말인가요?" 내가 말했다.

"그래, 바깥 날씨 말이다." 그가 말했다.

"바깥의 날씨가 어떤지를 물은 건가요?" 내가 다시 물었다.

"그래"

"그걸 어떻게 얘기해야 될까요?" 내가 다시 말했다. 나는 그것을 그가 알아들을 수 있게, 어떻게 얘기를 해야 될지를 생각했다.

"하늘은 늘 그것이 있던 자리에 그대로 있었어요." 내가 말했다.

"하루의 마지막 태양이 하늘에 마련된 그것의 붉은 묘지 속으로 기어들어 가는 것을 목격했죠." 내가 덧붙였다. 그런 다음 곧 나는 보충 설명을 했다.

"서편 하늘에는, 국지적으로, 적란운이 넓게 퍼져 있었어요." 내가 말했다. 나는 즐겨 그러한 전문적인 용어를 사용했는데, 될 수 있으면 그러한 어려운 어휘를 사용하는 것을 좋아했다.

"적란운이라고?" 그가 말했다.

"그래요." 내가 대답했다.

"적란운이란……" 그렇게 뭔가에 대해 설명하는 것을 좋아하는 내가 적란운에 대한 설명을 하려 하는데 그가 내 말을 가로막았다.

환멸

"적란운이 뭔지는 나도 알아. 그건 알처럼 생긴 붉은 구름을 말하는 거야, 그러한 구름이 하늘을 뒤덮고 있을 때면 다음 날 날씨가 무척 화창하게 되지."그는 잘난척하며, 엉뚱한 얘기를 했다.

"그건 아버지가 잘못 알고 있는 거예요. 적란운이란 수직으로 발달한, 우람한 느낌을 주는 웅대한 구름으로, 그것이 하늘을 차지하고 있을 때면 곧잘 소나기가 퍼붓곤 하는 거예요."내가 설명을 했다.

"내가 아는 적란운은 그렇지 않은데……"그는 말꼬리를 흐렸다.

"그건 아버지가 잘못 알고 있기 때문이죠."

"그게 그거 아닌가? 구름이라는 데 있어서 그건 같지 뭘."그는 옹색한 말을 하며 발뺌을 했다. 안다고 믿었던 것이 모르는 것이었다는 사실을 인정해야 하는 경우가 모르는 것이었다고 믿었던 것이 알고 있었던 것이었다는 사실을 확인하는 경우보다 훨씬 더 빈번한 나는 내가 모르는 것뿐만 아니라 아는 것 또한 모르는 척을 하는 데 반해, 그는 그가 아는 것이든 모르는 것이든 일단 아는 척을 했다. 우리는 많은 점에 있어 닮았지만 그 점에 있어서 만큼은 확연하게 달랐다.

"그렇지 않아요. 내 말을 잘 들어요. 내가 다시 설명을 해줄테니……"

"됐어, 그만해 둬. 그래서 어떻다는 거야?" 그는 내 말을 가로막는 무례를 범하고는 시침을 뚝 뗐다.

"그건 그렇고, 너는 네 외할아버지를 어쩌면 그렇게 빼닮은 것이냐?" 그는 자신의 무식이 탄로 난 것이 무안한지 곧바로 화제를 딴 것으로 돌려 얼렁뚱땅 넘어가려 했다. 그것은 말문이 막히게 되었을 때 써먹을 수 있는, 일종의 화술로, 그는 그것을 온갖 화술이 난무하는 법정에서 터득한 것이 틀림없었다. 나는, 그것만으로도 그는 법정에서 일생을 보낸 보람이 있어, 하는 생각을 했다. 하지만 나는 상대에게 무례한 기분을 들게 하는 그러한 편법적인 화술을 그로부터 배우지 않으려고 무진 애를 썼지만 소용없는 일이었고, 나 또한 기회가 있을 때마다 그 대화의 기술을 적절하게 사용했다.

"내가 너를 보고도 너의 외할아버지를 떠올리지 않게 할 수는 없는 거냐?"

외할아버지는 평생을 아무 일도 안 하고 산 것으로, 설사 그가 가족들 모르게 어떤 일을 했다 하더라도, 그 누구도 그가 무슨 일을 했는지 모르는, 그래서 우리 집안에서는 수수께끼 같은 인물이 되었는데, 아버지에게 있어서는 본받지 말아야 할, 가장 중요한 인물이었다. 나는 그에 대한 기억은 전혀 없었고, 단 한 번 그를 본 적이 있긴 했는데, 그것 역시

환멸

제대로 본 것은 아니었는데, 그것은 그가 몇 년 전 어느 타향에서 객사한 지 한참 후 유골함에 담겨져 집으로 보내져 유해를 강에 뿌렸을 때였다.

그때 어머니가 내가 마실 차를 가지고 들어왔는데, 사실 그녀의 속셈은 아버지와 나 사이의 유언을 엿듣는 데 있는 것 같았다. 아버지는 그녀가 들어오는 바람에 그녀의 아버지에 대한 비난은 더 이상 할 수 없었다. 그녀는 내게 찻잔을 건네준 후에도 바로 나가지 않고 우리 두 사람을 번갈아 쳐다보며 우리가 얘기를 하기를 기다리고 있었다. 아버지는 그녀가 나가기를 기다렸지만 그녀는 우리가 얘기하기를 기다렸다.

"내가 당신더러 이 방에 들어오라고 하지도 않았는데 들어와서는 왜 나갈 생각을 하지 않는 거요?" 그녀가 끝내 나갈 생각을 하지 않자 아버지가 말했다.

"지금 나가고 있잖아요." 그녀는 얘기는 그렇게 하면서도 나갈 생각은 없는 모양이었다. 아버지의 그림자 속에 포함되어 버렸고, 그의 신체 기관의 부속처럼 되어 버린, 자신의 존재를 상실해 버린 어머니는 내 눈에 그 형체마저 분명하지 않게 보였다.

"내가 그렇게 주의를 줬는데도 말을 듣지 않는 데는 무슨 이유가 있는 거요? 내가 당신이 이 방에 있어도 좋을지를 결정해 이 방에 있어도 좋다는 말을 하기까지는 이 방에 있어서는 안 되는 것으로 해석하는 게 옳다는 말을 내가 몇 번이나 했소? 이미 늦기는 했지만 지금이라도 당장 나가주시오. 나는 이 애하고, 당신이 없는 가운데서 할 얘기가 있단 말이오. 이 애가 없는 가운데서 당신과 내가 할 얘기가 있는 것처럼 말이오."

결국 그녀는 그대로 있는 게 어렵다는 것을 깨닫고는 뒷걸음을 치며 밖으로 나갔다. 나는 그의 우스꽝스러운 말에, 나오는 웃음을 참지 못하며 그녀가 건네준 차를 입가에 가져갔다. 치매는 아버지에게 농담을 습득할 기회를 주었고, 농담을 할 수 있게 된 그는 이제 훨씬 더 인간적으로 보이기까지 했다. 그것은 고상한 인품과 도덕성의 소유자인, 웃을 때조차도 화가 난 듯 보였던 그를 좀 더 온화하게 보이게 했다.

"누가 너더러 차를 마시라고 했니?"

"차를 마셔서는 안 된다고 하지도 않았잖아요?"

"내 말을 잘 들어라. 이건 네가 차를 마시지 못하게 하려는 의도에서 이러는 게 아니다. 하지만 차를 마셔서는 안 된다는 얘기를 하지 않았다고 해서 그것이 곧 차를 마셔도 된다는 얘기는 아니다. 이 논리는 법의 철학적인 기원과 관련한 무척 중요한 문제를 야기하는 것이다. 그 얘기는 전에도 내가 여러 번 얘기를 했으니 너도 조금은 그 중요성을 알고 있을 것이다. 어쨌든, 네가 이왕 차를 마시기 시작했으니까, 특별히 마셔도 좋다는 얘기를 해주겠다."

하지만 나는 차 따위는 더 이상 마시고 싶지 않았고, 그래서 그것을 바닥에 내던지다시피 하며 내려놓았다. 찻잔이 깨질 듯한 요란한 소리를 냈다.

"이게 무슨 소리냐? 찻잔이 깨질 듯한 소리로 내게 겁을 주려는 거냐? 그 정도로 내가 겁을 먹을 줄 아느냐? 나를 그 정도로 겁쟁이로 아느냐?"

그는 잔뜩 겁을 집어먹은 얼굴로 내 표정을 살폈다.

"이제 와서는 마시고 싶은 생각이 없어진 모양이지? 그래서는 안 된다." 그는 불쾌한 표정으로 찻잔을 다시 들라고 외쳤다.

"어쨌든 그건 네가 알아서 할 일이지만, 이제는 마시고 싶지 않다고 하더라도 마셔야 한다. 그리고 내가 차를 마셔도 좋다는 허락을 했을 때는 그것이 허락뿐만 아니라 의무의 성질도 있으니, 너는 내가 보는 앞에서, 반드시, 그 차를, 그리고 마실 수 있다면 그 찻잔까지도 모두 마셔야 한다." 하지만 나는 끝내 차를 입에도 대지 않았다.

그는 나에 대한 못마땅함을 형언하기 위해, 그리고 그것을 보다 효과가 큰 비언어적인 수단으로 표현하기 위해 얼굴을 찌푸려, 잠시 그 표정을 그대로 유지했다. 그의 얘기를 듣고 있노라면 멀쩡하던 머리마저 아파지며, 어떤 때는 배까지 아프기 시작했다. 그날은 난데없이 구강이 아프기 시작했고, 그래서 나 역시 그처럼 얼굴을 찌푸렸다.

"왜 너는 아무 말도 않고 서 있기만 하는 거냐? 내게 할 말이 그렇게도 없는 거냐?" 나는 그가 숨을 들이쉰 후 내뱉으며, 용기를 내어 말을 꺼내는 것을 볼 수 있었다.

우리 사이의 침묵의 길이를 재는 듯한, 벽시계의 초침 소리가 거의 백 번이 넘게 들린 후 그가 말했다. 그동안 나는 창가에 있는, 내가 얼마 전 갖다 놓은 나팔꽃을 바라보고 있었다. 나는 몇 년 전부터 나팔꽃을 키우기 시작했는데 그건 당시 내가 알고 지내던, 이제는 더 이상 만나지 않게 된, 어떤 여자가, 그래, 그녀의 이름은 C였다. 내게 나팔꽃을 선물한 이후부터였다. 그녀는 내가 이 의혹에 가득 찬 삶을 영위해 오는 동안 알게 된 소수의 사람 중 하나로, 우리가 어떻게, 언제부터 알고 지냈는지는 분명치 않다. 하지만, 우리가 알게 된 시점은 아마, 내가 인간들 간의 관계라는 것의 그 허약한 고리의 본질을 간파한 후 사람들을 멀리하면서부터, 그에 따라 그들 또한 나를 멀리하게 되기 이전으로 소급될 것이다. 그녀는 일 년에 한 번씩, 내가 아직 목숨이 붙어 있는지, 어느 정도로 목숨이 붙어 있는지 확인을 하기라도 하는 듯 연락을 해왔는데, 작년 여름 내 집에 왔을 때 내가 내 집

초인종을 누른 그녀에게 문을 열어주자, 그녀는, 너한테 주는 선물이니까 고마운 마음으로 받아, 라는 말을 하며 내게 종이로 싼, 부피가 큰 뭔가를 건네주었다. 나는 그것을 받았는데, 그것은 꽤 무거웠다. 뭔가 딱딱하고, 둥근 형태로 보아 화분처럼 보였는데, 포장을 풀자 나팔꽃 화분이 나왔다.

이건 내 아버지의 유품이야, 아버지는 몇 달 전 교통사고를 당해 식물인간이 되었는데, 지난달에 돌아가셨어, 이건 아버지가 키우시던 거야, 그녀가 말했다.

왜 내게 연락을 하지 않은 거야, 내가 말했다.

물론, 너는 내가 연락을 했어도 오지 않았을 거잖아, 그녀가 말했다.

무슨 소리야, 나는 장례식만큼은 빠짐없이 간다고. 물론 아직까지 장례식이라는 데를 한 번도 가본 적은 없지만, 내가 말했다.

내가 화분을 베란다에 갖다 놓자 그녀는 부엌에 가 컵에 물을 받아 그것을 화분에 부어주었다. 우리는 소파에 앉아, 그 화분을 바라보며 커피를 마셨다. 그리고 그녀는 그 나팔꽃에 얽힌 얘기를 해주었다.

"사고 직후 병원에서 의식을 되찾은 그는, 느닷없이, 내 귀에 대고, 아무 말 없이 성장하는 어떤 것을 보고 싶구나, 라고 했어. 나는 그게 뭘 뜻하는지 몰랐지. 그는 내게 나팔꽃 화분을 구해 그가 볼 수 있는 곳에 놓아달라고 했어. 그래서 나는 화분 하나를 구해 그의 병실 창가에 놓아주었지. 그 며칠 후 내가 다시 병원에 들렀을 때 아버지는 그 화초를 보며, 저게 움직이는 게 보이니, 왼쪽으로 고개를 돌리고 있구나, 하고 말하는 거였어. 〈나는 아주 어릴 때, 이렇게 나팔꽃을 몇 시간씩 들여다보곤 한 적이 있단다. 아주 신기한 광경이었지.〉 물론 나는 아침과 오후 사이에 꽃봉오리의 방향이 바뀐 것을 볼 수는 있었지만 그것이 움직이는 것을 볼 수는 없었지. 그는 저게 움직이는 속도에 맞춰 아주 느린 감각으로 보면 그 움직임을 볼 수 있다고 했지. 나 역시 그가 하는 대로 해보았지만 그 움직임을 볼 수는 없었어. 〈그건 마치 식물의 성장에 관한 다큐멘터리에서 볼 수 있는, 어떤 피사체를 고속 촬영한 영상과 비슷하단다. 저건 한 시간 간격으로 줄기가 회전을 하는데 마치 천천히 깨어나듯 꽃봉오리를 벌리지. 저걸 보고 있으면 해를 보지 않고도 해가 어디에 떠 있는지를 알 수 있단다. 말하자면 나는 저것을 통해 해를 바라보는 거지. 저건 마치 사람 같단다, 저것의 표정을 보면 바깥 하늘에 구름이 꼈는지를 알 수도 있단다.〉 때로 그는, 저것은 잔처럼 생긴 꽃봉오리를 좀 더 많은 빛을 부어 달라는 듯 태양을 향하고 있구나, 하고 말하기도 했어. 죽기 얼마 전 아버지를 집으로 옮겨 왔어. 물론 나팔꽃 화분도 같이 옮겨와 베란다에 놓아두었지. 그 2주 후 아버지는, 베란다에 있는 나팔꽃에 물을 줄 시간이다, 라는 말을 한 후 죽었어. 내게는 마치, 우연히 그가 그 말을 한 직후 죽은 게 아니라, 그 말을 그의 임종 대사로 준비해 두었던 것처럼 여겨졌어. 그의 몇 올 남지 않은 하얗게 센 머리칼이, 그의 죽음을 어루만지는 듯한 미풍에 흩날리고 있었어. 그의 입술에는 거의 미소에 가까운 어떤 표정의 한 조각이 담겨 있었어. 마치 죽음이 그를 안아 부드럽게 어루만지고 있는 듯 보였어. 그토록 아무런 무게도 느껴지지 않는, 절제된 가벼움이 느껴지는 죽음의 모습에, 나는 당혹스럽지도 두렵지도 않았어. 단지 아, 하고 탄성을 질렀지. 문자 그대로의 의미에 있어서, 동시에 비유적인 의미에 있어, 그는 눈을 감은 거야. 나팔꽃을 생각하며 죽는다는 것, 어떤 고통도 비장함의 요소도 게재되지 않은, 그토록 조용히 찾아온 죽음은 정말이지 자비처럼 보였어. 나는 숨을 죽인 채로 그 모습을 한참 동안 지켜보았어. 그가 죽기 전 그의 얼굴에 씌어져 있던 체념의 표정은 그 짧은 사이에 어떤 동경의 표정으로 바뀌어 있었어. 그의 그 표정은 반가사유상에서 보여지는 그 온화하고, 평온한 표정 그대로였어. 그는 그 나팔꽃을 통해 그가 보고자 하는 세상을 보았고, 죽음을, 삶 속의 죽음을 보았던 것 같아. 그 순간 그가 그의 주위에 형성해 놓은 그 가벼운 죽음의 막에서 빠져나오는 데에는 그에게 차를 만들어 주기 위해 스토브 위에 올려놓은 주전자의 물이 끓는 소리가 내 귀에 들리는 것이 필요했지. 아마 이 꽃은 네가 너의 삶을 바라보는 데 있어서 관조적인 태도를 갖는데 도움을 줄 거야.

그의 나이 쉰아홉 때였어. 그는 가끔 농담으로 인간은 예순이 되면서부터 더욱 비겁해지고, 심술궂게 되며, 오래 살고 싶어 발버둥을 치는, 실망스럽고 애처로운 모습을 보이기 시작하지, 하고 말하곤 했어.”

나는 그 나팔꽃을 보며 C가 뭘 하는지 궁금했다. 나는 예순을 넘긴 아버지한테, 그에게 교훈이 될 수도 있는 C의 그 얘기를 해주고 싶었지만 그것이 아무런 소용이 없을 거라는 것 또한 알고 있었다. 아버지는 C의 아버지와는 달리, 그것에서 거역할 수 없는, 순응해야 하는 죽음을 보는 대신, 태양의 이동에 따라 각도를 달리하는 그 꽃을 보며, 내 얘기를 들은 후, 그 꽃을 다른 각도에서 보며, 그것이 자신을 놀린다고 생각하고, 그 꽃의 목이라도 비틀려고 할 것이 틀림없었다.

“왜 너는 세상의 모든 아들처럼 될 수가 없는 거냐?”

어느새 그는 치매에 걸린 노인의 얼굴이 아닌, 그 앞에서 언제나 내가 움츠러들었고, 제대로 바라볼 수조차 없었던 근엄한 표정을 짓고 있었다. 그러면서 그는 내가 하는 어떤 말도 이해하지 않겠다는 표정으로 나를 바라보았다.

나는 그가 말하는 것에는 전혀 신경 쓰지 않으면서 말을 하는 그의 입이 움직이는 모양을 주시했다. 그는 생각을 할 때면 눈을 껌벅였고, 말을 할 때면 마치 준비운동을 하는 듯 입을 씰룩거렸다. 입 안에 고인 그의 침이 입언저리로 조금씩 흘러내렸다. 그는 뭔가 잘 씹히지 않는 질긴 고기를 씹을 때처럼 입을 오물거렸다. 그의 표정은 나이가 들어서도 변함없는, 아니 훨씬 더 다루기 힘들어진 완고함을 보여주고 있었다. 나는 이건 무척이나 가관이라는 생각을 했지만, 그리고 하마터면 그것을 말할 뻔했지만, 그것을 그에게 말하지는 않았다. 나는 그에게서, 찌꺼기처럼 남아 있는 법정서기 시절의, 판사와 같은 그의 근엄함 외에는, 그의 권위로 간신히 유지할 수 있었던 최소한의 위엄조차도 발견할 수가 없었다. 그 입은 그가 병에 걸리기 전, 정신이 멀쩡했을 때, 고개를 들어 너 주위를 둘러봐라, 너처럼 사는 사람이 또 있나, 라는 말을, 나를 볼 때마다 했던 입이었다. 또한 그 입은 기회가 있을 때마다, 너를 이해하려고 노력하지만, 그리고 조금은 이해할 수 있지만, 완전하게 이해하는 것이 그렇게 쉽지만은 않구나, 하고 말하던 입이었다. 그리고 그 훨씬 전에, 내가 중학교를 졸업했을 때 그는 그 입을 통해, 너는 나처럼 법정 서기가 되어서는 안 되고, 기필코 판사가 되어야 한다, 하고 내게 마치 판결을 내리듯 말하기도 했다. 나는 내가 판사가 되지 않으면 안 되는 이유가 어디에 있냐고 항변했지만, 그는 더욱 근엄한 태도로 판사야말로 지상에서 신의 지위에 오를 수 있는 자이다, 라고 말했다. 그 후로 나는 그의 기대에서 점차 멀어져갔고, 나의 모든 것, 나의 나태함, 오만하지도, 그렇다고 유순하지도 않은 태도, 어떤 죽은 독재자의 얼굴로 여겨지는 얼굴을 닮은 그를 닮은 나의 외모, 그리고 그러한 나를 생각할 때 그에게서 치미는 분노까지도 그의 마음에 들지 않았던 것이다. 또한 그가, 너는 너의 미필적 고의에 의한 존재는 유죄라는 사실을 알아야 한다, 라는 말을 한 것도 그 입을 통해서였다. 아니, 사실, 그가 그런 말을 한 적은 없었다. 하지만 그가 그런 말을 직접 하지 않았을 뿐 그 말을 한 것이나 마찬가지였다.

나는 내가 아주 어린 시절부터 내게 향해졌던, 하지만 그다지 오래가지 않았던 그의 과대평가 속에서 더욱 왜소하게 되었고, 그의 기대 속에서 모두에게뿐만 아니라 나 자신에게도 실망스러운 사람이 되어갔다. 그는 내게서 더 많은 것을 요구했고, 내가 그에게 보여줄 수 있는 것은 더욱 작아졌다. 나는 어느 순간에도 그의 기대에 미치지 못했다. 나는 내가 중학교를 졸업하던 날 졸업식장에서 나의 실망스러운

성적표를 보고 아버지와 어머니가 나누던 대화를 기억한다. 어머니는 나를 위로하며, 애가 보통 아이들보다 모자라는지 뛰어난지는 알 수 없지만, 다른 것은 확실하니, 그냥 얘가 하고 싶어하는 것, 그림이나 음악을 하게 해주는 게 좋을 것 같아요, 라고 말하자 아버지는, 애는 그냥 놔두면 모자란 아이가 될 게 틀림없으니 그냥 놔둬서는 안 되오, 라고 하며 그림 그리는 일과 피아노 치는 일은 그만두게 했다. 그리고 나는 그 후로 할 줄 아는 게 아무것도 없게 되었다.

이제 밖에는 내가 목격한 그 적란운이, 바야흐로, 내가 옳게 예상한 대로, 나를 유인하는 듯한, 어떤 기복이 심한, 변덕스러운 심정을 표현한, 까다로운 연주를 요구하는 교향곡처럼 그 세기의 강약이 일정치 않은 빗줄기로 이루어진 이상야릇한 소나기를 퍼붓고 있었다. 그 소나기에 수반해, 하늘이 무너질 듯한, 그 아래의 모든 것들을 뭉개버릴 듯한, 거대한 천둥소리가 들렸는데, 그 소리에는 나를 감동케 하는 어떤 점이 있었다. 천둥은 지축을 뒤흔드는 과정에서 내 마음 또한 뒤흔들고 있었다. 나와는 대조적으로, 아버지는, 그의 아들인 내가 보고 있는 가운데, 번개가 칠 때마다 마치 그것이 그의 얼굴을 때리기라도 하는 듯, 눈을 질끈 감는 것으로 그의 순간적인 두려움을 표현했다.

간헐적인 천둥소리 사이로 벽시계의 초침 소리가 또렷하

게 들렸다. 내게 그 소리는 마치 법정 서기인 아버지가 그 시계로 하여금 초침이 1초에 원주의 1/60만 움직여야 한다는 선고에 따라 움직이고 있는 것처럼 여겨졌다. 그는 할 수만 있다면 그 방안의 다른 사물들, 이를테면 침대나 의자에게라도 판결을 내렸을 것이다. 어쩌면 그는 그가 누워 있는 침대에게, 그 움직일 수 없는 네 다리에게, 무슨 일이 있어도, 꼼짝도 해서는 안 된다, 나의 다른 지시가 있을 때까지는 그대로, 제자리에 있어야 한다. 라는 선고를 했고, 그래서 그 침대는 꼼짝달싹도 않고 있는지도 몰랐다.

　일 년 전 치매에 걸린 그의 정신은 아무도 예측할 수 없는 주기와 빈도로 정상과 비정상 사이를 왕래하고 있었다. 하지만 그의 얼굴에서는 조금씩 죽어가고 있는 그의 쇠락하는 변모가 거의 느껴지지 않았다. 치매는, 그의 완고한 성격과 결합한 치매는, 오히려, 그와 죽음 사이를 더 갈라놓은 것처럼, 그를 치매와 더불어, 치매에 힘입어, 치매의 돌봄을 받으며, 치매라는 무형의 현상으로, 영원히 살게 할 것처럼 여겨졌다.

　그동안 그는 이불 밖으로 나온 손을 꼭 쥐고 있었는데 그 안에 뭔가를 감추고 있는 듯 보였다. 손에 무척 힘을 가하고 있는 듯 그의 창백한 손이 유난히도 하얗게 변해 있었다. 나는 그 안에 뭐가 들어 있는지 몹시 궁금했다. 나는 그가 빈손을 쥐고 있거나, 아니면 그 손안에 그의 유언을 담고 있을 거라는 추측을 했다. 궁금증을 이기지 못한 내가 나도 모르게 그의 손을 잡아 그것을 펴려 하자 그는 민첩하게 손을 이불 속으로 넣었다. 나는 이불 속에 넣은 그의 손을 밖으로 빼냈다. 힘이라곤 없어 앉아 있기조차 힘들어하는 그는 괴력에 가까운 힘으로 내 손에 저항을 했다. 나는 그가 인상을 쓰는 것에도 아랑곳하지 않고 그의 손을 잡아 그것을 비틀어 손바닥을 펴게 했다. 내가 아버지의 손을 잡은 것은 그때가 두 번째였는데 첫 번째는 내가 아주 어렸을 때, 지금은 기억이 나지 않는 어떤 일로, 내가 용서를 빌었음에도(나는 당시, 그의 앞에 서면, 내가 무슨 짓을 했든, 늘 용서를 빌었다), 그가 나를 손으로 잡고 내게 매질을 하려는 것을 뿌리치려 했던 때였다. 우리가 서로의 손을 잡은 두 번 모두 우리는 그렇게 서로의 손을 뿌리치려 했던 것이다. 나는 그의 손을 잡은 순간 아버지와 아들은 어느 시점에서 서로의 역할이 전도되는 아이러니로 맺어진 관계라는 생각을 했다.

그는 신음 소리를 내며 험상궂은 얼굴로 나를 노려보았다. 그의 펴진 손바닥에는, 놀랍게도, 하지만 어느 정도로는 짐작했던 대로 그가 입고 있는 파자마 바지의 단추 하나가, 상아처럼 보이는 흰색 플라스틱 단추 하나가, 익살스러운 모습으로 들어 있었다. 그는 그렇게, 최근 들어, 그의 옷에 붙은 단추를 뜯거나, 옷의 실밥을 푸는 데 전념하고 있었다. 어머니의 말에 따르면, 그는 단추를, 아무렇게나 잡아 뜯거나 하지 않고, 마치 단추를 다는 것처럼, 정성을 다해, 옷이 찢어지거나 하지 않게 세심하게, 그것을 떼낸다는 것이었다. 그러니까. 그는 단추 하나를 뜯어내는 데 있어서도 그의 세심한 소심함을 여지없이 보여주고 있었다.

그는 그 단추를 돌려주기를 애원하는 표정으로 나를 바라보았다. 내가 잠시 단추를 내 손에 쥔 채로, 내게 필요한 것도 아닌 그것을 돌려줄까 말까 망설인 끝에, 남의 것을 가로채는 일이 없는 내가, 결국 돌려주자 그는 그것이 그가 가진 모든 것이라도 되는 듯, 혹은 내게 모든 것을 양보할 수 있지만 그 단추만은 양보할 수 없는 듯, 다시는 그것을 빼앗기지 않을 것처럼 조금 전보다도 더 세게 그것을 꽉 쥐더니 다시 이불 속으로 손을 넣는 것이었다. 나는 속으로, 또다시 응석이 시작되었군, 하고 중얼거렸다. 그가 끝내 양보하지 않으려 한 것이 단추 하나에 지나지 않았다는 사실에 나는 마음이 씁쓰레했고, 이제 그에게 남은 것이라고는 아무것도 없구나, 하는 생각을 했다.

그 사건은 좀 더 다른 해석 또한 가능했다. 그는, 그의 존재가, 그가 주먹을 불끈 쥐고 사수하는, 그의 손에 쥐어진 단추만큼 좁스러운 것이 되었음을, 본래 그런 것이었음을, 그 단추가 그의 자화상임을, 손에 든 게, 이게 뭐게, 하는 어린 아이들의 놀이를 통해 꽤나 극적으로 보여준 것이기도 했다.

　나 또한 그렇다고, 그렇지 않다면, 그렇게 되어가고 있다고 장담할 수 있겠지.

　아! 이 희극적 상황의 무시무시함. 무시무시함의 희극성. 어쩌면 희극성은 그것 안에 끔찍함을 내재하고 있지 않는 한 불완전한 것인지도 모른다. 나는, 자신이 희극배우라는 사실을 모르고 있는 희극배우가 여기 있군, 하는 생각을 했다. 이미 이러한 얘기를 하고 있는 동안, 얘기를 하는 것은 우리가 아니라, 우리 두 사람이 서로에게 갖고 있는 생각을 연기해 내는, 배우와도 같은 인물인 것이다. 하지만 우리 두 사람의 얘기가 소통 불가능한 것이라는 점에 있어서는 그가 온 정신이었을 때에도 본질적으로 다르지 않았다.

　하지만 그것은 최근 들어 그가 보여준 일련의 희극적인 모습에 비추어 보았을 때 그다지 놀라운 것도 아니었다. 그는 어떤 낡은 편지를, 내가 올 때마다 매번 그것을 읽게 했는데, 그것은 그가 병에 걸린 후 받은, 그것도 오래전 소인이 찍힌, 단 한 장의 편지였다. 그럼에도 불구하고 그는, 나는 내게 온 이 많은 편지들을 밤을 새우며 읽기도 한단다, 그러면 힘이 저절로 생기곤 하지, 라고 말하는 것이었다.

　그 편지는, 그가 아는 어떤 사람으로부터 온 것으로, 옛날처럼 기운이 펄펄 넘치지는 않더라도, 지금 상태에서 하루 빨리 벗어나길 바라네, 라는 말로 끝을 맺는, 그 발신인 자신은 얼마 전 사망한, 아버지의 쾌유를 바라는 것인지, 아니면 그가 차라리 죽는 게 나을 것 같다는 내용인지 분명치 않은 것이었다. 언제나 그 편지를 읽을 때면 나는, 그 편지를 그의 입 안에 쑤셔 박아, 편지에 쓰인 글자들을 삼키게 하고 싶은 충동을 눌러야만 했다.

그는 때로는 신문을 읽어달라고 조르기도 했다. 그는 그의 방 한구석에 수북이 쌓여 있는 날짜가 지난, 이미 죽은 날들의 기록인 신문들 가운데에서 아무것이나 하나를 골라 읽게 하는 것이었다. 나는, 가뭄이 심했던 지난겨울에 그전 여름의 대홍수에 관한 기사를 읽기도 했고, 한여름에, 산간지방에 폭설이 내려 도로가 단절된 기사를 읽기도 했다. 그런 다음 그는 그 기사에 관해서는 아무 말도 하지 않으면서, 내가 거기에 대해 어떤 얘기도 하지 않는다고 해서 내가 아무런 생각도 없다고 생각해서는 안 된다, 하고 말하는 것이었다. 또한 그는, 이것이 압권인데, 특히 부음란은 빠짐없이 읽게 했는데, 그와는 상관없는 부음란에 실린 죽은 사람들의 이름을 소리를 내서 읽게 했다. 내가 그것들을 읽어주면 그는 항상 아쉬운 표정을 지으며, 다들 내가 모르는 사람들이야, 혹은, 내가 아는 사람은 하나도 없군, 이라는 말을, 실망스러운 표정을 지으며, 잊지 않고 했다. 단 한 번 내가 그것을 읽어주는 중간에, 뭐라고, 방금 읽은 것을 다시 읽어봐라, 그 사람은 나도 아는 사람이야, 하고 소리친 적이 있었는데 그것은 모두가 다 아는 한 유명한 영화배우가 심장마비로 사망한 기사였다. 하지만 이번에는 그는 신문에는 관심이 없는 모양이었다. 아니면 좀 더 뒤로 미루고 있는지도 몰랐다. 그의 억지스러운 면모를 더 나열할 수도 있지만 이 정도로 해두기로 하자.

"내가 무슨 말을 하려 하는지 알겠니?" 불쑥 그가 말했다.

"그걸 내가 어떻게 알아요!"

"짐작, 예상, 추론, 그 모든 걸 동원해도 모르겠단 말이냐?"

"그래요."

"역시 내가 짐작, 예상, 추론했던 대로구나. 하긴 내가 무슨 말을 하려 했던 것도 아니었지, 무슨 말이라도 해볼까 하고 생각 중이었지. 아니, 생각이란 어떻게 하는 건가, 하는 생각을 하고 있었다고 해야 옳겠지."

그는 아무런 생각이 나지 않는지, 아니면, 이제는 생각을 하는 데도 인상을 써야만 하는지 얼굴을 뒤틀고 있었다.

"내 말을 듣고 있니?" 그가, 목구멍으로 기어들어 가는 듯한 희미한 목소리로 말했다.

"들려요."

"나는 내 말이 들리는지를 물은 게 아니라 내 말을 듣고 있는지를 물었다."

그는 그 자신의 귀에도 들리지 않을 것 같은 작은 목소리로 말했다.

"내가 방금 무슨 말을 했지?"

"아버지의 말이 들리는지가 아니라 아버지 말을 듣고 있는지 물었죠."

"그렇다면 그전에는 뭐라고 했지?"

"내가 아버지 말을 듣고 있는지 물었죠."

"그렇게 말하는 걸 보니 귀머거리는 아니구나."

나는 그 얼빠진 얘기들을 하는 가운데, 나 자신 또한 완전히 얼이 빠진 사람처럼 여겨졌지만, 그 얼빠진 상태에 스스로를 아늑하게 파묻고 있는 나 자신을 어쩔 수가 없었다. 여기에 또한, 나의 진면모가 있었다.

"왜 이제 벙어리처럼 아무 말도 않고 있는 거냐?"

나는 아무 말도 하지 않았다.

"말을 하지 않는 게 꼭 벙어리 같구나."

나는 아무 말도 할 수가 없었다. 아버지와 대화를 할 때면 언제나 나는 미숙아처럼 되어버렸다. 어쩌면 그것은, 내가 생각하는 것과는 달리, 아버지 때문이 아니라, 나 자신의 비유기적이며, 오리무중한, 나의 삶의 모든 시제에 편재하는, 전반적인 의식의 파탄으로 인한 것인지도, 그 의식에 접속된 혼미한 사고 체계 때문인지도 모른다. 때로는 나도 명료하게 사고할 줄 알았는데, 그런 것 같은데, 말을 하면서도, 내 말에서 아름다운 질서를, 질서의 아름다움을 느낄 수 있었는데, 이것 역시 그런 것 같은데, 지금은 도대체 명료하게 사고하는 것이 어떤 것인지도 분명치 않게, 아예 모르고 있는 것같이 되어버렸다. 나는 생각을 하면서도, 이것은 마치, 머릿속에서 이미 죽어버린 생각들을, 사산된 사고들을 꺼내는 것 같은 기분이 들 뿐이다. 어쩌면 나는 이미 조발성 치매에 걸렸는지도 모른다. 이제 나는, 내가 무슨 생각을 하고 있는 거지, 도대체 내가 무슨 말을 하고 있는 거지, 하는 생각을 하지 않고서는 아무런 생각도, 말도 할 수 없게 되어버린 것처럼 여겨진다. 어쩌면 그전에도 그랬을 것이다. 다만 지금 그것을 분명하게 느끼고 있는 것일 것이다.

"넌 내 말을 듣지도, 그렇다고 안 듣지도 않는 것 같구나."

그러는 중에도 그는 내가 마땅히 할 일이 뭐가 없을까를 궁리하고 있는 듯 보였다. 나는 내가, 이 세계에서 그와 어떤 연관을 맺게 된 데에 어떤 의미가 있다면, 정말 그런 게 있다면, 그것이 과연 무엇일까를 생각하며, 내 나름대로 그 생각을 정리하려고 애를 쓰고 있었다. 아니, 사실을 말하자면, 생각을 정리하려고 애를 쓰는 동시에, 그러한 정리된 사고를 하는 것이 내 능력 밖에 있다는 것을 잘 알고 있던 나는 그것을 정리하고자 하는 노력을 포기하고 있었다.

"넌 항상 그대로구나, 얼이 빠져 있어. 넌 늘 정신이 반쯤 나가 있지. 그건 네가 태어났을 때부터 그랬어. 넌 태어난 지 며칠이 지나도록 울지도 않았고, 결국 나한테 한 대 얻어맞고 나서야 울었지. 그때부터 너는 이미 나를 힘들게 했어. 지금까지도. 왜 넌 나를 이렇게 힘들게 하느냐?"

"제가 지금 아버지를 힘들게 하고 있나요?"

"꼭 그런 건 아니지만, 이후로 네가 언제든 그럴 수 있다는 생각만으로도 나는 힘이 든다."

그는 간간이, 숨넘어가는 소리를 효과음처럼 내며 말을 이었다.

"넌 내 말이라곤 듣지 않았지."

"아버지가 나를 내버려 두기만 했어도 나는 아버지가 원하는 대로 되었을지 몰라요."

"너한테서 내가 기대할 게 뭐가 있지? 대답을 해봐, 아니, 대답하지 마라, 그 대답을 알고 있는 건 나니까, 내가 그 대답을 하겠다, 아무것도 없어, 너한테서 기대할 거라곤, 하지만 그럼에도, 나는 기대를 저버리지, 아니, 기대를 버리지라고 해야 옳지, 기대를 버리지 않을 거다, 네게 더 이상 기대할 것이 없다는 것을 알고 있음에도 나는 그 기대를 잃지 않을 거야."

그러면서 그는, 내가 왜 이런 말까지 해야 하는지 잘 모르겠다, 그럼에도 나는 이 말은 해야겠다, 라는, 그의 표현에서도 드러나는, 그 자신도 왜 그런 말을 하는지 잘 알지 못하는 말을 해댔다.

그는 그의 말을 따르지 않는 나를 원망하는 그 순간에도, 그토록 오래도록 나를 세워둔, 그래서 내가 어지러움을 느끼고 아래로 굴러떨어질 수밖에 없었던 그의 기대에서 나를 내려놓지 않으려 하는 것이었다. 거기에서 더 나아가, 그는 그 위에 나를 그대로 세워둔 채로 나를 외면해 버린 것이었다. 그것은 마치, 어떤 사람이 높은 곳에 올라간 후 그가 올라가는 데 사용한 사다리를 치워 버린 것과 마찬가지였다. 그는 그렇게 그의 기대 속에서만 나를 보려고 했던 것이다.

"너는 내가 얘기를 꺼내기도 전에 내가 무슨 얘기를 하려는지 다 안다는 투구나. 하지만 너도 알다시피 내가 하는 얘기를 꼭 들어야 하는 것은 아니다. 사실 내가 이렇게 얘기하는 것은, 오히려 나를 위해서, 뭐든 얘기를 하고 싶어 가만있을 수가 없어서이다."

"알고 있어요."

그는 잠시 기분이 나빠야 할지 말아야 할지 결정을 못 내리는 것처럼 보였다. 하지만 마침내 기분이 나쁘기로 마음을 먹은 듯 이미 셀 수 없이 많은 주름이 진 얼굴에 인상을 썼다.

"나는 너 때문에 오래 살지 않겠다."

"아버지, 그건 정확한 표현이 아녜요. 오래 살지 못할 것 같다, 라고 해야죠." 나는 거의 실성한 상태가 되어 말했다.

나는 이제 나의 판단력이 마비되어 가고 있는 것을 느꼈다. 물론 내게, 그전에도 판단력이라는 것이 있었는지조차 의심스럽긴 했지만.

"넌 여전히 내 말을 이해하지 못하는구나. 하긴 너는 나에 대해서뿐만 아니라 너 자신에 대해서도 이해하는 것이 아무것도 없지.

"그래요, 나는 아무것도 이해하지 못해요. 나는 이 세상의 어떤 것도 이해하지 못해요. 백치도 이해할 수 있는 것조차도 이해하지 못하는 게, 그게 바로 나예요."

"알긴 아는구나. 오늘에야 그것을 솔직히 인정하는구나. 하지만 처음 보게 된, 너의 그 솔직한 태도에도 불구하고, 내 마음이 전혀 기쁘지 않은 것은 무슨 이유일까?"

그는 눈을 감고, 그가 자신에게 던진 질문을 곰곰이 생각하는 듯했다.

환멸

"내가 이렇게 아픈 게 너 때문만은 아니지만 조금은 너 때문이기도 하다." 죽었다 살아난 사람처럼 눈을 번쩍 뜨며 그가 말했다.

"너한테는 다행스럽게도, 나는 이렇게 죽어가고 있지만, 나는 네가 생각하는 것처럼 쉽게 죽지는 않기로 했다. 그리고 분명히 말하지만 나는 지금처럼, 앞으로도 한참을 더 살 것이다."

죽음에 불복하는 그의 끈기는 내게 역겨움을 불러일으켰다. 좀 더 오래 살겠다는 집요한, 당연한 욕망으로 그의 눈은 흐려져 있었다. 그는, 결국은 살려달라는 호소로 집약될 수 있는 말을 해서는 안 되었다. 그는 위엄 있게 죽어가야 했다. 위엄이 가장 필요한 곳은 죽음을 맞이하는 데서이다. 그의 위엄은, 위신은, 위선은, 모두 어디로 간 것인가?

"내가 아버지가 돌아가시길 바라고 있는 줄로 알고 계신다면 그건 잘못된 거예요. 나는 아버지가 나보다도 더 오래 살아, 내가 죽는 것을 보고 돌아가셨으면 하고 바라요. 할 수만 있다면 나는 아버지를 대신해서 죽어줄 수도 있어요." 그 말을 한 후 나는 곧, 그것이 나의 오랜 소원인, 직접 아버지를 내 손으로 매장하고 싶어 하는 소원과 양립할 수 없다는 사실을 깨달았다.

"그 말에 내가 화가 나야 할 다른 뜻은 없는 거겠지? 다른 좋지 않은 뜻이 있더라도 그러한 요소는 미리 제거를 하고 얘기를 한 거겠지?”

나는 그의 물음에 대답을 하지 않았는데, 그 역시 자신의 질문에 신경을 쓰고 있는 것 같지 않았다.

“밤은 너무 어둡고, 낮은 너무 밝구나. 밤의 어둠과 낮의 빛은 언제나 내게 직접적으로, 단도직입적으로, 정통으로, 영향을 미치지. 마치 심장에 박히는 쐐기처럼, 내 말을 이해하겠니? 그걸 이해한다고 생각하고 있다면 너는 내 말을 크게 오해하고 있는 거다.”

그 말을 한 후 그는 얼굴을 창 쪽으로 돌렸다. 고개를 돌리긴 했지만, 창문까지는 아니고, 그쪽을 향해 조금 움직였다. 아니, 고개가 조금 돌려진 것처럼 보였을 뿐 전혀 돌아가지 않았다. 그의 생각 속에서 조금 움직였을 뿐이다. 그의 고개는 거의 일 년 전부터, 그가 뇌졸중으로 쓰러져 반신불수가 된 이후로 전혀 돌아가지 않았다.

이미 한밤중이었다. 창밖의 거대한 어둠이 방안으로 밀려들어 올 것처럼, 방안을 동일한 어둠으로 채울 것처럼, 창문을 밀어붙이고 있었다.

“창문이 보이긴 하는데, 잘 볼 수는 없군.” 그는 창문을 보지도 않고 말했다. 그는 가끔 그러는 것처럼 그의 성한 손으로 머리를 돌려놓을 수 있었을 텐데도, 아니면 고개를 돌려달라고 내게 요구를 할 수 있었을 텐데도, 그렇게 하지 않았다.

"그런데 지금은 밤이니, 낮이니?"

"보자 하니, 아니, 보아하니, 한밤중인 것 같은데요." 아주 드물게, 나는 빗나가는 말을 하는데, 그 빗나간 말속에는 나의 진정한 무의식적인 의도가 들어 있었다.

"그렇다면 내 마음은 무척 어두운 게로군. 내 마음을 채우고 있는 것과 같은 어둠이 바깥세상 또한 채우고 있겠군. 무덤에서 나는 것과도 같은 눅눅한 냄새가 진동하는 저 어둠이야말로 내가 묻히게 될 곳이겠지. 아마, 그래서 저 어둠에는 내 마음을 사로잡는, 내 심장을 움켜쥐는, 어떤 요소가 있는 것처럼 느껴지는 것일 거야."

나는 미친 리어왕처럼, 밤의 들판을 헤매는, 그의 갈기갈기 찢긴 영혼을 상상했다. 그 영혼은 나를 부르고 있었고, 귀를 막았음에도, 그 영혼의 두려운 외침이 내 귀로 흘러들어오는 것을 느낄 수 있었다.

"너와 얘기를 하는 사이에, 네게 할 얘기도 없어졌고, 할 얘기가 있다 해도 그것을 어떻게 얘기해야 좋을지 모르게 된 것 같다. 그건 내 책임도, 내가 하려던 말의 책임도 아닐 뿐만 아니라, 이 시간에, 지구의 반대편 반구 어딘가에, 그것이 늘 지나다니는 길목에 떠 있을 태양이, 동시에 그곳의 반대편인 이곳에 그것이 가진 그 멋진 빛을 쏘아 대주지 않는다고 태양의 잘못으로 돌릴 수도 없는 것을 보면 네 책임인 게 분명하다. 하지만 그에 대한 책임을 네가 지도록 하는 것이 보통 복잡한 일이 아닐 뿐만 아니라, 네가 그것에 책임이 있게 된 데에는 내 책임도 없지 않은 바, 그에 대한 얘기는 더 이상 하지 않기로 하겠다. 다만, 이건 좀 다른 얘기지만, 네가 나의 하나밖에 없는 아들이라는 사실과 더불어 내가 너의 둘도 없는 아버지라는 사실을 내가 잊어버리는 일이 없도록, 너 역시 그 사실을 잊지 말도록 해라."

그는 그 말을 주입시키려는 듯 내 눈을 똑바로 쳐다보며 말했다.

나는 지금이 좋은 시기는 아니라는 것을 알면서도 그의 유언은 어떻게 되었는지 물으려고 했다. 그런데 그 순간 그가, 마치 내 마음속을 들여다보기라도 한 듯 먼저 말을 꺼내는 것이었다.

"내게 할 말이 더 있더라도 해서는 안 된다. 그건 네가 하는 말 따위는 더 듣고 싶지 않기 때문이다."

그런 다음 그는, 말할 기운은 아직도 남아 있지만 더 이상 너와 말할 희망은 없는 나는 더 이상 너와는 얘기하지 않겠다, 로 내 귀에 들린, 정확하게 그런 얘기는 아니지만, 거의 그 비슷하게 들린 어떤 얘기를 중얼거렸다. 그는 그가 하고 싫었던 말은 아무것도 없었던 듯, 그리고 그가 한 얘기 또한 아무것도 아니었던 듯, 대합처럼 입을 다물었다.

그는 생각의 꼬리를 물려고 애를 쓰는 것 같더니 제대로 되지 않는 듯 뜻을 알 수 없는 몇 마디 말을 중얼거리더니 더 이상 나를 보는 것을 참을 수 없는 듯 눈을 가늘게 뜨고 나를 바라보더니, 마침내는 완전히 감아버렸고 곧 코를 골기 시작했고, 잠시 후에는 이를 갈기까지 했다. 이를 간다는 것은 그가 완전히 잠이 들었다는 증거였다. 그 모습을 보자 짓궂은 생각이 들었고, 그를 다시 깨우고 싶었지만 그냥 코를 골며, 이를 갈며 자게 내버려 두었다.

하지만 조금 지나자 그는 아주 조용해졌다. 꼼짝도 않고, 죽은 지 며칠 된 사람처럼 누워 있는 그의 모습은 내게 두려움을 불러일으켰다. 그에게서 일어난 일이 언젠가는 내게도 일어날 것처럼 생각되었다. 내게 일어나게 될 그 일을 내가 피할 수 있는 방법은 없는 것처럼 보였다. 그는 그의 한없이 약한 모습으로 내가 그에게 가혹해서는 안 된다는 것을 말하고 있었다.

나는 더 이상 그 방 안에 있을 수가 없었다. 나는 방을 뛰쳐나왔다. 나는 그 길로 그 집을 박차고 나가 한없이 멀리 달려야 할 것처럼 생각되었다. 하지만 내가 나오는 소리에 부엌에 있던 어머니가 거실로 나와 눈이 휘둥그레져 나를 보며 무슨 일이 있는 거니, 하고 물었다.

"아버지가, 아버지가……"

"아버지가 어떻게 되셨니?"

"아뇨, 잠이 드셨어요." 하지만 내가 말하려던 것은 그것이 아니었다. 내가 하려던 말은 아버지가 아직도 살아계세요, 하는 것이었다.

"그래? 요즘은 줄곧, 그렇게, 다시는 깨어나지 않을 것처럼 잠만 주무신단다."

아버지와의 대면은 늘 그렇게 서로 납득할 수 없는 감정들을 교환하는 것으로 이루어졌다. 내가 집을 나올 때 어머니는 내게 좀 더 자주 들르라는 얘기를 했다. 나는 이 이상 자주 올 수는 없다고 대답했다. 그녀는, 너를 이해하려고 노력하지만, 그리고 조금은 이해할 수 있지만, 완전하게 이해하는 것이 그렇게 쉽지만은 않구나, 하고 말했다.

그녀는 그녀의, 그 무조건적인, 그래서 더욱 파괴적인 사랑에 내가 동의할 수 없다는 것을 이해하지 못했다. 의무에서 비롯된, 짓누르는 무게를 가진 그들의 사랑은 이미 오래전 내 안에서 사랑의 원천을 고갈시켜 버렸다. 내가 가족에 대해 느끼는 것은 마비되고 경직된 사랑뿐이었다. 아버지는 그의 지나친 엄격함으로, 어머니는 그녀의 지나친 너그러움으로, 두 사람은 나를 혼란스럽게 했다. 그들은 나를 키운 것이 아니라 사육한 것이었다. 그들과 함께했던 그 많은 시간에도 불구하고 우리 사이는 전혀 가까워지지 않았다. 오히려 우리가 함께했던 그 시간은 나와 그들 사이를 더욱 멀게만 만들었다. 나는 그 놀라운 서글픈 감정을 또다시 느껴야만 했다.

나는 집을 나와 잠시 정원에 서서, 아버지를 만난 후면 늘 그렇듯, 어쩔 줄 모르고 있었다. 어느새 소나기는 그쳐 있었고, 멀리 아득한 곳에서 꺼져가는 희미한 번개가 어떤 경련처럼 하늘에 만들어졌다가 이내 사라지곤 하고 있었다. 나는 그 소나기가 좀 더 머물지 않고 이내 사라진 것이 못내 아쉬웠다.

정원의, 골목의 가로등 불빛을 받은, 어머니가 심은 꽃들이, 짓궂은 미소처럼 여겨졌고, 나는 그 꽃들의 목을 비틀고 싶은 충동을 느꼈다. 내 출생을 기념해 심은 등나무는 이제 그곳의 정원에 더 이상 있지 않았다. 그것은 내가 열네 살 되던 해 봄에, 집에 아무도 없을 때, 그 나무의 뿌리에 휘발유를 부어 말라 죽게 했기 때문이다. 나는 그 후 그 죽은 나무의 뿌리를 파낸 후 땅속에, 내가 태어났을 때부터 내 방에 있던, 십사 년 동안 내 모습을 비추던 거울을, 나의 누추한 삶이, 그 표면에 기입된 거울을, 파묻음으로써 나 자신의 장례식을 치른 적이 있었다. 아아, 거의 애교스럽기까지 한 나의 간악함이여! 이미 그때 나는 나 자신으로서도 처치하기 곤란한 괴물이 되어 있었던 것이다.

나는 나의 아버지와 어머니가 사는 집을, 집 안의 모든 불이 꺼질 때까지, 그들이 잠이 들 때까지, 지켜본 후 그곳을 나왔었다.

그동안 그녀는 방 이곳저곳을 누비며, 내가 한 번도 입은 적이 없는 옷까지 수집해 세탁을 한 후 베란다로 가져가면서, 제발 옷은 제때 갈아입도록 해라, 하고 말하는 것이었다. 내가 그녀의 말을 듣고 있지 않자, 그녀는 내 옷에게라도 얘기를 해두려는 듯 빨래 건조대에 널고 있는 옷들을 향해, 이렇게 비참한 냄새가 날 때까지 입지 말고, 하고 말했다. 그런 다음 그녀는 부엌으로 가 물을 받아 베란다로 나가 그곳에 있는 나팔꽃 화분에 물을 주려고 했다. 꽃이 시들고 있구나, 제때 물을 주어야지, 그녀가 말했다. 그건 아직 이른 아침이고, 바깥의 날씨가 좋지 않아 피지 않은 것뿐이에요, 내가 말했다. 나는 항변을 했지만 그녀는 그 꽃을 통해 그녀의 생각이 옳다는 것을, 그리고 그녀의 생각이 옳음으로써 내 생각이 틀리다는 것을 입증하기라도 하려는 듯, 잠에서 아직 깨지 않은 그 꽃의 잠을 깨우려는 듯 물을 주기 시작했다. 나는 더 이상 그녀가 내 집 안에 있는 것을 참을 수 없었다. 아니, 참을 수 없었다기보다는, 참을 수는 있었지만 참고 싶지 않았다. 나는 소파에서 일어나, 뒤로 돌아서서 물뿌리개를 기울이고 있는 그녀에게로 다가갔고, 그 순간 어떤 충동에 휩싸였다.

그녀의 몸을 돌려세워 그녀를 안고 그녀를 사랑한다는 말을 한 후 그녀를 들어 올려 창밖으로 내던지고 싶은, 어떤 돌발적인, 회유할 수 없는 충동, 그 충동은 나를 사로잡았을 뿐만 아니라, 나 또한 그 충동을 사로잡은 것처럼 여겨지는, 충동이 나를 전율케 했다. 그것은 나 자신도 모르게 내가 오래도록 빠져 있던 유혹에서 연유하는 충동이었다. 나는 그 충동적인 감정의 포자가 터트려지려는 것을 느꼈고, 억제된 흥분으로, 내 손에 땀이 쥐어지는 것을 느꼈다. 그리고 나는 두려움을 느꼈다. 그 두려움은 언제나 나를 따라다녔던, 내가 그녀에게 한 어떤 짓이 아니라, 내가 그녀에게 저지를 수도 있는 어떤 행위로부터 기인하는 것이었다. 문득 그 충동은 내게 어떤 기억을 떠오르게 했다. 그 기억은 내 의식의 가장 깊은 곳에 침전되어 있는 것으로, 뭔가가 내 내부의 가장 깊은 곳을 휘저을 때마다 그 기억의 희부연 찌꺼기는 의식의 표면 위로 떠올랐다 가라앉곤 하는 것이다.

그때가 열한 살 때였던가? 아니면, 열두 살 때였던가? 어느 봄날 오후 잠에서 깬 나는 자리에서 일어나 아직 잠이 덜 깬 상태에서 이층의 내 방 창문으로 비스듬히 비치는 햇살에 이끌려 창가로 다가갔고, 어머니가 아래쪽 정원에서 화단에 핀 꽃에 물을 주고 있는 것을 발견했다. 나는 창틀 위에, 아직 완전히 달아나지 않은 졸음 위에 팔을 올려놓고 턱을 괸 채로 그녀를 지켜보았다. 투명한 햇살이, 그녀를 잘 아는 어떤 사람의 손길처럼 그녀의 어깨를 가볍게 쥐고 있었다. 맑게 갠 하늘로 높은 구름이 유원지의, 하얀 페인트칠을 한 보트들처럼 떠다니고 있었다. 정원 한쪽 구석에는, 식목일에 태어난 나의 출생을 기념하여 아버지가 심은 것으로 알려진, 이제는 나이가 들어, 비비 꼬인 등나무가 줄기를 철봉 받침대에 얹은 채로 가만히 서 있었다. 그리고 그 등나무 줄기에는 내가 일곱 살 이후로는 탄 적이 없는 그네가, 아직도 동아줄에 단단히 매달려 있었다. 나는 아버지가 그 나무를 손수 심은 후, 오늘은, 높이 자라 하늘에서 그 꽃을 피울 이 나무가 땅에 뿌리를 내린 날이오, 라고 그날의 소감을 어머니에게 말했다는 것을 어머니가 내게 얘기해준 것을 기억하고 있었다. 그는 나를 직접 언급하지는 않았지만 나를 암시하는 그 말을 하며 마지막으로 삽으로 흙을 덮었다고 한다. 하지만 그날은, 내게는 내가 땅에 묻히는 순간까지 이어질 나의 삶의 지루한 첫걸음을 뗀 날이었을 뿐이다.

골목 건너편 집의, 내 방과 마주 보고 있는 방의 창문으로부터 피아노 소리가 흘러나오고 있었다. 그것은 건반 하나하나가 현을 두드리는 순간, 소리의 날갯짓에서 태어난 나비들이 날아오르는 느낌을 주는 것이었다. 그 악기를 연주하고 있는 여자아이를 나는 알고 있었다. 나와 같은 또래였던 그 아이는, 나를 잘 알고 있음에도, 언제나 나를 모르는 척함으로써 나를 무시했던, 그때까지 내가 알던 여자아이 중에 가장 얼굴은 예뻤지만 심보는 그 얼굴만큼 예쁘지 않은 소녀였는데, 나는 적절한 방법으로 혼을 내줘 그 오만한 버릇을 고쳐줄 기회를 호시탐탐 노리고 있었다.

담장 너머로는, 모습은 보이지 않았지만, 아이들이 떠들며 달려가는 소리가 잠시 들린 후 조용해졌다. 내가 아는 아이들이었다. 나는 곧 그들과 합류를 할 것이라는 생각을 했다. 우리는 곧 신나는 병정놀이를 할 것이고, 그러면 나는 아이들을 총으로 쏘아죽이고, 나 또한 그들의 총에 맞아 죽는시늉을 할 것이었다. 나는 그렇게 죽는시늉을 하는 것이 좋았고, 그래서 병정놀이를 할 때면 나는 수도 없이 죽곤 했다. 나는 그 연기를 너무도 실감나게 해, 한번은, 아이들이, 눈을 감은 채로 숨도 쉬지 않고 있는 나를 정말로 죽은 줄로 착각한 적도 있었다. 아니면 그들은 동네 뒷산에 있는 뜸부기 둥지에서 알을 털기 위해 가는지도 몰랐다. 우리는 며칠 전 뜸부기가 까놓은 알 세 개가 둥지에 있는 것을 확인한 터였다. 그리고 그 얼마 전에는, 저녁 무렵에, 뜸부기가 봄을 맞아, 시기가 시기이니만큼, 짝짓기를 하느라고 기쁨에 충천해 지저귀는 소리를 들은 적이 있었다. 나는 그들의 발자국 소리가 멀어지는 것을 들으며, 내가 가기 전까지는 그 새집에 손을 대지 말아야 할 텐데, 하는 생각을 했다.

어머니가 손에 쥔, 수도꼭지에 연결된 고무호스로부터 뿜어져 나온 가는 물줄기들이 꽃을 향해 달려들고 있었다. 햇빛에 반사된 물줄기는 은색의 환희처럼 보였다. 나는 그녀를 한참 동안 지켜보았다.

그런데 차츰 어떤 생소함이, 어떤 동경과도 같은 생소함이 나를 휘감았다. 이상한 나른함 속에서 그녀는 내 어머니가 아닐 뿐만 아니라 내가 아는 어떤 사람도 아닌 여자로 보였고 갑자기 그녀가 두려워지기 시작했다. 물론 그 순간이 내가 낮잠에서 깬 후 무심히 창밖을 내다본 처음도 아니었고, 어머니가 정원에서 꽃을 가꾸고 있었던 처음도 아니었으며, 어떤 아득한 의식의 물결에 몸이 떠밀리는 것을 느낀 처음도 아니었지만 그 순간 나와 나를 두르고 있는 공간에 조성된 그 낯선 느낌은 전혀 새로운 것, 이질적인 것이었다.

그녀가 물을 다 준 후 고개를 들었을 때 옆모습을 보인 그 순간의 그녀는 내가 처음 보는 여자였다. 그녀는 그녀의 주위로 어떤 낯선 빛의 테두리를 만들고 있었고 그녀의 존

환멸

재로부터 시작된 낯설음은 그녀 주위로, 정원과 담쟁이덩굴이 뒤덮고 있는 담벽으로, 그 너머의, 시야가 미치는 모든 곳으로 번졌고, 그 완벽하게 채색된 낯설음은, 너무도 익숙한 것 속에서만 발견되는 어떤 종류의 좀 더 심한 그 낯설음은, 나의 숨을 멎게 했다. 그것은 내가 단 한 번도 본 적이 없는, 그 안에서 십일 년을, 혹은 십이 년을 단 한 순간도 벗어난 적이 없이 살았다는 것이 믿어지지 않는 세계였다. 마치 어떤 미지의 세계가 내 앞에 갑자기 펼쳐진 것만 같았다. 하늘이 있는 곳에 하늘이 있다는 것조차도 놀라웠다.

그녀는 미소처럼 활짝 핀 꽃을 향해, 서로 은밀히 미소를 교환하듯, 입가에 웃음을 머금으며 물기에 젖은, 더욱 선명해진 제라늄과 수선화의 잎을, 마치 그것들을 간호하듯 쓰다듬었다. 한참 동안 그 일을 한 뒤 그녀는 무척 태연스럽게 꽃에서 무슨 벌레 같은 것을 털어, 그것이 땅에 떨어지자 발로 짓밟는 것이었다. 그 무고한 분홍색 미소와 붉은색과 노란색 꽃들, 그리고 그녀가 뭔가를 밟아 죽이는 것을, 그늘진 창문 너머에서 지켜보며 나는 내 몸에 소름이 돋는 것을 느꼈다.

그런 다음 어머니는 햇살에 잠겨 있던 눈을 들어, 내가 그녀를 지켜보고 있다는 것을 알고 있는 듯이, 내가 서 있는 창문 쪽을 보며 미소를 지어 보였다. 그때 뭔가가, 열려 있던 내 방 안으로 들어와 내 다리를 할퀴었으며, 거의 반사적으로, 나는 그것을 집어 들어, 아무런 망설임 없이 이층 아래, 밖으로, 어머니가 서 있는 바로 옆으로 집어 던진 것이다. 나는 그것이 내 손을 떠나 짧은 다리를 휘저으며 공중에서 잠시 머무는 동안 비명을 지른 순간에야 당시 집에서 키우던 강아지라는 것을 깨달았다. 그것은 당시 많은 개들의 공통적인 이름이었던 바둑이로 불린, 연한 갈색의 암컷으로, 어머니는 순종이라고 우겼지만, 여러 세대에 걸친, 의심의 여지가 없는 잡종 개로, 어머니의 친구가 그녀에게 선물로 준 것이었는데 이미 나이가 다섯 살이나 된, 사실상 강아지라기보다는 개였지만 아직 새끼를 낳은 적이 없었다. 나는 어머니의 그 친구가 어머니가 그 강아지를 너무 귀여워해, 다시 말하면 강아지가 강아지로써 살 수 없도록 하기 때문에 임신을 하지 못하고 있다는 얘기를 하는 것을 들은 적이 있었다. 그 강아지는, 사랑으로 넘치던 그녀가, 가족에게 쏟고 남은 잉여분의 사랑을 쏟아부을 수 있는, 혹은 버릴 수 있는 대상으로서는 안성맞춤이었는데 어머니는 나 이상으로 그 강아지를, 물론 그 사랑은 비교할 수 없는 것이지만,—내가 그 개를 사랑하는 것 이상으로가 아니라, 그녀가 나를 사랑하는 것 이상으로—사랑했다. 태어날 때부터 한쪽 시력을 잃은, 그래서 그것으로도 본의 아니게 언제나 약간 고개를 비딱하게 돌리고, 째려보듯, 세상을 바라볼 수밖에 없었던 그것은 나를 보면 꼬리를 힘껏 흔들며, 정신없이 내 바지를 물고 늘어지려 하는, 내가 특별히 미워하지 않는 대신 특별히 좋아하지도 않았던 개였는데, 한번은 내 앞에서 유난스럽게 꼬리를, 그 꼬리가 그것의 깃발이라도 되는 듯 흔들며 나를 정면으로 쳐다본 적이 있었는데, 나는 그 순간 그것과 마찬가지로, 나 역시 그것을 똑바로 쳐다보며, 저것이 개라는 거야, 라는 생각을 했던 적이 있다는 것을 아직도 기억하고 있는, 그 순간 나로 하여금, 그런데 저 개의 꼬리를, 더 나아가서, 머리를 자른다 해도 여전히 개임에는 변함이 없는 것일까, 라는, 개체의 완결성에 관한 최초의, 중요한 철학적인 의문을 던지게 했고, 그 의문이 내 안에서 발아한 계기를 마련해 준 개로, 나는 지금도 그 순간을 육체와 영혼, 말과 사물의 관련성, 존재의 항상성과 불변성에 대한 인식이 시작된 즈음으로 기억하고 있다.

　강아지의, 오후를 뒤흔드는 요란한 비명 소리와 함께 그것이 땅에 떨어지며 어머니의 비명이 이어졌다. 그 강아지가 날아온 곳을 좇던 어머니의 시선이 내가 서 있던 창가로 향해졌고, 그 순간 나는 그녀의 표정이 이제껏 내가 본 적이 없는, 공포에 질린 어떤 표정으로 바뀌는 것을 보았다. 그리고 잠시 후 내 방으로 올라온 그녀의 얼굴이 바깥의 제라

늄꽃처럼 빨갛게 되어 있는 것을, 그리고 그녀의 눈에서 눈물이 흐르고 있는 것을 발견했다. 그녀가 우는 모습을 본 것은 그때가 처음은 아니었지만 그 눈물 역시 내게는 낯설게 보였다. 그녀의 화장한, 아름다운 얼굴 위로 화장을 지우며 눈물이 흘러내렸다. 그런데 이상하게도 나는 내가 한 짓이 전혀 후회되지 않았다. 마땅히 해야 할 어떤 일을 한 것처럼, 그래서 내게는 아무런 잘못도 없는 것처럼 여겨졌다.

"왜 그랬지?"

나는 그녀의 얼굴 표정 전체가 물음표와 같은 모습을 하고 있는 것을 보았다.

나는 아무런 설명을 할 수가 없었다. 그 강아지는 그녀가 사랑하던 것이었고, 나 역시 그것을 미워한 적은 없었다. 단지 그것이 내 바짓가랑이를 물고 늘어졌다는 것만으로 내가 그것을 그녀를 겨냥해 집어 던진 이유는 설명될 수 없는 것이었다. 그녀는 잠시 내게라기보다는 자신에게 절망을 느낀 듯한 표정을 지으며 아무 말 없이 나를 바라본 후 밖으로 나갔다.

지금도 나는 그 이유를 알 수가 없다. 그것은 그녀와 그녀의 남편에게 있어 나에 대한 간섭과 사랑이, 그리고 관심과 억압이 동의어였기 때문도, 내가, 그들이 원하지 않는 것은 무엇도 할 수 없었으며, 그들이 원하는 것이면 그것이 무엇이든 반드시 해야 했기 때문도 아니다. 나 자신조차도 알 수 없는 이유로, 하지만 그것조차도 이유가 될 수 없는 어떤 이유로, 나는 그 강아지를 내던진 것이다. 그렇지만 나는 그날 오후, 잠에서 깨어난 그 순간, 내가 어떤 알 수 없는 무료함과 낯설음을 느꼈고, 그것이 어떤 식으로든, 내가 그 짓을 행하게 한 데 상당한 이유가 되었다는 것은 알 수 있다.

어쨌든 나는 그날 밤 집에 돌아온 아버지가 어머니에게서 그날 일어난 일에 대한 얘기를 들은 후 나를 집 밖으로 쫓아낸 것을, 그리고 그날 밤 내가 밤거리를 배회하던 것을 기억하고 있다.

그날 밤늦게, 내가 집에 어떻게 돌아오게 되었는지는 잘 기억이 나지 않는다. 아마, 나를 찾으러 그 일대를 헤매던 어머니가 나를 데리고 갔을 것이다. 내가 기억하는 것은 그날 밤 내가 몽정을 했고, 그로써 나의 무료한 사춘기가 시작되었다는 사실이다. 나는 어머니의 몸속으로 들어가는 꿈을 꾸었다. 그리고 그 후 나는 그녀를 생각하며, 동시에 그 거지의 무료한 자지의 영상을 떠올리며 처음으로 자위행위를 했다. 그리고 그 자위행위는 내게 무력감과 울적한 느낌을 여운으로 남기는, 그 자체가 권태에서 자극된 어떤 것이었다. 그렇게, 이미 열두 살의 내게 있어 세상은 이미 용납하기 힘들 정도로 지루한 장소가 되어 있었고 나의 권태는 무기력과 침울이라는 다소 심각한 생리학적인 증상으로 나타나고 있었다. 그 권태는 그 따분한 첫 몽정이 시작된 후 항상적으로 나와 동반해 온 것이었다.

나는 그 기억으로부터 빠져나오며 그녀에게 한 발자국 다가갔고, 그 한 발자국을 통해 나는 기억 속의, 내가 강아지를 내던졌던 그 창가로 다가갔다. 내게 그 발걸음은 나의 열한 살과 지금의 내 나이 사이를 떼는 한 걸음처럼 여겨졌다. 물을 다 준 그녀는 열한 살 때인 그날 오후 그랬던 것처럼 허리를 숙인 채로 잎사귀를 만지고 있었다. 나는 아무런 망설임 없이 바로 그녀의 뒤로 다가가 등을 돌리고 있는 그녀의 허리에 손을 댔다. 아니, 그녀의 허리에 손을 댄 것이 아니라, 거의 그 허리에 닿을 만큼 손을 가까이 가져간 것이다. 하지만 나는 그 간격의 차이를 느낄 수가 없었다. 그토록 오랜 시차를 두고 거의 유사한 사건이 재연되려 하고 있었다. 나는 그 생각이 나를 유쾌하게 만들고, 그 유쾌함을 보완하는, 그에 이어지는 동작에 대한 설레임에 내가 젖는 것을 느꼈다. 그녀는 내가 바로 뒤에 서서, 그녀를 창밖으로 내던지려 하고 있는 것조차 모르는 듯했다.

나는 그녀의 귀에 대고, 들리지 않게 속삭였다. 제발, 나를 아무런 동기 없이 낳아주었던 것과 마찬가지로, 이제 아무런 동기 없이 나를 놓아주세요, 우리 사이의 얼마 남지

환멸

않은, 거의 남지 않은 사랑이, 우리 사이를 단정하게 끝낼 수 있는, 이 얼마 남지 않은 절호의 동안에 말이에요. 어머니, 이건 우리가 함께 초래한, 우리가 따르지 않으면 안 되는, 그리고 우리가 함께라면 치러낼 수 있는, 우리의 운명이에요. 우리를 구원할 수 있는 것은 이 길밖에 없어요. 나는 나지막한 목소리로 읊조렸다.

　나는 내 두 손에서 나뭇가지에서 비상을 준비하고 있는 새의 초조한 열기를 느낄 수 있었다. 나는 창밖으로 그녀를 내던지고자 하는 끔찍한 욕망과 그녀의 몸속에 들어가고자 하는, 마찬가지로 끔찍한 욕망 사이에 그녀에 대한 나의 태도가 위치하고 있다는 생각을 했다. 그 욕망은 충동적인 것이었지만 내 안에서 치밀하게 계획된 것처럼 여겨졌다. 나는 그녀를, 그녀의 케케묵은 사랑을 내동댕이치고 싶었고, 그녀가 삼 층 아래로 떨어지면서 낼 비명 소리를, 내가 기인하게 된 나의 모체가 부서지는 소리를 상상했다. 어쩐지 그것은 공중에 치솟은 그 강아지의 비명의 긴 메아리처럼 들릴 것만 같았다. 하지만 그 행위는 끔찍한 것과는 거리가 먼, 마치 종이비행기를 창문 밖으로 날려 보내는 것과 같은 홀가분한 것으로 느껴졌다. 나는 바로 다음 순간 있을 그 메아리를 미리 들을 수 있었고, 그것은 혼란과 황홀의 느낌을 안겨주었다. 나는 창밖으로 떨어지는 그녀가 느낄 그 놀라움을 통해 나를 느낄 수 있기를 바랐다. 그러면 그 순간 나는 그녀의 놀라움을 즐거운 경악으로 느낄 수 있었을 것이다.

그런데 그때 그녀가 갑자기 고개를 흘낏 돌리며, 마치 내가 무슨 생각을 하고 있는지 알기라도 하는 듯 나를 똑바로 쳐다보며, 잠시 말을 잊은 듯, 혹은 차마 그녀의 생각을 말로 표현할 수 없는 듯, 그대로 나를 바라보더니, 명랑한 목소리로 혹시 애완동물을 기를 생각은 없니, 하고 말했다. 물론 나는 나를 똑바로 쳐다보는 그녀를 안아 밖으로 내던질 수는 없었고, 결국 나는 우리 두 사람을 위해 내밀었던 구원의 손길을 거두어야 했다. 나는 그녀에게 사랑한다는 말을 했고, 그녀는 기쁘게 웃었다. 나는 그 말을 하는 나 자신에 대한 어쩔 수 없는 반감을 누르며 함께 웃었다.

이제 더 이상 할 게 없어진 그녀는 내 맞은편 소파에 앉아 내가 뭘 하며 시간을 보내는지 물었고, 나는 요즘에는 집에만 있지 않고 공원에 간다는 대답을 했다. 그러자 그녀는 공원에서 내가 뭘 하는지 물었고, 나는 하루 종일 벤치에 앉아 있다가 해가 지면 집에 돌아온다고 했다. 그녀는 너를 이해하려고 노력하지만, 그리고 조금은 이해할 수 있지만, 완전하게 이해하는 것이 그렇게 쉽지만은 않구나, 하고, 그녀가 낼 수 있는 가장 서글픈 목소리로 말했다. 그것은 내가 아버지로부터, 귀에 못이 박히도록 들어온 얘기 중의 하나였다. 그녀는 늘상, 그녀의 머릿속이 아닌 그녀의 남편의 머릿속에 떠오른 것을 표현하곤 했다.

그녀는 그녀가 지을 수 있는 가장 슬픈 표정을 지으며 나를 바라보았다. 그녀는 늘 그러한, 더없이 슬픈 표정 외의 다른 표정으로는 나를 바라볼 수 없는 것처럼 바라보았다. 나는 그 순간, 내가 초등학교에 다닐 때, 수업 도중 바깥으로 눈길을 돌렸을 때 그녀가 하얀 얼굴을 들이밀고, 복도에서 창 너머로 교실 안을 들여다보는 동안, 그리고 그녀로 말미암아 신경이 쓰인 선생이 복도를 흘끗흘끗 내다보는 동안, 그리고 내가 쥐구멍이라도 찾고 싶어 안절부절못하며 그 선생을 바라보는 동안, 내가 그녀를 얼마나 증오했는지 그녀로서는 알 도리가 없었고, 그 후로도 그녀는 그 기회를 갖지 못한 일에 대한 기억을 떠올렸다. 그녀는 집에서뿐만 아니라 학교에서도 내가 어떻게 지내는지, 그 궁금함을 참지 못하고 시간만 나면 학교를 찾아오곤 했던 것이다.

내 집을 나서면서 그녀는 집에 한 번 다녀가도록 하라고 했다. 내가 가고 싶도록 노력해 보겠어요, 라고 말하자 그녀는 못마땅한 얼굴로 나를 쳐다보았다.

그녀는 다시 한번 화장한 얼굴 위로 한없이 슬픈 표정을 떠올리며, 그녀의 폐부 깊은 곳에서 꺼낸 긴 한숨을 쉬며, 그녀가 나를 얼마나 사랑하는지 모를 거라는 얘기를 했다.

나 역시 그녀를 사랑한다는 말을 했다. 아마 나는 사랑에 지쳐, 더 이상 사랑할 수 없을 때까지, 그 사랑이 재가 되어 버릴 때까지 당신들을 사랑할 거예요. 하지만 당신들은, 내가 추스를 수도 없을 만큼의, 당신들의 지나친 사랑으로, 그들에게 의무가 되었던 그 구질구질한 사랑으로, 그 상한 음식과도 같은 사랑으로, 넝마 같은 사랑으로, 나를 얼마나 학대했는지 모르고 있을 거예요. 아! 이 너절함에 기반을 둔, 무한히 육중한 관계, 그것만큼 나를 짓누르며, 나를 혐오감에 북받치게 하면서도, 잘 참아내게 하는 게 또 있을까?

나는 어머니가 다녀간 후면 늘 그렇듯, 한참 동안, 넋이 빠진, 동시에 나 자신의 넋을 빼놓은 상태에 있다가, 가족이라는 질긴 음모와 견딜 수 없는 포만감을 줄 뿐인, 방광에 가득 찬 오줌과도 같은 그 가족의 사랑에 대한 모호한 생각을 단념하고 잠시 소파에 앉아 있었다. 조금씩 졸음이 찾아왔다. 나는 잠이 드는 것을 느꼈다. 언제나 내게 잠이라는 공간은 검은 저수지처럼 여겨졌다. 나는 저수지의 수면 위에 누워 눈을 감았다. 점차 나의 몸이 속으로 가라앉으며 나의 몸 주위로 수막이 형성되는데, 내게 그것은 양서류, 이를테면 개구리의 알처럼 투명하게 나를 감싸는 것이었다. 그 단계에서는 나는 실제로 부화를 기다리는 알처럼 느껴졌다. 천천히 그 알이 물 밑바닥으로 침전되며 나의 의식은 꺼져

가는 것이었다. 알은 내가 잠을 자는 동안 물밑에서, 그곳의 물의 유동에 따라 조금 떠올랐다가 다시 가라앉곤 했다. 그 것은 내가 꿈을 꾸기 때문이었다. 그리고 아침이 되면, 저수 지의 수면에 어떤 상태의 변화, 가령, 바깥의 소음이나 근처 를 지나는 자동차의 진동이 전해진다든가, 보트의 노가 수 면을 스친다든가 하게 되면 그 알은 수면 위로 떠오르고, 그와 동시에 나는 잠에서 빠져나오는 것이었다.

그때 어떤 소리가 들리며 나는 눈을 떴다. 초인종 소리다. 나는, 어머니도 돌아간 지금, 누구도 찾아오지 않는 내 집에 온 사람이 누구일지 궁금했다.

내가 겨우 정신을 차리고 자리에서 일어나 현관으로 가 문 을 열었을 때, 거기에는 어머니가 미소를 지으며 서 있었다.

"자고 있었니? 왜 그렇게 초인종을 눌렀는데도 대답을 하 지 않는 거야? 네가 없는 줄 알았다. 일찍 오려고 했는데 이 렇게 늦었구나." 내가 눈을 비비고 있는데 그녀가 말했다. 나는 온몸이 얼어붙어, 그 자리에 그대로 서 있었다. 그녀는 내가 처음 보는 여자였다.

삶의 권태와 소설쓰기

정영문의 『겨우 존재하는 인간』에 부쳐

김경수(문학평론가)

나라는 존재는 시간이라는 간수의 손에 의해 어제로부
터 오늘로, 오늘로부터 내일로 끝없이 이감되고 있는 죄
수일 뿐이다. 그것만이 내가 이 세상에 속해 있을 수 있
는 방법이며, 동시에, 내가 그것과 무관하게 지낼 수 있는
유일한 방식인가? 이것이 이 세계의 원리이고, 그 원리를
수정할 수 있는 방법은 이 세계에는 없단 말인가? 아아,
삶의 끔찍함이여, 그 끔찍함마저 없다면 단 한 순간마저
도 살아 있기 힘든, 끔찍한 삶이여.

정영문의 『겨우 존재하는 인간』의 말미에서 주인공은 스스
로 위와 같이 생각한다. 삶을 사는 방식이 저마다 다른 만큼
삶 자체를 바라보는 시각 또한 가지각색이다. 개중에는 삶의 무
한한 의미와 가능성을 긍정하는 사람이 있는가 하면, 이 소설

의 주인공처럼 삶을 시간 속에 내던져진 불가피한 운명으로 간주하는 사람도 있을 것이다. 외견상 이 후자의 입장을 취한 사람의 삶이 전자의 입장을 견지하는 사람보다 불행해 보이지만, 그러나 행·불행의 차원을 떠나서 이런 후자의 입장은 그 나름대로 삶에 대한 한 물음이라는 점에서 실존적인 무게를 지닌다. 이렇게 저마다의 무게를 지닌 삶의 모양새가 개성적으로 그려질 수 있는 가상의 현실이 바로 소설이다. 우리는 이런 소설을 통해서 나와는 다른 한 의식을 엿보게 되며, 그것은 궁극적으로 내 삶의 확충으로 이어지게 마련이다.

하나의 사회를 상정해 보자. 상식이라는 규범과 그 울타리가 너무나 확고해서 조금만 그 울타리에서 벗어나려고 하거나 그러한 규범을 의심하는 것 자체가 비정상적인 것으로 보이는 그러한 사회를. 학교는 무조건 가야 하는 곳으로 인식되는 사회, 민방위훈련 사이렌이 울리면 지위 고하를 막론하고 누구나 차를 세우고 대피소 비슷한 곳으로 움직여야 하는 사회, 세상의 모든 일이 분명한 원인과 결과의 고리에 의해서만 이해될 수 있고 또 그래야 한다고 믿는 사람들의 사회, 그래서 어떤 종류의 일탈이든 상궤를 벗어나면 의심을 받는 것이 당연하다고 믿는 사람들이, 당연한 듯 사회적 관성을 따르면서 살아가는 사회. 이런 사람들의 사회는 과연 건강할까. 그리고 이런 사회의 한 구성원으로 성장해서 아무 의심 없이 살아가는 삶은 또 밖에서 볼 때 어떻게 보일까.

불행하게도 이런 사회는 우리 사회와 아주 꼭 닮아있다. 단지 우리 자신이 그런 궤도를 벗어나는 삶을 살아본 적이 없기 때문에 우리 사회의 그런 모습을 문제적으로 보지 못하는 것일 뿐이다. 정영문의 『겨우 존재하는 인간』은 바로 이런 우리 사회의 집요한 관성, 혹은 상식적인 삶의 궤도를 의심하고 또 해부하고 있는 작품이다. 이 작품의 주인공의 의식에 포착되는 것처럼, 끝없는 순환만이 존재하는 2호선 지하철의 그것과 같은 삶이 이 소설에서는 문제가 되고 있는 것이다. 교사였던 주인공은 자신의 뜻대로 그 자리를 그만두고 어머니가 대주는 생활비를 방편으로 〈그저 그런〉 삶을 살아간다. 한 사회의 규범을 전수하는 교사로부터 흔히 말하는 부랑아의 지위로 자발적으로 내려간 이 사내의 행동은 분명 이질적이다.

하지만 걱정하거나 의심할 것은 조금도 없다. 소설 속의 모든 인간들은, 설령 그들이 그럴싸한 인간적 면모를 갖춘 인간으로 그려지더라도 정상적인 인간들은 아니다. 그들은 병자라면 병자며 사회 부적응자라면 부적응자다. 하지만 바로 그런 일탈의 가능성을 구현하고 있는 까닭에 그들은 우리의 관심의 대상이 될 수 있는 것이다. 모든 정상적인 것은 사회에 편재遍在하기 때문에 애써 문자 활동을 통해 달리 꾸며질 이유가 전혀 없는 것이다.

막말로 직업을 때려치운 이 작품의 주인공은 TV의 비분강개

한 사회고발 프로그램에 나오는 지하철의 부랑아들처럼, 공원의 한 벤치를 자신의 거처 삼아 하루하루 삶을 살아간다. 아니 이 행동에는 그의 자발적인 의지가 거의 개입하지 않으므로, 그는 오히려 하루하루의 삶을 견디는 것이라고 해야 옳을 것이다. 그곳에 나와 앉거나 길거리를 배회하면서 그가 하는 일이란 그의 눈에 들어오는 뻔한 풍경들을 카메라처럼 담아내는 일이다. 놀이터에서 뛰노는 아이들, 한여름 녹아내릴 듯한 도로의 풍경, 평소 알고 (이 말도 그의 경우에는 어폐가 있다. 보다 정확하게는 한 번 이상 서로가 서로에게 노출되어 낯설지 않은 타성적인 관계를 말한다) 지내던 장사치 및 그 가게에 마냥 걸려 있는, 파리를 잡기 위한 끈끈이 액이 발라져 있는 띠, 그저 제 생리대로 흐르는 강물 등이다. 그리고 이런 풍경 속에 그가 가담하는 일이란 좀처럼 없다. 기껏해야 늘상 그 자리에 있던 사람들과 내용 없이 그렇고 그런 인사를 반복하거나, 이유 없이 자신과 무의미한 관계를 맺으려는 사람들을 소극적으로 피하는 것 정도가 그의 행위의 전부인 것이다.

그는 왜 이런 지경에 처했을까. 작품을 읽다 보면 우리는 그 이유를 어렴풋이나마 이해할 수 있게 된다. 그것은 앞서 말한 것과 같은 우리 사회에서의 상투적인 성장의 과정을 그가 견뎌내지 못했기 때문이다. 그리하여 학교가 요구한 질서를 묵묵히 받아들이지 않았다는 그 이유 때문에 그는 정신병원 신세까지지게 된다. 상투성에 대한 일말의 의혹마저 금기시되는 사회를 감각적으로 인식하게 된 것 정도가 그가 행한 일탈의 전부다. 하지만 그 대가는 정도 이상이다. 그래서 이런 성장 과정을 의식 속에 지니고 있는 이 작품의 주인공은, 그처럼 사회가 용납하지 않았던 삶의 방식으로서, 가능한 한 아주 소극적으로 삶을 견뎌만 내기로 작정한 것이다. 그 견뎌냄의 과정에서 그는 지속적으로 인간으로서의 자신의 삶을 평가절하하면서, 동시에 그런 삶의 주체가 되어 버린 스스로에 대해 여러 가지를 생각하기 시작한다. 물론 그것도 어떤 외부 신호에 의한 조건반사인 듯한 감이 짙다. 그가 자신에 대해 느끼는 아래와 같은 감각은 다음과 같이 서술되어 있다.

나는 더 이상 나의 몸이 내게 달려있지 않고 다른 어떤 곳에 있는 것처럼, 단지 나는 나의 육체의 흔적만을 갖고 있는 것처럼 느껴진다. 실제로 나의 몸은 내게서 분리되어 밤과 함께 기어들어온 어둠 속에 떨어져 있는 것처럼 여겨진다. 또한 나의 마음과 정신은 나의 육체에도 공간에도 소속되어 있지 않은 것처럼 생각된다. 이럴 때면 나는 내가 이 세상과 아무런 관련이 없이 존재하는 것처럼, 내가 아무것도 아닌 것처럼 여겨진다. 아니 항상 그렇게 느끼지만 이 순간에 좀 더 뚜렷이 그것을 느낄 수 있다.

해설

나는 천천히 나의 육체를 찾기라도 하는 듯 어둠 속을 더듬는다.

스스로에 대해 이런 생각을 가지고 있는 그에게 삶의 진지함 따위는 애초부터 깃들일 여지가 없다. 그리고 다른 사람들의 진지한 태도 또한 그에게는 못 견딜 정도가 된다. 작품에서 이 주인공은 우발적으로 자신에게 다가와 자신들이 넋두리를 전하는 몇 사내들을 또한 못 견뎌 하는데, 삶 자체가 쓰레기 더미와 같다고 생각하는 그에게 그들의 삶의 내력이 무의미하고 견딜 수 없는 고문처럼 다가오는 것은 극히 자연스러운 일이다. 그래서 그는 작품의 말미에서 아내의 죽음과 행방불명을 〈진지하게〉 이야기하는 사내를 돌로 쳐서 쓰러뜨리고 또 목을 졸라 죽인다. 이런 그의 행동은 외견상 아무런 동기도 없어 보인다. 그러나 그 사내가 아내를 죽인 행위와는 별도의 인과론적 알리바이를 마련하고 싶어 하는, 마치 『이방인』의 주인공을 연상시키는 부조리한 성격을 지닌 것을 보면 그런대로 수긍이 갈 만도 하다. 그 부조리함은 바로 주인공 또한 나누어 가지고 있는 삶에 대한 의식이기 때문이다.

『겨우 존재하는 인간』의 주인공이 이처럼 작품의 말미에 가서 아무런 관계도 없는 사내를 죽이는 것은, 삶이라는 것에 대해 그가 지니고 있는 위와 같은 사고방식에서 비롯한다. 바로 쳇바퀴 돌듯 되풀이되는 따분한 일상으로부터의 탈출 욕구가 한순간 파괴 충동으로 연결된 것이다. 그가 파악하고 있는 자신의 삶은 〈권태〉라는 말로 설명되는데, 그의 파괴 충동은 그러한 권태로부터 일순간이라도 탈피하고자 하는 욕구의 우발적인 발현인 것이다. 작품에서 그는 거의 살아 있어도 죽은 목숨이다. 오랜 세월 동안의 발기부전과 자신의 방 속에서 되풀이하는 기계적인 뒤척거림 등에서 보듯이, 그는 일종의 퇴행 증세를 또한 앓고 있는 것이다. 작품에서 그가 자신의 삶의 상태를 확인하는 대표적인 비유체가 지렁이라는 사실은 매우 시사적이다. 그는 지렁이를 보면서 자신이 그와 하나가 되는 것을 느끼고, 그리고 또 〈나는 지렁이다〉라고 혼잣말까지 한다. 우발적으로 이 세상에 던져졌다는 사실과, 그 때문에 무의미하지만 지렁이처럼 꼼지락거릴 수밖에 없다는 인식이 그로 하여금 삶의 맹목성에 대해 생각하도록 해준 것이다. 그리고 그는 권태라는 명료한 말에 대한 자의식으로 자신의 처지를 나타내 보인다.

조금씩 진폐처럼 내 내부에 쌓여 전신 마취와도 같이 나를 마비시킨 권태는, 시작과 함께 완성된 그 권태는, 그날의 방공훈련에 모습을 나타내지 않고 등장한 가상 적기처럼 기습적으로 내게로 온 것이다. 이미 그때 나는, 이 세계의 한 가지 중요한 원리로 그것이 권태의 무른 토대 위에 구축되어 있다는 사실을 깨달았다. 그 이후의 나의 삶은, 나 자신이 느끼는 권태가 우주의 상태를 반영하는 것으로, 내가 권태를 나라는 존재에 마치 따개비처럼 달라붙은 것으로 느끼는 것이 하등 이상할 것이 없다는 것을 확인하는 지리한 과정에 지나지 않았다.

권태는 의심의 여지 없이 문명의 질병이다. 자신이 세계 속에 아무런 필연성이나 연관의 고리 없이 공존한다는 의식으로부터 비롯되는 이 무력함과 지겨움은, 적어도 문명 이전의 사회에서는 가능하지 않은 인성 구조였다. 구조라는 말이 암시하듯, 권태는 분명 당사자가 놓여 있는 사회적 정황과 긴밀한 관계를 맺고 있다. 문제는 그것이 좀처럼 의식되지 않는 것이다. 이상의 대표적인 수필「권태」만 보더라도 우리는 권태 의식이 한 인간의 삶을 얼마나 실제 현실로부터 절연시키고 그의 의식을 퇴행으로 몰아가는가를 단적으로 알 수가 있다. 정영문의『겨우 존재하는 인간』은, 정도 차는 있을망정 그런 이상의 의식과 어느 정도 상통한다. 이상이 권태를 느꼈던 1930년대와 정영문이 위치해 있는 세기말의 현재 사이에 어떤 유사성이 있는지는 분명치 않으나, 짐작건대 사회적인 모든 관계가 제도화되어 일탈의 가능성은 아예 없고, 한 개인의 개성적인 역할을 누구도 기대치 않는 우리 사회의 구조가 그 한 요인이 되었을 가능성은 물론 배제할 수 없다. 게다가 그 사회라는 것이 한 꺼풀만 뒤집어 보면 온갖 비논리와 몰상식의 아비규환의 현장인 한에 있어서는 말이다.

그런 점에서 보면 정영문의 이 작품은 우리 시대의 문화적 징후를 포착하고 있는 작품으로도 읽힐 만하다. 그리고 많은 신인들이 여전히 이야기의 신기성新奇性 내지는 권위적인 이야기 담아내기에 골몰하고 있는 현실을 감안할 때 정영문의 작업은 일단 그 도전성을 사줄 만하다. 하지만 문제는 이 작품에서 추구된 권태 의식이, 소설 밖의 현실로 확대되어 해석될 만큼의 충분한 개방성을 갖지 못하고 있다는 점이다. 아마도 이 점은 소설 내에서의 그와 같은 이야기가 다분히 작가의 선험에 의존하고 있기 때문인 것으로 보인다. 이상의 권태 의식이 수필과 소설 및 시를 포함한 문학의 전 영역에서 고도의 장난기 어린 종합적인 술책으로 드러나고 있다는 사실이 이 점에서 새삼스럽게 환기될 필요가 있다. 이상의 문학적 행적은 소설 밖의 현실과 소설 내의 허구적 현실 사이의 경계선상에 위치하지 않고서는 권태 의식이 제대로 징후학의 역할을 담당하지 못한다는 사실을 우리에게 일깨워 준다. 정영문의 소설이 어디로 향할지는 모르지만, 그가 지속적으로 우리 시대의 문화적 질병을 추적하는 집요함을 고집하려 한다면, 그는 이 점을 좀 더 궁구해야 할 것으로 보인다.

해설

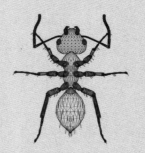